풍운제일보

풍운제일보 8(完)

송진용 新무협 판타지 소설

초판 1쇄 찍은 날 § 2004년 2월 14일
초판 1쇄 펴낸 날 § 2004년 2월 24일

지은이 § 송진용
펴낸이 § 서경석

편집장 § 문혜영
편집 § 장상수 · 이종민 · 신혜미
마케팅 § 정필 · 강양원 · 이선구 · 김규진 · 홍현경

펴낸곳 § 도서출판 청어람
등록번호 § 제1081-1-89호
등록일자 § 1999. 5. 31
어람번호 § 제2-0334호

주소 § 경기도 부천시 원미구 심곡1동 350-1 남성B/D 3F (우) 420-011
전화 § 032-656-4452 팩스 § 032-656-4453
E-mail § eoram99@chollian.net

ⓒ 송진용, 2003

값 8,000원

ISBN 89-5831-008-1 04810
ISBN 89-5505-721-0 (SET)

풍운제일보

風雲第一堡

송진용 新 무협 판타지 소설

8 도남붕익(圖南鵬翼)

8

완결

도서출판 청어람

❽ 도남붕익(圖南鵬翼)

제1장 아, 군웅성(群雄城)

아, 군웅성(群雄城)

"제 생각에는 죽이시는 게 좋겠습니다. 범은 길들일 수 없기 때문입니다
설불리 올가미를 씌웠다가는 놈을 더욱 흉포하게 해서 오히려 많은 사람을 다치게 하는 결과가 됩니다
하지만 죽인다면 그 고기와 가죽을 여러 사람이 충분히 나누어 가질 수 있게 되지요."

영취봉 기슭에 이르자 마중 나온 사람들이 있었다.

"나는 곽유(郭裕)라고 한다."

십여 명의 수하들을 대동하고 기다리고 있던 중년의 사내가 그렇게 자신을 소개했다. 두위는 우선 그의 의젓한 풍모(風貌)에 감탄했다.

깨끗한 얼굴에 한 가닥 검은 수염이 자랐고, 상투를 튼 머리는 벽옥 패가 박힌 짙은 남색의 건(巾)으로 가렸다. 남빛 장삼에 금장식을 한 옥대를 두르고 목이 긴 가죽신을 신은 모습이 청수한 선비를 연상시켰다.

그는 이름보다 장여절편(長麗絶鞭)이라는 외호로 강호에 더욱 널리 알려진 자였다. 초인 중 한 명으로서 한 자루 금모피(金牦皮) 채찍으로 무적을 자랑했으므로 강북 무림에서는 지금도 그를 편왕(鞭王)으로 불

렀다.

그는 또한 악원 평야의 일전에서 양사명의 비도에 당해 덧없이 죽은 무적구편(無敵九鞭) 왕장령(王莊嶺)과 함께 남북쌍편(南北雙鞭)으로 불리기도 했다.

담담하게 자신을 밝힌 내총관(內總管) 곽유가 두위의 뒤쪽에 서 있는 섭월령을 향해 정중히 읍했다.

"선자를 이런 곳에서 보게 되니 감회가 새롭소이다."

그러나 섭월령은 여전히 오만하게 턱을 치켜든 채 먼 하늘만 바라보고 있을 뿐 돌아보지도 않았다.

쓴웃음을 지은 곽유가 다시 두위에게 말했다.

"원래 초청장을 갖지 않은 자는 산에 오를 수 없다. 하지만 너는 예외로 하지."

"고맙소."

두위가 흐릿한 미소를 띠고 감사하자 곽유의 얼굴에 흡족해하는 기색이 어렸다.

"가자."

그가 앞장서서 길을 열었다. 엄숙한 기세를 잘 지키고 있는 무사들이 호위하듯 좌우에서 따랐다.

두위는 흰 눈이 다져진 길을 따라 천천히 걸어 올라가면서 유심히 주위의 경물들을 살펴보았다. 혹시 백호당의 무리들이 보이지 않나 해서였다. 하지만 그들은 그림자도 보이지 않았다.

이 년 전, 팽호 등과 함께 이곳을 지나갈 때는 많은 어려움을 겪어야 했다. 그때의 생각이 새록새록 떠올랐다.

걸음걸음마다 피를 뿌리며 힘겹게 나아갔었는데, 지금은 오히려 성에서 내려온 무사들의 호위를 받으며 당당히 입성하는 자가 되었다.

그런 느낌은 섭월령에게도 있었다. 그녀는 이곳에서 진사후와 경천동지할 일전을 벌인 후 중상을 입고 가까스로 달아났던 일을 떠올렸다.

그때만 해도 군웅성에 다시 오게 되리라고는 생각하지 않았다. 그런데 지금 이처럼 총관이라는 자의 접응까지 받으며 입성하게 되자 감회가 새롭지 않을 수 없었다.

두위는 섭월령과 함께 외성(外城)에 있는 청운각(靑雲閣)에서 사흘째 묵고 있었다. 그곳은 주로 군웅성을 찾은 외빈들이 머무는 곳이었는데, 깨끗한 시설과 조용함이 돋보였다.

처음 그곳을 둘러보고 나서 두위는 웃음을 참을 수 없었다. 내가 언제부터 군웅성의 귀한 손님이 되었단 말인가? 하는 생각이 폐부를 간지럽게 했던 것이다.

그러던 것이 사흘이 지나면서는 조금씩 화가 났고 짜증스러워졌다. 좋은 음식과 술, 좋은 잠자리, 상냥한 시녀들이 모든 것을 편하게 해주었지만 마음은 갈수록 무거워졌다.

하루에 두 번씩 총관 곽유가 찾아와 잠시 말동무를 해주다가 돌아가면 그뿐, 개미새끼 한 마리 얼씬거리지 않았다.

"제길, 또 다른 뇌옥이다."

두위의 입에서 그렇게 투덜거리는 말이 절로 나왔다.

군웅성 내에서도 그곳은 철저히 폐쇄된 다른 공간인 것 같았다.

그 많은 사람들은 대체 다 어디에 있단 말인가? 하는 의문이 절로 들었다.

　나흘째 되는 날 아침, 곽유에게 그런 불만을 털어놓자 그가 하하, 웃으며 술을 권했다.

　"진 전주께서는 지금 외유 중이시라네. 돌아오시려면 며칠 더 시간이 걸리니 그때까지만 참게."

　"무존을 만나러 왔을 뿐, 진사후에게는 볼 일이 없어!"

　섭월령이 가시 돋친 말을 했어도 곽유는 그저 웃을 뿐이었다.

　"누구도 진 전주님의 허락 없이는 무존을 뵐 수가 없소이다. 이곳의 규칙이 그러하니 답답해도 조금만 더 기다려 주시면 고맙겠소."

　"흥!"

　잔뜩 못마땅한 얼굴이 되었지만 그녀 또한 따르지 않을 수가 없었다. 다른 곳이 아닌 군웅성인 것이다.

　세상에서는 아무 거칠 것 없이 제 기분 내키는 대로 해도 좋았다. 하지만 여기에 와서는 양보하지 않을 수 없었다. 사나운 암 호랑이도 늑대의 무리에 둘러싸이면 꺼려하고 물러날 틈만 엿보는 것과 같은 이치였다.

　그날 저녁 무렵에 뜻밖의 사람이 불쑥 찾아왔다.

　"나쁜 놈. 끝까지 나를 따라다니면서 괴롭히는구나. 대체 내가 전생에 너와 무슨 원한을 맺었더란 말이냐?"

　그가 누각의 삼층에 오르자마자 버럭 소리부터 질렀다. 그를 본 두 위가 어? 하고는 벌떡 일어섰다. 반천수였던 것이다.

　"너는 정말 여기에 와 있었구나!"

　하얗게 눈을 흘긴 반천수가 발을 굴렀다.

"한시도 나를 편히 놔두지 않으니 정말 미워 죽겠다!"

"이놈아, 만나자마자 타박이냐? 와서 앉아라. 그동안의 얘기나 좀 듣자."

두위가 껄껄 웃으며 탁자를 두드렸다.

한쪽에 그린 듯 앉아 있던 섭월령이 비로소 천천히 고개를 돌려 반천수를 바라보았다. 그 눈빛이 서늘했다.

반천수가 찔끔하더니 입술을 악물었다. 조금은 창백해진 것 같은 안색이었다.

"나는 이제 당신이 무섭지 않소."

그가 묻지도 않은 말을 했다.

"흥!"

"까짓 죽기 살기로 해본다면 뭐 꼭 진다고야 할 수 없을 것이오. 다만 당신이 그래도 한때는, 한때는 나의 사모였던지라……."

"치워라!"

섭월령이 자리를 박차고 일어섰다. 반천수의 입에서 양괴에 대한 말이 나오자 참을 수 없게 된 것이다.

그녀의 마음 깊은 곳에는 아직도 양괴에 대한 사랑과 증오가 함께 남아 있었다. 어찌 첫사랑을 잊을 수 있을 것이며, 어찌 배신의 쓰라림을 잊을 수 있을 것인가.

"참으시오."

두위가 그들 사이에 끼어들어 두 팔을 벌렸다. 섭월령의 매서운 눈길이 반천수를 꿰뚫을 듯했다. 찔끔한 반천수가 슬며시 눈길을 깔았다.

"한 번만 더 내 앞에서 그 따위로 말한다면 정말 네놈의 심장을 파내서 씹어 먹어버리고 말 테다."

"제기랄, 정말 지독하군."

반천수가 낮게 투덜거리고 자리에 앉아 술병을 집어 들었다.

누각 밖으로는 구름에 잠겨 있는 구화산의 영봉들이 멀리 바라보여서 경치가 아주 좋았다.

속세를 떠난 듯한 느낌은 산새들의 지저귐이 들려오면서 더해졌다.

고요하고, 평화로웠다.

씩씩거리던 섭월령도 다시 무심한 신색으로 돌아와 등을 지고 돌아앉았다. 그 어깨가 작고 쓸쓸해 보였다.

"쿨럭, 쿨럭, 으— 쿨럭!"

술병을 입에 처박았던 반천수가 몇 모금 넘기지 못하고 심하게 기침을 해댔다. 얼굴이 벌겋게 달아오른 채 가슴을 두드리는 것이 고통스러워 보였다.

"뭐야! 술 마시다가 사레들리는 놈은 처음 봤다."

반천수가 등을 두드려 주려는 두위의 손을 거칠게 뿌리쳤다.

여전히 고통스러운 기침을 해댔는데, 폐부를 토해내기라도 하려는 것처럼 격했다.

얼마나 심하게 기침을 했던지, 무심하던 섭월령마저 의아해서 돌아보았다.

"대체 왜 그래? 어디 아프기라도 한 거냐?"

두위가 놀란 얼굴을 하고 물었다.

한참 만에야 가까스로 기침을 멈춘 반천수가 그를 바라보고 애써 웃었다. 그것이 처량해 보여서 두위는 가슴이 아파왔다. 무언지 모르지만 반천수에게 심상치 않은 변화가 있는 것 같았다.

"제기랄, 이젠 술을 끊을 때가 된 모양이다. 한 모금만 들어가면 이렇게 발광을 해대니……. 내 속이면서도 내 속이 아닌 것 같다."

반천수가 처연한 얼굴이 되어서 말했다.

"아무래도 의원에게 보여야 할 모양이다. 여기에 용한 의원이 있을 텐데?"

"의원은 무슨 얼어죽을……. 내 속을 나만큼 잘 아는 의원은 없다. 다 돌팔이야."

"언제부터 그랬지?"

"며칠 됐다. 신경 쓸 것 없어. 이러다가 낫겠지. 자, 호랑이 굴에 기어들어 와서 다시 만났으니 축하주라도 나누어야 할 거 아니냐? 비록 죽을 땐 죽더라도 말이다."

"빌어먹을 놈. 죽을 것 같았으면 여기 오지도 않았다. 죽긴 왜 죽어?"

두위가 눈을 흘기면서도 반천수가 내미는 잔을 받았다. 술을 따라주는 그의 고운 손가락이 가늘게 떨리고 있었다.

"나한테는 안 따라줄 거냐?"

물끄러미 자신의 손가락만 내려다보는 두위에게 핀잔을 준 반천수가 술병을 건네주고 빈 잔을 들었다.

"괜찮겠어?"

"괜찮지 않으면? 독약도 아닌데, 설마 술 마시다가 네놈 앞에서 고꾸라져 죽을까 봐?"

"말을 해도 꼭 정나미 떨어지게 한다."

혀를 찬 두위가 그의 잔에도 넘치도록 술을 따라주었다.

반천수의 파리한 얼굴에 웃음이 번졌다. 그 모습이 어떤 절색의 미인보다도 아름다워서 두위는 자신도 모르게 넋을 잃고 바라보았다.

"안 마실 거야? 이게 대체 얼마 만에 함께해 보는 술자리인데……."

반천수가 눈을 흘겼다. 깜짝 놀란 두위가 어? 하고는 엉겁결에 들고 있던 잔을 한입에 털어 넣었다. 그것을 보던 반천수도 예전의 호기가 되살아 난 듯 술잔을 높이 들어 단번에 마셨다.

"콜록, 콜록, 콜록—!"

그가 새우처럼 허리를 꺾고 다시 심하게 기침을 해댔다. 그러면서도 손에 쥐고 있는 잔은 놓치지 않았다.

두위가 벌떡 일어서자 반천수가 기침을 하는 중에도 손을 저어 앉으라는 시늉을 했다.

"앉아라, 앉아. 여기서 죽지 않는다."

음성이 전혀 다른 사람의 것처럼 쇳소리를 내며 갈라져 나왔다.

"오랜만에 만났으니 삼배를 하지 않을 수 없지. 자, 받아라."

"너는……."

"잔말 말고 받아. 이게 마지막 술자리다. 오늘 이후로 다시는 술을 마시지 않을 테니까 말이야."

두위는 무언가 심각한 일이 그에게 일어났음을 확신했다. 그게 무언지는 스스로가 말하지 않는 이상 알 수가 없다.

반천수는 항상 그랬다. 이쪽의 말은 다 들어주면서도 제 얘기는 극히 아끼고 조심스럽게 하는 자였다.

두위가 한숨을 쉬고 그의 잔을 받았다. 서로 세 번 건배를 했다. 그때마다 반천수는 심하게 기침을 했지만 멈추지 않았다.

마지막 잔을 내려놓았을 때 그는 더 이상 의자에 앉아 있지 못하고 바닥을 뒹굴며 제 가슴을 쥐어뜯었다.

"저리 비켜봐!"

그때까지 한쪽에서 외면하고 앉아 있기만 하던 섭월령이 달려와 두위를 밀쳐 냈다. 그녀의 손가락이 재빠르게 몇 군데 혈도를 찌르고 나자 비로소 반천수의 기침이 멎었다.

온몸의 기력을 잃은 그가 멍하니 섭월령을 올려다보았는데, 사슴같이 커다란 눈에 눈물이 가득 고여 있었다.

섭월령이 그의 완맥을 쥐었다. 반천수의 입술이 파르르 떨렸다.

"사, 사모……."

섭월령이 완맥을 쥔 채 매섭게 그를 노려보았다. 하지만 반천수는 힘없이 미소 지을 뿐, 두려워하지 않았다.

"사모, 쓸데없는 일이요. 나를 이대로 편히 쉬게 해주지 않겠소?"

"너는……?"

그의 맥을 살피던 섭월령이 깜짝 놀랐다. 반천수가 급히 머리를 가로저었다. 말하지 말라는 뜻이었다.

섭월령은 그의 눈 속에 떠올라 있는 간절함을 보았다. 눈물이 볼을 타고 흘러내리고 있었다. 섭월령의 얼굴이 굳어졌다.

그녀의 등 때문에 두위는 반천수의 그 얼굴을 보지 못했다.

"음……."

깊이 탄식한 섭월령이 그의 완맥을 놓고 일어섰다.

"누님, 어떻소? 괜찮겠소?"

"아, 이 일은 정말 나로서도 알 수 없구나. 대체 어떻게 그가, 그가 이놈에게……."

그녀가 말하는 사람이 이미 죽고 없는 양괴(陽怪)라는 것을 알 수 있었기에 두위의 궁금증이 더 커졌다.

반천수가 벌떡 몸을 일으켜 앉으며 날카롭게 소리쳤다.

"사모!"

잔뜩 눈살을 찌푸리고 있다가 깜짝 놀라 그를 바라본 섭월령이 입술을 오물거리다가 한숨을 쉬었다.

"아, 나도 이 일만은 알 수 없다. 며칠 잘 쉬고 나면 괜찮을 거다."

"정말 괜찮은 거요?"

"그거야 두고 보면 알겠지."

미심쩍어하는 두위의 눈길을 슬며시 피한 섭월령이 쉬고 싶다는 핑계를 대고 다락을 내려갔다.

이제 술은 두위가 마셨고, 반천수는 턱을 괴고 앉아 그런 두위를 바라보기만 했다. 그의 눈 깊은 곳에 따뜻한 애정이 숨 쉬고 있었다. 그는 지금 두위를 이렇게 바라볼 수 있다는 것만으로도 행복해하는 게 틀림없었다.

"여기서는 어때?"

"잘 지내고 있다. 다들 잘 대해주고 있어."

"그래? 그것 참 별일이군. 그 도도한 군웅성의 영웅들께서 언제부터 그렇게 관대해졌지?"

"나하고야 특별히 원한 맺은 자가 없으니까."

"썩을 놈."

두위가 술잔을 거칠게 내려놓고 노려보았다.

사실 반천수는 군웅성과 특별히 묵은 감정이 없었다. 다만 그가 귀역의 무리들과 어울렸기에 인정을 받지 못했을 뿐이다. 이제 제 발로 군웅성에 몸을 의지해 왔으니 한 사람의 고수라도 아쉬운 진사후에게는 굴러 들어온 복덩이일 수도 있었다.

망설이던 두위가 내내 궁금히 여기던 것을 조심스럽게 물어보았다.

"그녀는…… 만나보았어?"

반천수의 얼굴에 다시 쓸쓸한 그림자가 졌다. 그가 길게 한숨을 내쉬고 나서 처연한 낯빛으로 고개를 저었다.

"아직."

"왜? 여기 있다면서?"

"때로는 천 리 길도 문 밖이고, 한 걸음 앞도 천 리처럼 멀 수 있다."

무언가 사정이 있는 게 틀림없었다. 두위는 그것이 반천수의 가슴에 박혀 있는 못이라는 걸 잘 알았기에 더 물어보지 못했다. 건드리면 견딜 수 없는 아픔만을 줄 뿐인 것이다.

"그녀는, 그녀는……."

반천수가 아득해진 눈길을 저 먼 구화산의 영봉들에게로 돌렸다. 가슴속에 이는 슬픔을 애써 억누르고 난 그가 담담하게 말했다.

"더 이상 나를 보고 싶어하지 않는 것 같다. 그렇기에 아무 연락도 없는 거지. 내가 이곳에 와 있다는 걸 알았을 텐데도 말이다. 하긴, 이미 한 남자의 여자가 되었고, 어쩌면 몇 아이의 어머니가 되어 있을지도 모르는데 미련을 두고 있는 내가 어리석은 거지."

쓸쓸한 웃음을 떠올리던 그가 문득 술잔을 들었다. 두위가 재빨리 그것을 빼앗아 던져 버렸다.

"그렇다면 잊어버려라. 그게 사내다운 일이다."

"썩을 놈."

반천수가 눈을 흘기고 소리없이 웃었다. 그러더니 한숨을 쉬고 꺼져 들어가는 음성으로 말했다.

"한 번만 볼 수 있다면 그걸로 족하다. 더는 생각하지 않을 거야."

두위가 채영경을 잊지 못하고 있듯이 반천수는 곡보옥을 잊지 못하고 있었다. 과정이야 서로 달랐지만 사랑하면서도 떨어져 영영 남이 되어가고 있는 결과는 같았다.

그렇게 같은 아픔을 지니고 있기에 그들 두 사람은 더욱 가까워질 수 있었던 것이다.

"조심해라. 오직 너만을 믿고, 네 생각대로만 행동해."

반천수가 문득 엄숙한 얼굴이 되어 그렇게 말하고 일어섰다.

"너, 그게 무슨 말이지?"

두위가 어리둥절해서 따라 일어서며 물었지만 그는 더 말하지 않았다. 다시 보자는 말도 남기지 않은 채 휘적휘적 다락을 내려갔을 뿐이다. 그 뒷모습이 초라하고 쓸쓸해 보여서 두위의 마음을 아프게 했다.

그게 그동안 형제처럼 서로 아끼고, 때로는 싸우면서 잔뜩 정이 들어 버렸던 그와의 마지막 만남이었다.

다음날 진사후가 돌아왔다. 군웅성에 온 지 닷새 만의 일이었다.

두위가 와 있다는 말을 들은 그는 여장을 풀 새도 없이 곧장 청풍각으로 찾아왔다. 남해검협 조추걸을 대동하고서였다.

"왔군!"

월문(月門)을 나와 정원에 들어서자마자 그렇게 소리부터 질렀다. 반가움을 참지 못하는 사람 같았다.

그때 두위와 섭월령은 연못가의 정자에 앉아 한가롭게 차를 마시고 있었다. 깜찍한 소녀가 시중을 들고 있었는데, 진사후의 외침을 듣자마자 바닥에 납작 엎드렸다.

"어?"

의외의 일에 두위가 벌떡 일어섰고, 섭월령이 들고 있던 찻잔을 힘껏 쥐었다.

"하하하! 언젠가는 다시 만나게 될 줄 알았지."

진사후가 큰 걸음으로 성큼성큼 걸어 정자로 올라왔다. 일부러 과장해 보이는 것인지, 늙은이답지 않은 정정함이 돋보였다.

"음, 당신도 왔군."

섭월령을 본 노인이 살짝 눈살을 찌푸렸다. 총관 곽유로부터 듣기는 했지만 이처럼 눈앞에서 그녀를 보자 아무래도 꺼림칙했던 것이다.

사실 노인은 두위가 음괴와 어울려 다닌다는 말을 들었을 때부터 한 가닥 불길한 느낌을 떨쳐 버리지 못하고 있었다.

진사후는 그것이 나쁜 징조가 아니기만을 바랐다.

"흥!"

섭월령이 쌀쌀맞게 코웃음 쳤을 뿐, 상대하지 않겠다는 듯 연못으로 시선을 돌렸다. 살짝 눈살을 찌푸린 진사후가 한숨을 쉬었다.

"당신은 마음이 독하고 손속이 잔혹무비하며 성정이 변덕스러워서 누구도 상대하려 하지 않지. 하지만 두위만은 그런 당신을 좋게 보고 따르니 그나마 다행스런 일이오."

진사후는 섭월령에게 함부로 말하지 못했다. 나이 차이를 떠나서 그녀는 자신과 동배의 인물이고, 같은 시대에 절대자로서 명성을 날렸던 사람인 것이다.

그러나 섭월령은 그렇지 않았다.

"늙은이가 지금 나를 비웃는 것이냐?"

그녀가 발끈해서 소리쳤다. 그녀는 진사후에 대해서 쌓인 원망이 컸다. 장학우를 시켜 자신을 핍박하게 한 자가 바로 그라는 걸 알기 때문이다.

진사후는 거친 그녀의 말투에 눈살을 찌푸렸을 뿐이지만, 막 정자 아래에 도착한 조추걸은 그렇지 못했다.

"요녀! 네가 감히 말을 함부로 하느냐? 여기가 어디라고 객기를 부린단 말이냐!"

그가 가뜩이나 붉은 얼굴을 더욱 붉히며 목에 핏대를 세우고 소리쳤다. 섭월령을 가리키는 손가락이 분노로 떨리고 있었다.

섭월령의 눈매가 매섭게 치켜져 올라갔다. 조추걸이 아무리 경천동지할 만한 고수라고 해도 그녀에게 두려움 따위는 없었다.

"너, 늙은 도적놈이 겁도 없이 나를 욕하다니! 주둥아리를 찢어놓고 말 테다!"

날카롭게 외친 그녀가 자리를 박차고 일어섰다. 당장 뛰어내려 가 손을 쓸 기세였다.

두위가 황급히 그녀의 옷자락을 붙들었다.

"누님, 잠시 참으시오. 나와의 약속을 잊으셨소? 저자가 누님께 욕을 했으니 욕으로 갚아주면 그뿐이요. 누님의 억울함을 내가 풀어드리리다."

빠르게 말한 그가 섭월령을 가로막고 서서 조추걸을 노려보며 삿대질을 했다.

"너, 늙은 도적놈아! 개수작하지 말고 꺼져라! 아니면 엎드려서 절하게 만들고 말 테다!"

"이, 이……!"

두위의 행동에 크게 울화가 치솟은 조추걸이 말을 제대로 하지 못했다.

그는 살아오면서 이와 같이 터무니없는 모욕은 받아본 적이 없었다. 시뻘겋던 얼굴이 점차 창백해져 가더니, 온몸을 푸들푸들 떠는 것이 분노가 극에 달아 주체할 수 없게 된 모양이었다.

"잘한다! 속이 시원하다!"

섭월령이 그런 조추걸을 보며 손뼉을 치고 좋아했다.

진사후가 급히 무어라 말을 해서 말리려고 하는데 두위의 거친 욕설이 다시 튀어나왔다.

"늙은 것이 염치를 모르더니 이제는 말도 못하는구나! 곱게 늙어 죽었더라면 이런 꼴을 당하지 않았을 텐데 죽지 못해서 오늘 수치를 당하니 다 네 팔자라고 여겨라!"

그는 원래 조추걸에 대해서 뼛속 깊이 앙심을 품고 있었다.

영취봉의 동굴 속에서 대무광에게 치료를 받던 날 그가 사사건건 트집을 잡아서 방해하고, 자신을 죽이지 못해 안달했던 일을 잊지 못해서였다.

그때 조추걸이 그처럼 방해하지 않았더라면 성수괴의(聖手怪醫) 당문군(唐雯君)이 죽지 않았을지도 모른다. 그리고 대무광 또한 그처럼 심각하게 원기가 손상되지 않았을지도 모르는 것이다.

그렇게 생각하자 그때의 원한이 더욱 깊어졌다.

두위가 더욱 급하게 삿대질을 해대며 악을 썼다.

"꺼져 버려라! 네 추한 꼴을 더 보고 있다가는 내가 먼저 미쳐 버릴 것 같다!"

"으악—!"

백지장처럼 창백해진 얼굴로 눈을 부릅떠서 두위를 노려보며 온몸을 덜덜 떨고 있던 조추걸이 갑작스럽게 비명을 지르고 벌렁 뒤로 넘어졌다. 입에서 거품과 함께 붉은 피를 왈칵왈칵 토해내고 있었다. 극에 달한 분노 때문에 혈압이 한순간 과도하게 오른 탓이다.

"저런, 저런!"

미처 말릴 새도 없이 벌어져 버린 일에 진사후가 깜짝 놀라 발을 굴렀다.

월문 밖에서 동정만 살피고 있던 총관 곽유가 수하들을 이끌고 날듯이 달려와 조추걸을 부축했다. 재빠른 손길로 가슴 앞 요혈들을 점하고 난 그가 두위를 노려보며 소리쳤다.

"네가 정말 하늘 높은 줄 모르는구나! 이제는 여기가 어디라는 것도 잊었단 말이냐!"

"닥쳐라!"

진사후가 엄한 얼굴로 꾸짖었다.

곽유가 얼굴 가득 억울한 기색을 떠올리면서도 감히 대꾸하지 못하고 수하들과 함께 조추걸을 떠메고 물러났다.

"너는 너무 심했다. 이곳에서 그와 풀 수 없는 원한을 맺었으니 앞으로의 일들이 어려워질 것이다."

진사후가 안타까운 눈길로 바라보며 그렇게 말했다. 두위의 얼굴에 차가운 조소가 어렸다.

"그새 잊으신 거요? 그는 영취봉의 비동(秘洞) 안에서 이미 나와는 씻을 수 없는 원한을 맺었소. 그 늙은이는 반드시 나를 죽이려 할 것인데 내가 참고 양보할 일이 뭐가 있겠소?"

"너는 정말 남해검협을 두려워하지 않는단 말이냐?"

"두려웠다면 내 발로 다시 이 빌어먹을 곳에 찾아왔겠소? 저 늙은이는 오직 이곳에서 내가 칼을 뽑는 일이 없기를 바라야 할 것이외다."

물끄러미 바라보던 진사후가 허허, 하고 공허하게 웃었다.

"죽여야 합니다."

하도욱의 눈이 불기를 담고 이글거렸다. 그를 가만히 바라보던 진사후가 들릴 듯 말 듯 한숨을 쉬었다.

"군웅성을 무시하고 질서를 어지럽히는 자들에 대한 이야기는 여기서도 충분히 들었습니다. 그놈은 그 들개 같은 자들의 두령 격인 인물 아닙니까? 제 발로 걸어 들어왔으니 잘된 일이지요. 목을 베어서 세상 사람들 모두에게 난적(亂賊)의 말로가 어떤지 똑똑히 알려야 한다고 생각합니다."

"좀 더 대범하게 생각할 수 없겠느냐?"

"군주 된 자로서의 대범함이란 상벌에 엄격한 거라고 생각합니다. 우유부단함을 보여준다면 모두 실망할 것입니다."

"우유부단함이라……."

진사후가 멍하니 허공을 바라보며 중얼거렸다. 그의 주름진 얼굴에 그늘이 드리웠다.

진사후가 더는 아무 말도 하지 않고 집무전(執武殿)을 떠났지만 하도 욱의 얼굴에는 여전히 서릿발 같은 냉엄함이 가시지 않고 있었다.

노인이 돌아가고 나자 기다렸다는 듯 노수권왕(弩手拳王) 제형적(除 炯跡)이 들어왔다.

"정의전주께서는 이제 연로하셨습니다. 일 처리에 있어서 예전 같은 날카로움이 사라진 게 좋은 증거지요. 이 기회에 일선에서 물러나 여 생을 편히 쉬도록 하는 것도 그분을 존경해 온 우리가 할 일이 아닌가 합니다."

자리에 앉자마자 그렇게 고하는 것이 바깥에서 두 사람의 말을 엿들 은 모양이었다. 그러나 하도욱은 거기에 대해서는 아무 말도 하지 않 았다. 제형적을 바라보는 그의 눈에 고마워하는 기색마저 어려 있었 다.

힘을 얻은 제형적이 다시 말했는데, 황소 같은 그의 덩치와는 어울 리지 않게 낮고 은근한 음성이었다.

"성주를 따르겠다고 맹약하는 자들이 날로 늘어나고 있습니다. 이제 는 검신의 그늘에서 벗어나 스스로의 웅지를 펴실 때가 되었습니다."

"하지만……."

"방금 말씀하셨잖습니까? 군주 된 자는 우유부단해서는 안 된다고.

결단이란 스스로 책임을 질 수 있는 자에게서만 나오는 것입니다. 이제 성주께서는 검신의 그늘에서 벗어나 홀로 서실 때가 되었습니다."

제형적의 말은 하도욱의 가슴을 뜨겁게 했다.

'홀로 선다……'

가만히 중얼거려 보았다. 두려움과 호기(豪氣)가 번갈아 일어나 그를 흥분시켰다.

생각해 보면 그동안 검신 진사후를 하늘처럼 우러르고 떠받들어 왔다. 무존보다 오히려 그를 더 공경했던 것이다.

거칠고 호쾌했던 무존의 성품보다는 언제나 조용하고 치밀한 진사후의 성품이 더 좋았다. 타고나기를 귀골로 타고난 그는 역시 귀골의 기품을 지니고 있는 진사후에게 친밀함을 느낄 수밖에 없었다.

'하지만 언제까지 검신의 그늘에만 있을 것인가? 자식이 장성하면 부모의 품을 떠나 독립하듯 나 또한 이제 그럴 때가 되었다.'

하도욱은 마음속에 이는 그런 생각을 가만히 중얼거려 보았다. 그것은 어제 오늘의 일이 아니었다. 군웅성의 이대 성주로 군림하면서부터 내내 떠나지 않았던 생각이다.

'아직은 안 된다.'

중얼거리는 진사후의 얼굴이 어두웠다.

하도욱에게는 누구보다 큰 가능성이 있었다. 그를 이대 성주로 밀었을 때 진사후는 머지않아 그가 대무광 못지않은 영도력으로 군웅성을 크게 일으킬 것이라고 굳게 믿었다. 그런데 지금은 그 기대가 조금씩 무너져 가고 있었다.

진사후의 얼굴에 드리워진 그늘을 내내 바라보던 금왕(金王) 육반산(六班珊)이 보일 듯 말 듯 미소를 지었다.

그는 보금전주(寶金殿主)라는 지위에 걸맞게 뚱뚱하고 흰 살결을 자랑하는 중년인이어서 언뜻 보면 부유한 상인 같기도 했다. 그러나 그 역시 군웅성을 있게 한 초인 중의 한 명이었다.

육반산은 군웅성의 살림살이를 도맡아하고 있는 재신(財神)이기도 했다. 누구보다 계산이 빠르고 정확한 것으로도 이름이 높았다. 그건 그만큼 남의 속마음을 읽는 데에도 뛰어나다는 반증이었다.

상술의 기본이 원래 고객의 마음을 꿰뚫어 보는 것이지 않은가.

"이것은 이겨도 의미가 없는 한 판이 되어버렸군요."

육반산이 소매를 휘저어 반상의 바둑돌들을 쓸어버렸다.

"응?"

형세를 내려다보고는 있으되 눈을 감고 있는 거나 마찬가지였던 진사후가 깜짝 놀라 정신을 차리고 육반산을 바라보았다.

그들은 기력이 서로 엇비슷해서 만나면 곧장 바둑판을 꺼내놓고 시간 가는 줄을 몰랐다.

"대마가 서로 꼬리에 꼬리를 물고 엉켜서 잡느냐, 잡히느냐 하는 중요한 순간인데 영 다른 생각만 하고 있으니 내 말이 죽고 사는 건 상관없다는 불손한 태도입니다."

육반산이 짐짓 정색을 하고 꾸짖었다. 진사후와 그는 나이를 떠나고 지위를 떠나서 바둑을 통해 망년지우를 맺은 거나 진배없는 사이였다. 그러므로 둘이 이처럼 마주 앉아 있는 시간이면 육반산은 종종 쓴소리를 하곤 했다.

"허, 그랬나? 이건 실례를 했군."

"승패가 갈리는 기로에 섰을 때 그 사람의 그릇을 가장 잘 알 수 있습니다. 작은 이익을 탐하는 자는 연연해하다가 기회를 놓치고 큰 걸 잃지요. 욕심이 과도한 자는 제 수만을 읽고 또 읽습니다. 상대의 수를 애써 무시하니 무리수를 두다가 스스로 무너지고 맙니다. 과단성이 없는 자는 묘수를 찾아내고도 결정을 하지 못하고 장고에 장고를 거듭합니다. 그러다 결국 자충수를 두거나 늘어진 수를 놓고 말지요. 지나친 망설임이 그로 하여금 패망의 길을 가게 한 것입니다."

"음……."

진사후가 잔뜩 이맛살을 찌푸린 채 신음했을 뿐 뭐라고 반박하지 못했다. 육반산이 하하, 웃었다.

"전주님께서는 어떤 쪽이십니까? 저는 이 한 판을 두면서 내내 그것이 궁금했습니다."

"스스로 이미 잘 알고 있으면서 묻는 건 짓궂은 짓이다."

"하하, 그렇군요."

가볍게 웃은 육반산이 바둑판을 밀어내고 진지한 얼굴로 바라보았다.

"두위의 일 때문이라면 저는 전주님께서 망설이는 것을 이해할 수 없습니다. 그것이 성주의 일 때문이라면 더 더욱 그렇지요."

"허! 자네는 내 속에 들어갔다 나온 사람같이 말하는군?"

진사후가 깜짝 놀라 감탄했다. 육반산이 가느다란 눈을 더욱 가늘게 떴다. 희고 뚱뚱한 얼굴은 오십을 바라보는 나이임에도 불구하고 청년같이 탄력있고 밝았다.

"두 가지의 길이 있습니다."

"……!"

"죽이거나 살려두는 것."

"그건 누구나 다 할 수 있는 생각 아닌가?"

"생각하는 일은 언제나 쉽습니다. 결정하는 게 어려운 법이지요."

"음……."

"죽이시려면 지금보다 좋은 기회가 없고, 살리시려면 역시 지금보다 더 좋은 기회가 없습니다. 죽이려면 한마디 호령만 하시면 됩니다. 이곳이 군웅성이기 때문입니다. 때문에 살려주신다면 그자에게 더없이 큰 은혜를 베푸는 셈이 되니 이보다 생색을 낼 수 있는 기회란 또 없습니다."

두위는 강단이 있고 성정이 드센 자였다. 남에게 신세를 지면 반드시 갚아야 속이 편해지는 자인 것이다.

사지(死地)에서 은혜를 베푼다면 언젠가는 그만한 대가로 보답을 해줄 게 분명했다. 그가 죽음을 두려워하지 않고 대무광을 찾아온 것이 좋은 예였다. 그는 대무광에게 진 신세를 갚으려는 생각뿐, 자신의 목숨이 위태로워지는 것에 대해서는 개의치 않고 있었다.

가만히 진사후를 바라보던 육반산이 다시 낮게 말했다.

"제 생각에는 죽이시는 게 좋겠습니다. 범은 길들일 수 없기 때문입니다. 선불리 올가미를 씌웠다가는 놈을 더욱 흉포하게 해서 오히려 많은 사람을 다치게 하는 결과가 됩니다. 하지만 죽인다면 그 고기와 가죽을 여러 사람이 충분히 나누어 가질 수 있게 되지요."

진사후의 얼굴에 흐릿한 웃음이 떠올랐다. 육반산이 말하고자 하는 의도를 파악한 것이다. 영리한 그의 본심은 언제나 반대 편에 숨어 있었다.

"자네는 역시 나의 장자방일세."

"과찬이십니다. 저는 그저 장사꾼의 속으로 계산해 보았을 뿐입니다."

진사후는 육반산이 말한 두 가지 방법이 두위와 하도욱 모두에게 소용되는 것임을 잘 알았다. 그들은 서로 반대 편에 있었지만 마음속에 노리는 바는 같았다. 결국 군웅성을 탐내는 것이다.

차이가 있다면, 두위가 군웅성의 붕괴를 꾀하는 데 비해 하도욱은 독차지하기를 원한다는 것이다.

하지만 결국 똑같아진다는 걸 진사후는 잘 알았다. 하도욱이 성을 독차지한다는 건 제 손으로 군웅성을 무너뜨리고 마는 일이 될 뿐이기 때문이다.

"이러다가 언제 대무광을 만난단 말이냐? 나는 할 일이 많은 몸이다. 마냥 기다려 줄 수만은 없어."

섭월령의 짜증 섞인 말을 듣고 있던 두위가 머리를 끄덕였다.

"나도 그래. 이젠 정말 놀고 먹는 일도 지겨워졌소. 내일도 말이 없으면 우리 더 망설이지 말고 그냥 터벅터벅 걸어 들어가서 무존을 만나고 맙시다."

"어디 있는지 알기는 하는 거야?"

"제기랄, 내가 그걸 어찌 알겠소? 하지만 뭐 걱정할 것 없소. 정 안되면 한 놈 붙잡아서 앞장세우면 될 테니까."

"호호호, 이제야 마음에 들게 말을 하는구나. 진작 그랬으면 벌써 일을 끝내고 이 빌어먹을 곳을 떠났을 거다."

섭월령이 손뼉을 치며 좋아했다.

벌써 열흘 동안이나 하는 일 없이 빈둥거리고 있는 중이었다. 처음에는 군웅성에 들어왔다는 것만으로도 위축되었는데 며칠 지나다 보니 그런 마음도 많이 가셨다. 저도 모르게 분위기에 적응이 된 것이다. 진사후만 조심한다면 누가 나를 곤란하게 하겠느냐, 하는 자신감도 생겼다.

까짓 정 안 되면 한번 마음껏 휘저어 버리고 유유히 떠나는 것도 나쁘지 않다. 얼마나 통쾌할 것인가. 그래서 섭월령은 은근히 내일도 이렇게 무료한 시간이 되기를 바랐다. 그러면 두위와 함께 내성(內城)으로 뛰어들어 가 한바탕 신나게 놀아볼 작정을 했던 것이다. 그것이야말로 그녀의 성미에 가장 잘 맞는 일이기도 했다.

그러나 섭월령의 그런 꿈은 다음날 아침이 되자 무너져 버리고 말았다. 육반산이 그 뚱뚱한 몸을 가마에 싣고 찾아온 것이다.

"무존을 만나려고 한다고?"

자리에 앉자마자 대뜸 그것부터 물었다. 섭월령은 쳐다보지도 않은 채였다. 그녀의 눈꼬리가 매섭게 치켜져 올라갔지만 육반산은 개의치 않았다.

"그렇소. 오늘도 대답이 없다면 내 발로 걸어 들어가서라도 만날 작정이오."

육반산의 태도가 못마땅했던 두위는 의도적으로 거만을 떨며 비웃듯 말했다.

가만히 그런 두위를 바라보고 있던 육반산이 희미하게 웃었다.

"좋아. 원하는 걸 하도록 해주지."

"당신이? 당신이 뭔데?"

"진 전주님을 대신해서 왔다고 생각하면 되네. 그럼 쇠뿔도 단김에 빼랬다고 지금 가볼까?"

그의 거침없는 태도에 이제는 두위와 섭월령이 의아해져서 멍하니 바라보기만 할 뿐 할 말을 잊고 말았다. 자신도 의식하지 못한 사이에 육반산의 선수(先手)에 눌려 버렸던 것이다.

"내 검을 가져와라!"

이틀 만에야 기력을 회복한 조추걸이 서릿발 같은 얼굴로 소리쳤다. 시동이 주저하자 그가 완연히 노기를 드러내고 다시 소리쳤다.

"내 검을 가져오란 말이다!"

"하오나 정의전주님께서 앞으로 열흘 동안은 절대로 검을 드리지 말라고 단단히 이르셨습니다."

"이놈이? 이제는 네놈마저 나를 무시하는 거냐?"

조추걸이 살기등등해서 자리를 박차고 일어섰다.

불길이 활활 타오르는 듯한 그의 시선을 받은 시동이 어쩔 줄을 모르고 진땀만 흘렸다. 애처롭게 두 다리를 와들와들 떨고 있었다.

조추걸은 성미가 불같이 급한 사람이었다. 한 번 화를 내면 물불을 가리지 않았다. 그랬기에 제 분을 이기지 못하고 쓰러졌던 것이다. 이제 다시 그 성미가 폭발하려 하고 있었다.

발을 구르며 음! 하고 윽박 지르자 시동이 더 견디지 못했다.

       *   *   *

그 시간에 반천수는 성 동쪽에 있는 정란곡(情蘭谷)을 배회하고 있었다.

머리 위의 하늘이 잔뜩 흐려져 있어서 적막한 마음을 더욱 심난하게 했다.

그는 이제 자신에게 주어진 시간이 별로 없다는 것을 잘 알았다. 길어야 한 달일 뿐이다.

그 다음은? 하고 생각하자 와락 두려움이 밀려들었다.

남은 한 달 동안 무엇을 해야 할 것인지를 내내 생각했다. 무엇을 해야 가장 뜻 깊은 마지막을 장식할 수 있고, 사람들에게 오래도록 기억될 것인가 하는 것이 지금은 유일한 그의 관심사였다.

반천수는 두 가지의 목표를 세웠다. 그중 하나가 잊을 수 없는 연인, 곡보옥(谷寶玉)을 한 번만이라도 만나본다는 것이었다. 더 이상은 바라지 않았다.

그녀의 손을 잡고 나란히 앉아서 지난날 화산의 영봉들과 소나무 숲 아래에서 나누었던 달콤한 말들을 기억해 내고, 그녀에게도 그날들이 아직 소중한 기억으로 남아 있는지 확인해 보고 싶었다.

하지만 반천수는 지난 두 달 동안 지척에 그녀를 두고서도 감히 만나볼 생각을 하지 못한 채 망설이기만 했다. 두려움 때문이었다.

그러나 이제는 더 머뭇거리고 있을 수가 없었다. 삶이 얼마 남지 않았기 때문이다.

곡 안으로 들어서자 곧 아늑한 분지가 나타났다.

흰 눈을 이고 있는 매화나무 가지들이 늘어진 사이로 고만고만한 이십여 채의 집들이 보였다. 작은 마을 하나를 이루고 있는 곳이었다.

평화로움이 지나쳐서 오히려 적막해 보이기까지 하는 그 모습이 반천수를 다시 머뭇거리게 했다.

낯선 기척을 느낀 개 한 마리가 달려오더니 멀찍이 거리를 두고 서서 컹컹 짖었다.

'낯선 사람.'

반천수는 문득 그런 생각을 떠올렸다. 이곳에서 자신은 낯선 사람일 뿐이라는 것이 그를 처량해지게 했다.

천천히 매화나무 사이로 난 소로를 걸었다. 발에 밟히는 눈이 뽀드득 소리를 냈는데, 그것마저 두려워지는 긴장된 시간이었다.

따라오며 짖어대던 개도 슬그머니 물러가 버렸고, 마을은 텅 빈 듯 적막하기만 했다.

울도 없이, 흰 눈을 잔뜩 이고 있는 서너 칸의 집이 눈앞에 다가왔다. 깨끗이 쓸려 있는 마당에서 그녀의 깔끔하고 섬세한 손길이 느껴졌다.

왈칵 목이 메어왔다. 가슴이 곧 무너질 듯 뛰었다.

그가 마당 가운데 멍하니 서서 어쩔 줄을 모르는데 닫혀 있던 중방(中房)의 문이 소리없이 열렸다.

반천수의 심장이 쿵! 하고 멈추었다. 아찔한 현기증이 그를 허공에 들어 올렸다. 눈앞이 깜깜해졌고, 머릿속이 하얗게 변해 버렸다.

곡보옥, 그녀가 거기 있었던 것이다.

"오셨군요."

*   *   *

"우선 진 전주의 손발을 제거해야 합니다."

제형적이 더욱 목소리를 낮추었다. 하도욱의 얼굴에 망설이는 기색이 어렸다. 그것을 본 제형적이 혀를 찼다.

"지금 결심하지 못하면 영영 할 수 없게 됩니다. 두위라는 놈이 왜 음괴를 데리고 다시 온 줄 아십니까?"

"무존을 만나기 위해서 아니오?"

"무존의 몸에 퍼져 있는 묘독(猫毒)을 해독하기 위해서입니다."

"이해할 수 없소. 진 전주께서는 몸소 무존을 유폐시켰는데 왜 이제 와서 다시 그를……."

제형적의 눈에 웃음이 떠올랐다.

"눈치를 챈 것이지요. 성주께서 품을 떠나려 한다는 걸 말입니다."

"그렇다면 나를 견제하기 위해서 무존을 다시 내세우려 한다는 거로군."

"견제하기 위해서라면 무존까지도 필요없습니다. 이미 귀반악 반천수를 받아들였으니까요."

"반천수!"

하도욱의 눈에서 불길이 일었다. 귀역에서 모욕을 받던 일이 다시 떠올랐던 것이다. 그놈을 반드시 내 손으로 죽여 버리겠다고 이를 갈며 결심한 게 엊그제의 일 같았다.

진사후가 그 반천수를 데리고 왔을 때 그의 마음이 결정되었다고 해도 좋았다. 그러므로 그에게는 이제 더 이상 진사후에 대한 공경심이 남아 있지 않았다.

한때는 신처럼 떠받들었으나 이제는 자신의 자리를 보존하기 위해서 경계하고 미워하는 상대가 되어 있을 뿐인 것이다.

"그렇다면 진 전주가 나를 쫓아내고 무존을 다시 복귀시키려고 한다는 거요?"

"그게 말도 되지 않는다는 걸 성주께서도 잘 아시지 않습니까."

"대체 그럼 무슨 속셈이 있다는 거요?"

"저 또한 아직 그걸 잘……."

말꼬리를 흐리는 제형적을 바라보던 하도욱이 혀를 찼다.

진사후의 속내는 깊고도 깊어서 여전히 짐작할 수가 없었다. 대체 그 노인의 흉중에 어떤 생각이 들어 있는 건지 알 수 없었으므로 불안감이 더 커졌다.

"어쩌면 군웅성을 다시 쪼개려고 하는 건지도 모르겠습니다."

한동안 골똘히 생각하던 제형적이 겨우 그렇게 운을 떼었다.

하도욱은 그 말도 일리가 있다고 생각했다. 지금 군웅성은 진사후를 따르는 쪽과 자신을 따르는 쪽으로 크게 나뉘어져 있었다. 그리고 시간이 갈수록 진사후보다는 자신을 따르는 자들의 세력이 커져 가고 있기도 했다.

눈덩이는 부피가 커질수록 바닥의 눈을 빨아들이는 힘도 커진다. 한 줌에서 시작해 큰 덩치가 되도록 굴리는 것이 힘들지, 일단 어느 정도의 덩치를 갖게 되면 스스로 커져 가는 것이다.

세력이라는 것도 그와 같았다.

처음 결집시키는 일이 어렵고 힘들 뿐, 그것이 어느 정도의 규모와 힘을 갖추게 되면 그 다음부터는 저절로 따라붙는 자들이 늘어나기 마련이다.

그와 같이 하도욱의 세력도 커져만 가고 있었다. 어느새 주변의 인물들을 빠르게 흡수해 들이고 있었던 것이다.

하도욱은 이제 진사후가 무존을 끌어내 그런 자신의 세력에 균열을 일으키려고 하는 건지도 모른다고 여겼다.

그렇다면 군웅성은 다시 몇 조각으로 쪼개지고 말 것이다. 이미 처음의 세력을 잃고 반 토막이 되어 있을 뿐인 군웅성이 다시 잘게 쪼개진다면 유명무실해져 버리고 만다.

하도욱은 그렇게 되도록 두고 볼 수 없다고 생각했다. 그의 야망은 아직 먼 곳에 있었다. 그에게는 내 손에서 과거 무존이 이끌었던 군웅성의 위용과 영광을 재현해 내겠다는 확고한 의지와 욕망이 있었다. 그 앞에서 진사후는 이제 욕망을 가로막는 장애물일 뿐이다.

'깨뜨려 버릴 것이다. 그게 누가 되었든!'

하도욱이 입술을 잘근잘근 깨물었다. 진사후에 의해서 컸지만 자신의 앞길에 장애가 된다면 그를 제거하고 나갈 수밖에 없다.

하지만 하도욱은 물론 제형적도 오직 자신들의 그릇으로 물을 퍼 담을 뿐이었다. 그들은 진사후가 생각하는 바가 훨씬 크고 넓다는 것을, 그리고 무존이 생각하는 바는 그것보다 더 크고 넓다는 것을 알 수가 없었다. 진사후나 무존은 자신들의 그릇으로 담을 수 없는 강물이고 바다와 같았기 때문이다.

두위는 군웅성의 내성을 서슴없이 가로질렀다. 처음 밟아보는 땅이다. 바로 이곳에 들어오는 것이 모든 무림인의 꿈이고 목표였다. 선택받은 자만이 밟을 수 있는 흙이고, 선택받은 자만이 숨 쉴 수 있는 공기다. 그곳을 두위가 성큼성큼 걷고 있었다.

가로막는 자는 아무도 없었다. 여기저기서 두위와 섭월령을 신기한 듯 바라보는 자들이 있을 뿐이다.

높은 담 너머로 집무전의 황금빛 지붕이 멀리 보였다. 군웅성주가 기거하는 곳이고, 무림의 지존이 생활하고 있는 바로 그곳이었다.

'흥! 하도욱이라는 놈.'

두위의 입꼬리에 얇은 비웃음이 걸렸다. 몇 해 전 겨울. 진사후를 따라 귀역에 왔던 그를 기억해서였다. 그 오만함과 조상(彫像)같이 표정 없던 얼굴이 떠올라서였고, 지금 그가 집무전을 차지하고 있다는 것이 가소롭게만 여겨져서이기도 했다.

"여기서부터는 혼자서 가게."

내성 밖으로 인도해 온 금왕 육반산이 서쪽을 손가락으로 가리키고 그렇게 말했다. 그가 가리키는 곳에 울창한 대숲이 있었다.

"어? 당신은 끝까지 동행하는 게 아니었소?"

두위가 의외라는 듯 어리둥절해진 얼굴로 묻자 육반산이 희미하게 웃었다.

"저곳은 아무도 접근할 수 없는 금지라네. 나는 군웅성에 몸담고 있는 사람이니 규칙을 따르지 않을 수 없지."

주위에는 인적이 없었다. 마치 이곳은 군웅성이 아니라 어느 한적한

시골길 같기만 했다. 주변의 무성한 숲이 그랬고, 그 사이로 나 있는 작은 오솔길이 그랬다. 지나다니는 사람이 얼마나 없었던지 오솔길을 뒤덮을 듯 잡풀이 무성하게 자라 있었다.

어서 가라는 듯 육반산이 턱으로 그 오솔길 끝을 가리켰다. 섭월령이 눈살을 찌푸렸다.

"느낌이 좋지 않다."

"어떻게 말이오?"

"사슴을 쫓아서 숲에 뛰어든 적이 있었지. 정신없이 그놈의 종적을 찾아다니는데 뒤에서 호랑이가 배를 깔고 나를 노리고 있었다. 그때는 뒷덜미에 와 닿는 그 음습한 느낌이 무언지 알지 못했지. 하지만 이제는 잘 알 수 있게 되었다."

"겁도 없이 누님을 노리다니. 그 호랑이란 놈이 얼마나 불쌍한 꼴을 당했을지 짐작이 가오."

두위가 천연덕스럽게 웃으며 대꾸했다. 다른 때 같았으면 눈이라도 흘겼을 텐데 섭월령은 굳은 얼굴로 대나무 숲을 노려볼 뿐 반응하지 않았다.

"어떻게 된 거요? 누님은 이 며칠 사이에 아주 얌전한 숙녀가 된 것 같소?"

머리를 흔들고 난 섭월령이 빠르게 속삭였다.

"아무래도 너는 내 뒤를 따르는 게 좋겠다."

"무슨 소리? 대장부가 아녀자의 치마폭 뒤에 숨어서 얼굴만 내민다면 세상 사람들이 다 비웃소!"

버럭 소리친 두위가 섭월령을 밀쳐 내고 성큼성큼 걸었다. 가슴을 활짝 펴고 허리를 쭉 편 채 힘있게 걷는 모습이 늠름하기 짝이 없었다.

섭월령이 빠른 걸음으로 그런 두위의 뒤를 따랐다. 그들을 바라보는 육반산의 얼굴에서 웃음기가 가셨다.

두위와 섭월령의 모습이 대나무 숲 깊숙이 들어가 보이지 않게 되었다. 자신의 할 일을 다 했다는 홀가분한 마음으로 돌아서는 육반산의 눈에 빠르게 다가오고 있는 몇 사람이 보였다. 그가 의아한 얼굴로 멈추어 서서 그들을 기다렸다.

앞장선 자가 황소 같은 체격의 노수권왕 제형적임을 알아본 육반산의 얼굴이 조금씩 굳어져 갔다.

제형적을 뒤따르고 있는 다섯 명의 건장한 자들 또한 익히 눈에 익은 자들이었다. 두 명은 총관인 장여절편 하유명과 순찰원주인 추풍우사 이정이었고, 세 명은 이정이 거느리고 있는 순찰원의 고수들이었다.

"육 전주, 당신은 지금 이곳에서 무엇을 하고 있소?"

급히 다가온 제형적이 눈을 부라리며 물었다. 육반산이 공손하게 읍했다.

"총령께서 몸소 이곳에 오시는 줄을 몰라 그만 결례를 했습니다."

"그런 건 상관없네. 그런데 육 아우는 지금 왜 이곳에 있는 거지?"

제형적이 턱수염을 쓸며 조금은 가라앉은 얼굴로 다시 물었다. 비록 군웅성 내에서의 신분에는 차이가 있었지만 과거 무존과 함께 강호를 질타했던 동지였으므로 사사롭게는 호형호제하는 일이 많았다.

제형적의 친근한 말에 육반산이 경계심을 풀고 미소 지었다.

"정의전주님의 명을 받아 두 사람을 인도해 온 길이었지요. 이제 막 돌아가려던 참이었습니다."

제형적 뒤에서 눈빛을 번쩍이고 있던 추풍우사 이정이 싸늘한 얼굴로 나섰다.

"형은 이곳이 금지라는 걸 잊었단 말이오?"

"잊다니? 그럴 리가 있나? 나는 이곳에서 더 이상 나가지 않았네. 그러니……."

"하하, 아직 형에게는 소식이 전해지지 않은 모양이구려?"

뒤에서 가만히 바라보고 있던 하유명이 웃으며 말하고 나섰다. 육반산이 어리둥절해서 그를 바라보았다.

"성주께서는 내성 밖 서쪽을 모두 금지로 정하셨답니다. 그러니 이곳도 금지인 셈이지요."

"아니, 언제? 나는 조금도 알지 못했네."

"조금 전입니다."

"무엇이?"

육반산의 낯빛이 핼쑥해졌다. 무언가 심상치 않음을 느낀 그가 반박을 하려는데 곁에 서 있던 제형적의 손이 쾌속하게 뻗어 나왔다.

"제형! 이게 무슨 짓이요!"

깜짝 놀란 육반산이 크게 소리치며 걸음을 떼어놓았으나 제형적의 두터운 손은 이미 그의 어깻죽지를 꼭 움켜쥐고 있었다.

육반산의 몸에서 일시에 기력이 빠져나갔다. 그가 음, 하는 신음을 흘리며 제형적의 품에 안기듯 기대었다. 제형적의 눈이 음침한 빛을 담고 번쩍였다.

"네가 알고 모르고는 상관없다. 너는 이미 성의 법규를 어겼으니 벌을 받아야 할 뿐이다. 게다가 외인까지 끌어들였으니 용서할 수가 없다. 너뿐만 아니라 성주의 허락 없이 저곳에 들어간 자는 누구든 용서받지 못할 것이다."

"이, 이런 터무니없는…… 일이……."

육반산의 얼굴에서 핏기가 가셨다. 빠르게 다가온 이정이 그의 마혈(痲穴)을 점했다.

의식이 흐려지는 중에도 육반산은 무언가 말하고자 했다. 하지만 중얼거리는 그 음성을 제대로 알아들을 수가 없었다.

육반산을 손쉽게 제압한 이정이 입에 손가락을 넣어 짧고 높은 휘파람을 불었다. 삐익—! 하는 그 소리의 여운이 채 사라지지도 않아서 수많은 사람들이 모습을 드러냈다.

"뭐야?"

그 시간, 냉염판관(冷廉判官) 마조(馬調)의 노한 외침이 계율당(戒律堂)을 뒤흔들었다. 그러나 그 앞에 버티고 서 있는 세 명의 사내들은 눈도 깜빡하지 않았다.

"누가 감히 나를 계율당에서 내쫓을 수 있단 말이냐!"

마조의 눈에 싸늘한 한광이 어렸다. 세 명 중 가운데에 서 있던 중년인이 그런 마조의 눈길을 똑바로 받으며 천천히 대답했다.

"성주님이시오."

"무엇이? 성주가?"

"명을 거역하는 것은 곧 반역하는 것이오."

"이, 이런……!"

마조의 입술이 파르르 떨렸다. 형을 집행하는 책임을 지고 있는 자로서 참으로 난감하기 짝이 없는 일이었다.

"셋을 셀 동안 결정하시오. 반역자가 되든지 아니면 성주님의 다음 명을 기다리든지."

중년의 사내가 여전히 감정이라고는 실려 있지 않은 어조로 말하고 천천히 손가락을 꼽았다.

"하나, 둘……."

둘러싼 사내들은 모두 이정의 수하들이었다. 마조가 부드득 이를 갈 았다. 순찰원주인 추풍우사 이정의 소행이 괘씸해서였다.

뒤늦게 달려온 계율당의 수하들이 한쪽에 모여 서서 분을 삭이며 마조의 눈치만을 보고 있었다. 명령을 내린다면 그들은 자신을 위해서 벌떼처럼 달려들어 싸울 것이다.

'하지만 그럴 수는 없다.'

마조가 입술을 악물었다. 누구보다도 계율을 지키고 모범을 보여야할 자신이 몸소 성주의 명에 반역하는 모습을 보일 수는 없었던 것이다.

길게 탄식한 마조가 영패를 꺼내 사내의 발 아래 던졌다. 그것이 땡그랑, 하고 떨어지는 것과 함께 지켜보던 계율당의 고수들이 일제히 무릎을 꿇고 비통하게 부르짖었다.

"영주님!"

"나는 저놈을 죽이고 싶어 미치겠다."

섭월령이 투정을 부리는 아이처럼 칭얼거렸다. 두위는 대꾸하지 않았다. 길을 가로막고 선 노인을 노려볼 뿐이다.

남해검협 조추걸이었다.

죽림을 한참 걸어 들어가자 문득 앞이 훤히 뚫리며 넓은 공간이 나타났는데, 매화와 동백이 어우러져 무성한 정원에 세 명의 노인들이 있었다.

낡은 정자 위에서 술을 마시고 있던 노인들 중 조추걸이 검을 들고 일어나 뚜벅뚜벅 걸어 내려왔다. 그리고 두위와 섭월령의 앞을 가로막고 섰다.

그를 본 섭월령이 "저놈!" 하고 소리치며 뛰어나가려는 걸 두위가 가로막았다.

"아무래도 누님보다는 나를 기다리는 것 같소."

그녀를 등 뒤로 돌려 세운 두위가 성큼성큼 걸어가 마주 서자 조추걸이 부드득! 하고 이를 갈았다. 그의 눈에 흉맹한 불길이 타올랐다. 원래 붉은 얼굴이 증오와 살기로 더욱 붉어져서 이글거리는 숯덩이가 된 듯했다.

정자 위에 앉아서 태연스럽게 바라보고 있는 두 명의 늙은이는 태을진인(太乙眞人) 이청수(李淸水)와 자운 신니(紫雲神尼)였다. 대무광에게 치료를 받던 동굴 안에서 자신을 방해하기 위해 혈안이 되었던 자들인 것이다.

두위의 입가에 싸늘한 비웃음이 떠올랐다.

군웅성의 기둥이라는 다섯 장로들 중 세 명이 한곳에 모여 있었지만 두위에게는 두려움이 없었다. 그가 조추걸의 살기 가득한 눈을 바라보며 턱으로 정자 위를 가리켰다.

"한꺼번에 덤벼도 괜찮아."

"죽일 놈!"

두위의 그 한마디가 조추걸의 가슴에 폭발을 일으켰다.

그는 성정이 불 같은 사람이었다. 감정을 억제하기보다 터뜨리고 내쏟는 것에 더 익숙한 삶을 살아왔다.

몸이 와락 기운 순간 그의 검이 번갯불을 토해냈다.

번쩍—!

푸른 하늘을 찢으며 한 가닥 뇌전이 내리꽂혔다.

"앗!"

놀란 섭월령이 비명을 터뜨렸다. 그녀의 눈에 두위의 머리통이 두 쪽으로 갈라지는 것처럼 보였다. 하지만 두위의 머리는 조추걸의 그 눈부신 일격 아래에 있지 않았다. 그가 가볍게 한 발을 내딛자 몸이 불쑥 나아가 조추걸의 가슴과 맞닿았다.

조추걸이 뽑아 후려친 일검은 그 의외의 운신에 무용지물이 되었다. 허를 찌르는 뜻밖의 움직임을 느꼈을 때 두위의 이마가 와락 앞으로 숙여지는 게 언뜻 보였다.

대개 검격의 위험에 노출된 자는 옆으로 돌거나 뒤로 물러서서 검이 미치는 거리 밖으로 나가기 마련이다. 그러한 것이 수신(守身)하기 위한 보법의 기본이기도 했다. 두위처럼 닥쳐드는 상대의 가슴속으로 오히려 뛰어드는 움직임이란 정법에서 벗어난 것이었으므로 조추걸은 물론 섭월령조차 당황하여 숨이 막혔다.

가슴과 가슴이 맞닿았고, 검은 뒤통수 너머로 떨어졌다. 두위가 인사라도 하듯 머리를 숙이자 그 이마가 조추걸의 미간에 부딪쳤다.

"억!"

놀란 조추걸이 급히 검을 끌어들이며 발꿈치에 힘을 실어 맹렬히 몸을 뒤로 뺐다. 가볍고 재빠른 운신이었다. 그러나 그것은 또한 두위가 노리고 있던 바이기도 했다. 그의 몸이 떨어져 나가자 이번에는 두위에게 일격의 거리가 생겼다.

"얍!"

그가 쓰러지듯 상체를 앞으로 기울이며 짧고 격한 기합성을 터뜨렸다.

피이잉—!

어느새 뽑아 든 칼이 흰 빛을 뿌리며 비스듬히 쳐올라 갔다.

조추걸이 회수해 들였던 검을 급히 내뻗어 두위의 칼빛을 잘라냈다.

검봉이 윙윙거리고 울며 떨렸다. 어디를 찌르려는 것인지 모호한 중에 팔방이 검 끝에서 뻗어 나오는 시린 기운으로 가득했다.

손목을 까닥이는 것만으로 일시에 여덟 번을 찍고 후려 돌리는 놀라운 운검(運劍)이었다.

두위의 움직임은 먹이를 덮치는 독사의 그것과 같았다. 조추걸이 아무리 재빠르게 맴돌아도 그의 길게 뽑아내는 숨결에서 벗어날 수가 없었고, 남해검파 비전의 절초인 용두팔극(龍頭八極)으로도 두위의 집요한 추적을 떼어놓지 못했다.

위이잉—!

두위의 칼끝에서는 상대의 넋을 빼놓는 바람 소리가 일었다. 그만큼 빠르고 어지럽게 휘둘려지고 있었던 것이다. 일정한 법식이 없는 난격(亂擊)인 것도 같았고, 팔방풍우(八方風雨)의 기세인 것도 같았다.

조추걸의 분노가 더욱 커졌다. 그는 노여움이 클수록 검법의 위력도 더해지는 사람이다. 남해검파의 장문인 직을 버리고 강호의 풍랑 속에 뛰어든 이래 패배해 본 적이 없었다.

그의 무정한 손속은 여태까지 수많은 싸움을 치르면서 단 한 명도 살려준 적이 없기로도 유명했다.

땅땅땅땅―!

몇 번의 지독한 쇳소리가 연이어 터져 나왔다. 바람을 끊고 허공을 격하여 정신없이 치면서 처음으로 두 사람의 칼과 검이 맞부딪친 것이다.

"음!"

조추걸이 어금니를 악물었다. 두위의 칼 힘이 그로서는 감당하기 벅찰 만큼 거세어서였다. 문득 이놈의 내력은 무존의 도움을 받아 천하제일이 되었다는 생각이 떠올랐다.

불길한 생각이 불현듯 찾아왔으나 조추걸은 조금도 겁내거나 망설이지 않았다.

'죽으면 죽을 뿐이다!'

그의 머릿속에는 오직 그 한 가지 생각이 있을 뿐이었다. 여태까지 수없이 많은 싸움을 해오면서 늘 품었던 생각이고 각오였다.

내 손에 죽은 그 많은 고수들이 있듯이, 나 또한 언제든 더 뛰어난 자의 손에 의해 죽을 수 있다는 것을 한시도 잊어본 적이 없었다. 그러므로 조추걸은 강한 상대를 만났을 때마다 두려움보다 투지를 더 불러일으킬 수 있었다.

지금도 그랬다. 그의 나이는 늙었어도 마음의 호승심은 조금도 쇠하지 않았다. 언제나 더 강해지기를 바라는 것은 청년이었을 때나, 반백의 머리카락을 휘날리는 지금이나 조금도 달라지지 않았다.

"받아랏!"

이를 부드득 갈아 부치고 목청껏 외친 그가 더욱 빠르고 힘있게 검을 휘둘러 쳐왔다. 그의 안색은 이제 붉은 기운을 넘어서 검게 변해 있었다. 한 번의 격돌로 인해 가볍지 않은 내상을 입어 기혈이 들끓었던 것이다.

목구멍으로 치받아 올라오는 단 피를 눌러 삼키는 그의 얼굴에 오직 이기고 말겠다는 투지만 가득했다.

"위험하다!"

두 주먹을 쥔 채 긴장하여 바라보던 태을 진인 이청수가 자리를 박차고 일어섰다. 그와 동시에 아미의 자운 신니도 지그시 감고 있던 눈을 번쩍 뜨고 곁에 풀어놓고 있던 검을 찾아 들었다.

씨이잉—!

조추걸의 검이 바람을 가르는 소리가 날카롭게 들려왔다. 그리고 교묘한 비틀림으로 그것을 휘말아 가는 두위의 칼이 보였다. 처음 보는 수법이었다.

그것은 사악한 것 같으면서 웅장한 기운이 넘쳐 났고, 교묘한 중에 당당한 기품이 살아 있는 도법이었다. 패도적인 마성을 지닌 동시에 우아하고 부드러우며 질긴 성질을 갖고 있었다.

정법(正法)이면서 마도(魔刀)라 할 만했고, 사술 같은 현란함을 한꺼번에 지니고 있는 그와 같은 도법을 본 사람은 아무도 없었다.

"아아—!"

뒤에서 눈 한 번 깜빡이지 않고 지켜보던 섭월령조차 두위의 그 도법 앞에서 넋을 잃고 탄식을 뱉어냈다. 도법이면서 검법이기도 했고, 편법(鞭法)이기도 한 그것을 대체 어떻게 이해해야 할지 막막해졌던 것이다.

대천강일도(大天罡一刀)는 무지막지하고 사정이 없는 도법이다. 조추걸은 그것을 당할 수 없었다.

사람들의 눈에 턱이 쩍 벌어지고 있는 조추걸의 얼굴이 언뜻 보였다. 싸늘한 칼빛이 그대로 머리통을 관통하듯 빠져나가고 있었다.

비명 소리도 들리지 않았다. 오직 눈부신 한줄기의 칼빛과 바람 소리가 있었을 뿐이다.

그 끝에 조추걸이 서 있었다.

턱을 가른 혈선(血線)이 이마 너머로 뻗어 있었는데, 두위가 성큼 물러서는 것과 동시에 그것이 좌우로 벌어지며 검붉은 피를 쏟아냈다.

부릅뜬 조추걸의 눈이 공허한 허공으로 향했다. 그리고 떠밀린 목상처럼 덧없이 맨땅 위에 쓰러져 누웠다.

남해검협 조추걸.

지난 사십여 년 동안 강호를 종횡하면서 한 번도 패한 적이 없다던 그 오만하고 강직한 이름이 헛되게 사라지는 순간이었다.

그는 사마외도를 걷는 자들에게는 언제나 염라대왕과 같이 여겨졌던 남해의 별이었다. 그의 무정한 검 아래 피와 원망을 뿌리며 죽어간 자들이 몇 명이나 되는지 셀 수조차 없었다.

그런 그가 오늘 자신의 피로 몸을 적시며 길게 누웠다. 두위의 칼이 쳐올린 단 일격을 감당하지 못했던 것이다.

"죽일 놈!"

조추걸의 턱이 벌어지는 것을 본 이청수가 먼저 노성을 지르며 몸을 날렸고, 아미의 자운 신니도 악! 하는 외마디 비명과 함께 몸을 던졌다.

"어딜 감히!"

동시에 섭월령의 입에서도 뾰족한 호통이 터져 나왔다.

그녀의 신법은 그 빠르기가 천하제일이다. 옷자락이 흔들, 한순간 이미 두위를 뛰어넘어서 이청수와 자운 신니의 머리 위로 떨어져 내리고 있었다.

"너, 말코도사 놈. 그리고 못생긴 중년아!"

욕과 권장이 동시에 쏟아져 나갔다.

"어디 십 년 전처럼 오늘도 나를 업신여길 수 있나 보자!"

이청수와 자운 신니는 십여 년 전에도 섭월령을 만나 한바탕 생사의 격전을 치른 적이 있었다. 대무광과 함께 질풍처럼 강호를 휩쓸어가던 때의 일이었다.

그때 핍박받았던 원한을 잊지 못한 섭월령의 옷소매가 찢어질 듯 펄럭였다. 내지르고 할퀴며 잡아채고 때리는 손속의 재빠름이 눈부실 지경이었다.

그녀의 섬섬옥수가 스치고 지나가는 곳마다 휙휙, 하는 바람 소리가 높은 피리 소리처럼 터져 나왔다.

섭월령이 빠드득, 빠드득 이를 가는 소리가 끔찍하게 들려왔고, 비수 같은 암경이 뻗어 주위를 싸늘하게 얼려놓았다.

"요악한 년! 이제는 여기까지 와서 죽지 못해 안달을 하는구나!"

그녀의 매서운 손속에 앞을 가로막힌 이청수가 노성을 거푸 터뜨리며 종횡무진으로 불진(拂塵)을 휘둘렀다.

그는 이미 근엄한 도사의 면모를 내버리고 악귀가 되어 있었다. 자운 신니 또한 마찬가지여서 그녀의 주름진 얼굴 가득 독사 같은 살기만 가득했다.

그들에게 섭월령은 두위와 함께 반드시 죽여 없애야만 할 요괴에 지나지 않았다. 살려두면 세상을 어지럽히고 수많은 생령들을 짓밟을 마귀들인 것이다. 하지만 섭월령에게는 그들이야말로 반드시 죽여서 뼈를 부수고 피를 마셔야 속이 시원해질 자들일 뿐이었다.

그녀의 원한은 장학우에게 붙잡혀 동정호의 동굴 속에 갇히기 전부터 석탑처럼 쌓여왔다. 그러던 것이 비파골을 꿰뚫린 채 십 년을 갇혀 있으면서 이제는 도저히 풀 수 없을 만큼 깊어지고 커졌다.

두위에게도 그들 두 노인은 조추걸과 함께 죽여도 미안하지 않은 늙은이들일 뿐이었다. 그들에게서는 한 점의 은혜를 입은 바도 없었고, 한마디의 따뜻한 말을 들은 적도 없다. 그들은 오직 자신을 죽이기 위해 음모하고 조추걸을 부추긴 자들일 뿐이다.

두위의 가슴속에서 그때의 미움은 쉽게 가시지 않았다. 그가 처해 있던 상황이 죽느냐 사느냐 하는 절박한 때였기에 더욱 그랬다.

잠시 조추걸의 주검을 내려다보며 허무함을 느꼈던 두위가 다시 칼을 치켜세우고 돌아섰다. 앞을 가로막는 자들은 오직 죽일 뿐이라는 모진 마음을 먹었다.

하지만 그가 끼어들 틈은 없었다. 이청수와 자운 신니가 이미 섭월령에게 붙잡혀 꼼짝하지 못하고 있었기 때문이다.

섭월령의 미친 듯 몰아치는 장력은 일시지간 두 사람의 절정고수를 궁지에 몰아넣었다. 하지만 역시 쉽게 그들을 제압하지는 못했고, 시간이 지나자 조금씩 그들의 공세가 살아났다.

"늙은 것들이 아직도 기력이 남아 있었구나?"

섭월령이 제 뜻대로 되지 않는 것에 신경질을 부리며 더욱 재빠르게 움직였다. 그녀가 이리저리 몸을 날릴 때마다 휙휙, 하는 바람 소리만 들려올 뿐, 신형은 제대로 보이지도 않았다.

두 사람 사이를 그렇게 재빨리 오가면서 때려내는 장력의 힘 또한 조금도 줄어들지 않았다.

"이 요녀가 십 년 전보다 배는 더 무서워졌다. 오늘 반드시 죽여야만 할 것이다!"

이청수가 불진을 휘둘러 섭월령을 쫓아내며 버럭 소리쳤다.

"아미타불!"

자운 신니도 불호를 중얼거리면서 매서운 검격을 멈추지 않았다.

아미파(峨嵋派)의 비전절학인 난피풍검법(亂彼風劍法)이 노사태의 손에서 펼쳐지자 실타래가 실을 풀어놓듯 기기묘묘한 검초들이 줄줄이 이어져 나와 팔방을 온통 번쩍이는 검광으로 둘러쌌다.

난피풍검법은 아미의 검법 중에서도 정교하고 빠르기로 유명한 것이다. 자운 신니는 이미 그것을 대성하여 자신만의 깨달음으로 더 한층 승화시켜 놓고 있었다.

급하게 몰아칠 때는 수천, 수만 개의 화살이 쏟아지는 것 같았고, 표홀하게 흘러 들어올 때는 부드러운 봄바람이 나뭇잎을 희롱하는 것처럼 간드러졌다.

그 기묘한 변화가 섭월령은 물론 두위를 놀라게 했다.

하지만 노사태의 검법이 아무리 신묘지경에 이르렀다고 해도 그것만으로는 이제 섭월령을 어떻게 할 수 없었다. 섭월령은 그 검법 아래 쩔쩔맸던 십 년 전의 그녀가 아니었던 것이다.

"이얍!"

섭월령이 날카로운 기합성을 터뜨렸다. 그녀의 손이 불쑥 내밀어지자 창백한 빛 한줄기가 갑자기 뻗어 나가 자운 신니의 검을 휘감았다.

"악!"

신니의 입에서 놀람으로 가득 찬 비명이 터져 나왔다. 섭월령의 손에서 뻗어 나온 그 창백한 빛이 노사태의 보검을 세 토막으로 잘라 버리고도 여력이 남아서 한쪽 어깨를 쓸고 지나갔던 것이다.

자루만 남게 된 보검을 쥐고 정신없이 물러서는 노사태의 얼굴이 창백하게 질렀다. 그녀의 왼팔은 두부를 썬 듯 매끈하게 잘려져 마른 땅 위에 떨어져 있었는데, 아직도 신경이 살아서 퍼덕이는 것이 끔찍하기 짝이 없었다.

"아!"

태을 진인 이청수가 그것을 보고 경악성을 터뜨렸다.

섭월령의 손에는 어느새 절세의 보검인 칠정신검(七精神劍)이 들려 있었다. 뼈 시린 한광을 발하는 그것으로 이청수를 가리킨 섭월령이 여우가 날카롭게 울부짖는 것 같은 음성으로 소리쳤다.

"도사 놈들은 죄다 죽여야 해!"

살기에 사로잡힌 섭월령의 부르짖음이 이청수의 귀를 먹먹하게 했다. 깜짝 놀란 노도사가 정신을 차렸을 때 섭월령은 눈을 부릅뜨고 이를 악문 채 땅을 박차고 있었다. 그 끔찍하도록 무서운 모습에 이청수가 부르르 몸을 떨었다.

"죽엇!"

그를 덮쳐 가는 섭월령의 손속에는 한 올의 인정도 실려 있지 않았다. 이청수가 정신없이 불진을 휘두르며 몸을 뺐다.

그가 들고 있는 불진은 탕마척사벽(蕩魔斥邪霹)이라고 불리는 것으로서, 청성파의 진산지보 중 하나다.

불진에 달려 있는 은사(銀絲)들은 청성산 음룡담(陰龍潭)에서 잡은 천년 묵은 이무기의 힘줄을 잘게 쪼갠 것인데, 질기기가 천잠사(天蠶絲)보다 더했다. 그것에 이청수의 고강한 내력이 실리자 그것은 곧 천 개의 날카로운 바늘이 되어서 예리한 경력을 천 가닥 만 가닥으로 뿜어냈다.

불진의 은사가 부챗살처럼 활짝 펼쳐져서 섭월령의 검기를 가로막았다. 막강한 잠력이 뿜어져 나와 두터운 무형의 벽을 둘러친 듯했다.

은사들이 일제히 진동하자 으르렁거리는 웅장한 기음(奇音)이 허공에 가득 찼다. 마치 음룡담의 이무기가 살아나 붉은 입과 하얀 이빨을 드러내고 포효하는 것 같았다.

그것을 본 섭월령의 눈빛이 더욱 표독해졌다. 그녀가 다시 이얍! 하고 날카로운 기합성을 터뜨리며 내력을 집중하여 검을 휘둘렀다.

한 자 남짓한 그녀의 칠정검이 갑자기 다섯 자는 족히 되게 길어졌다. 뻗어 나온 창백한 검기가 채찍처럼 이리저리 휘어지며 이청수의 불진을 베어갔다.

누구의 신병(神兵)이 더 예리하고, 누구의 내력이 더 고강한지 시험해 보는 것 같았다. 그러나 예리하기로는 섭월령의 칠정검을 당할 것이 세상에 없었고, 내력의 두터움 또한 그녀가 이청수를 앞질렀으므로 결과는 단번에 드러나고 말았다.

짜자자작―!

쇳조각으로 철판을 긁어대는 것 같은 역겨운 소리가 귀청을 찢었다. 푸른 불똥이 마구 튕겨져 어지럽게 나는 중에 벽사불진이 수를 셀 수 없이 가느다란 조각들이 되어서 눈처럼 흩날렸다.

"앗!"

이청수가 놀람의 외침을 터뜨렸다. 그의 두 눈이 절망을 담고 부릅 떠졌다.

섭월령의 단검은 저 깊은 해저에서부터 거침없이 솟구쳐 올라와 바닷물을 가르고 하늘로 치솟는 한 마리 백룡과 같았다.

사악― 하는 가벼운 절삭음이 마지막으로 허공에 걸렸고, 이청수의 몸통을 한 바퀴 휘감아 돌고 난 검광이 씻은 듯 사라졌다.

눈을 부릅뜨고 그 무시무시한 광경을 바라보던 두위가 아! 하고 탄성을 터뜨렸다. 두 토막이 된 이청수의 몸뚱어리가 천천히 무너지고 있었던 것이다.

*　　　*　　　*

늘 가슴속에 가득 차 있던 그 많았던 말들은 다 어디로 가버렸다. 그래서 남겨진 것은 침통함과 원망뿐이었다.

찬바람이 볼을 아리게 하며 불어왔다. 잔뜩 흐려진 하늘 귀퉁이로 희미한 햇빛 한줄기가 비쳐들고 있었지만 온기라고는 세상 어디에도 남아 있지 않았다.

"살아 있어서 이렇게 다시 만나게 되다니, 이제는 죽어도 여한이 없어요."

그녀는 그 말을 하는데 온몸의 힘을 다 쥐어짜 낸 것 같았다. 그리고 다시 침묵이 이어졌다. 영영 끝나지 않을 것 같은 무거운 침묵이었다.

그렇게 어색한 시간이 얼마나 지났을까. 반천수가 입술을 달싹였다. 하지만 그는 끝내 아무 말도 하지 못하고 한숨만 내쉬었다.

무릎 아래로 눈길을 떨구고 있던 곡보옥이 천천히 얼굴을 들어 반천수를 바라보았다. 파랗게 얼어 있는 볼에 처연한 눈빛이 애처로웠다.

두 사람의 눈길이 세 번째 서로 부딪쳤다. 그리고 이번에는 곧 외면하지 못하고 오래도록 마주 바라보았다.

가늘게 떨리는 입술과 눈꼬리만으로도 그들은 그동안 가슴에 쌓아 두고 있었던 그 많은 말들을 다 나눌 수 있는 것 같았다.

단지 이런 것 때문에 그처럼 마음 아파하고, 그처럼 원망과 한을 품은 채 힘겨운 날들을 살아왔던 것이란 말인가? 하는 의문이 내내 반천수를 괴롭혔다.

넘치는 기쁨과 환희를 꿈꾸어왔던 건지도 몰랐다. 그녀와 서로 목숨을 바쳐 사랑하기로 맹세하던 날의 그 떨리는 충만감이 되돌아오기를 바랐던 건지도 모른다.

'하지만 이 아득한 거리감은 도대체 뭐란 말인가?

반천수의 마음 깊은 곳에 절망의 그늘이 드리워졌다.

칠 년이라는 세월이 칠십 년, 칠백 년이라도 되는 듯 멀리 느껴지는 허탈함을 견딜 수 없었다.

내 몸처럼, 내 영혼처럼 여겼던 그녀가 눈앞에 있는데 이제는 생소

한 남인 것만 같았다.

입을 열어 말을 하면 애써 억누르고 있는 절망이 더 커질 것만 같은 두려움 때문에 반천수는 내내 벙어리가 되어 있어야 했다.

마당 서쪽에 작은 연못이 있고, 그것을 가로지르는 운교(雲橋) 끝에 그림처럼 놓여진 정자 한 채가 있었다. 그곳에서 두 사람은 그렇게 시간을 잊은 채 마주 앉아 있기만 했다.

얼어붙은 듯하던 곡보옥이 가만히 손을 뻗어 반천수의 볼을 어루만졌다. 차가운 손이었다.

반천수가 부르르 몸을 떨었다. 그녀를 바라보는 눈길에 절망이 조금씩 구체적인 빛이 되어 떠올랐다.

그의 얼어붙은 뺨을 쓰다듬는 그녀의 차가운 손도 와들와들 떨리고 있었다. 그녀의 영혼이 떨리고 있다는 것을 그 손길을 통해 느낄 수 있었다.

여전히 말은 없었다. 그녀도 입을 열어 말하기를 두려워하고 있었던 것이다. 말하고 나면 느낄 수밖에 없는 절망과 아득한 거리감을 견딜 수 없어서였다.

반천수가 희고 가느다란 손을 천천히 올려서 그녀의 손을 감쌌다.

좁은 탁자를 사이에 두고 두 사람의 눈과 눈이, 이마와 이마가 서로 맞닿을 듯 가까워졌다.

그들은 그렇게 서로의 눈동자를 바라보았다.

그곳에 두려움과 회한이 어둠처럼 내려앉고 있었다. 그리고 그곳에는 자신들의 초라한 모습이 별처럼 박혀 있기도 했다.

곡보옥의 눈이 젖어갔다. 반천수의 뺨을 타고 한줄기 따뜻한 눈물이 흘러내려 그녀의 손바닥을 적셨다. 그녀가 입술을 깨물었다.

그녀의 눈에서도 기어이 맑은 눈물이 천천히 흘러내려 뺨에 자국을 남겼다.

흐느낌마저 억누른 채 그저 말없이 눈물을 흘릴 뿐인 두 사람 사이로 다시 찬바람이 매섭게 불어갔다.

쌓인 눈을 밟아오는 발자국 소리가 가까워졌다. 연못가에 이르러 그것이 멈추자 비로소 곡보옥이 반천수의 뺨을 감싸고 있던 손을 떼었다.

소매를 들어 눈물을 찍어내는 그녀를 멍하니 바라보는 반천수의 귀에 낯선 음성이 들려왔다.

"언젠가는 찾아올 줄 알았소."

반천수가 눈물을 닦을 생각도 잊은 채 천천히 돌아보았다.

운교 저쪽에 남색 장포를 걸친 사내가 서 있었다. 반듯한 이마와 부리부리한 눈, 훤칠한 키에 단단한 어깨를 하고 있어서 늠름해 보이는 사내였다.

그가 성큼성큼 걸어 운교를 건너왔고, 곡보옥이 .얼굴을 숙인 채 일어서서 맞이했다.

"귀하의 위명(威名)은 늘 들어왔소. 소생은 왕백심(王柏心)이라 하오."

사내가 가볍게 읍했다. 반천수는 멍하니 그를 바라보고 있기만 했다.

자신에게서 곡보옥을 빼앗아간 사내를 처음 보는 것이다.

아무런 감정도, 아무런 생각도 떠오르지 않았다. 그것이 오히려 신기하게 여겨졌다.

곡보옥이 내준 자리에 앉은 왕백심이 부리부리한 눈길로 반천수를 뚫어지게 바라보았다. 정기가 가득한 맑은 시선이었다.

"손님이 왔는데 다 식어버린 차(茶)뿐이라니. 내 집에 그런 예법은 없소."

그가 근엄한 얼굴로 그렇게 말했다.

여전히 얼굴을 숙인 채 치맛자락만 만지작거리고 있던 곡보옥이 겨우 돌아서서 난간을 잡고 위태롭게 운교를 건너갔다.

그 뒷모습을 넋을 잃고 바라보는 반천수의 귀에 멀어지는 그녀의 발자국 소리가 점점이 찍혔다.

반천수는 술을 마실 수 없게 된 몸이다. 사양하는 그를 앞에 두고 왕백심 혼자서 대취하도록 마셨다. 한마디의 꾸중도, 역정도 없었다.

그는 오직 술을 마시기 위해 마주할 사람이 필요했던 듯 그렇게 반천수를 앞에 앉혀 두고 마셔댔을 뿐이다.

밤이 깊어갔다. 잔뜩 흐려 있던 하늘에서 희끗희끗한 눈발이 날리기 시작했다. 추위가 사정없이 몸을 찔러왔지만 누구도 불을 지필 생각조차 하지 않았다.

반천수도, 왕백심이나 곡보옥도 추위마저 느끼지 못할 만큼 무엇엔가 단단히 억눌려 있었다. 온몸의 감각과 정신마저도 제 것이 아닌 그런 생소한 경험이었다.

두 사람을 앞에 두고 왕백심은 마시고 또 마시기만 했다.

그는 반천수와 곡보옥 사이에 무슨 일이 있었는지, 얼마나 절절한 사연이 있었는지 잘 알았다. 때문에 그들의 심정을 십분 이해할 수 있었지만 자신의 마음속 깊은 곳에서 꿈틀거리는 울분과 억울함과 노여움만은 어쩔 수 없었다.

그래서 그는 술을 마셨다. 내색하지 않기 위해서, 자꾸만 초라해지는 자신을 잊기 위해서, 자학하기 위해서 마시고 또 마시기만 했던 것이다. 그리고 드디어 엎어졌다.

술 항아리들이 떨어져 박살나는 소리가 거울이 깨지는 것처럼 날카롭게 어둠을 찔렀다.

곡보옥이 가만히 무릎을 꿇고 탁자 아래로 떨어져 흔들리는 왕백심의 손을 잡았다. 물끄러미 그것을 바라보던 반천수가 천천히 일어섰다.

"가겠소."

처음으로 내뱉은 말이 그것뿐이었다. 곡보옥은 그를 바라보지 않았다. 왕백심의 뜨거운 손을 붙잡고 소리 죽여 흐느끼고 있을 뿐이다.

손을 뻗어 그녀의 어깨를 쓸어주려던 반천수가 흠칫 놀라 몸을 굳혔다. 손 아래 가늘게 떨리고 있는 곡보옥의 어깨가 있었다. 하지만 그것을 붙잡을 수가 없었다.

한참을 그렇게 어색한 모습으로 서 있던 그가 비통한 탄식을 뱉어내고 돌아섰다.

운교를 건너서, 눈을 밟는 무거운 발자국 소리만 남긴 채 그의 모습이 어둠 속으로 묻혀갔다.

제2장 무너지는 영웅들

무너지는 영웅들

마주 선 자가 강하다는 것을 알았을 때 치솟는 흥분과 두려움
그것은 그만큼 커다란 희열이기도 했다
나의 모든 것을 걸고 그 이상의 것을 노린다. 그리고 해치운다

"불을 밝혀라!"

분노에 가득 찬 외침이 대전을 쩌르릉 떨쳐 울렸다.

거친 숨소리만 가득하던 대전에 곧 무수히 많은 불이 밝혀졌다. 그러자 참혹한 참상이 고스란히 드러났다.

십여 명의 무사들이 여기저기 피를 흘리며 쓰러져 있었는데, 모두 숨이 끊어진 채였다.

그들 속에 세 명의 흑의 복면인이 섞여 있었다. 그들 또한 심각한 검상을 입고 이미 숨이 멎어 있는 상태였다.

으드득―!

대전의 한가운데 우뚝 서서 검을 늘어뜨리고 있는 중년인의 눈에서 흉광이 번쩍였다. 이를 갈아붙이는 기세가 어찌나 대단한지 여기저기

에 흩어져 있는 무사들은 숨조차 크게 쉬지 못했다.

"흑천의 쥐새끼들이 감히 군웅성에까지 숨어들어 왔단 말이지!"

중년의 사내. 군웅성의 초인이자 순찰원주(巡察院主)라는 직함을 갖고 있는 추풍우사(秋風羽士) 이정(李情)이 버럭 소리쳤다.

그가 들고 있는 검신에서 핏방울이 방울져 떨어지고 있었고, 찢어진 장포 자락 사이로 드러나 보이는 서너 군데의 상처에서도 선혈이 흘러내리고 있었다. 그 또한 어둠 속에서 갑작스럽게 가해진 암습에 당했던 것이다.

순찰원은 깊은 적막에 잠겼다. 숨 막히는 긴장이 물 흐르듯 흘렀다.

"곽도!"

분한 숨을 씩씩거리던 이정이 소리쳐 부르자 한 명의 장한이 뛰어나와 궁신했다.

"가서 다른 곳의 상황을 낱낱이 알아와라!"

명을 받은 곽도가 날듯이 대전을 떠났다. 이정의 또 다른 명령이 장한들의 머리 위에 숨 돌릴 틈도 없이 쏟아졌다.

"아정추! 스무 명을 거느리고 즉시 집무전으로 가라! 성주님의 호위들을 도와서 내원의 순찰을 강화하도록! 육필! 너는 열 명을 데려간다. 즉시 사방의 성문을 닫아걸고 일급 경계령을 발동하여 외성의 방비를 감독해라! 금전! 너는 스무 명을 데리고 성을 나가 백호당을 독려해라. 사방 백 리 안을 샅샅이 수색하여 의심나는 자들을 철저히 색출해 내는데, 반항하면 그 자리에서 처단해도 좋다! 왕수수! 너는 삼십 명을 데리고 내성 구석구석을 수색한다. 특히 건초가 쌓여 있는 마방(馬房)에 대한 경계를 철저히 하도록! 놈들이 불을 지른다면 혼란이 걷잡을 수 없이 커진다!"

물 흐르듯 하는 그의 명령은 막힘이 없었다. 명을 받은 아정추와 육필, 금전, 왕수수가 우렁차게 복명하고 뛰어나갔다. 그들은 모두 순찰원의 고수들로서 무리를 통솔하는 오령위(五令位)들이었다.

이정이 오령위 중 남아 있는 한 명을 마저 불러냈다.

"전백강, 너는 즉시 외총관에게 이 일을 알리고 그들을 도와라. 서른 명을 데려간다!"

"존명!"

거구의 전백강이 몸을 굽혀 명을 받고 씩씩하게 달려나갔다.

이제 이정의 곁에는 스무 명 남짓한 수하들밖에 남지 않았다. 그중 열 세 명이 다시 이정의 명을 받고 바닥에 널브러져 있는 열 세 구의 시신을 수습해 들고 나갔다.

대전 안에는 이정과 일곱 명의 수하들만이 남았다. 적막이 으르렁거리는 이정의 숨소리에 실려 더욱 무거워졌다.

그리고 두 번째의 암습이 그 틈을 노리고 쇄도했다.

꽝—!

귀를 먹먹하게 하는 갑작스런 폭음과 함께 매캐한 유황 연기가 훅, 끼쳐 왔다. 대전 안을 밝히고 있던 십여 개의 등불들이 일제히 꺼져 버렸다.

"아아악—!"

폭연(爆煙) 속에서 처절한 비명이 거듭 터져 나왔다. 대전 전체가 지진을 만난 듯 뒤흔들렸고, 사방의 벽들이 폭발의 여력을 견디지 못하고 터져 나갔다.

이정의 낯빛이 창백해졌다.

그는 폭음이 들린 순간 급히 장포 자락에 내력을 불어넣어 몸을 가린 탓에 겨우 무사할 수 있었다. 하지만 대전 안에 남아 있던 수하들은 대부분이 그 한 번의 폭발로 인해 사지를 온전히 보존하지 못하고 여기저기 처박혔다.

쌔애액—!

들보 위에서, 그리고 사방의 청석 바닥이 솟구쳐 오르며 창백한 검광이 쏟아져 들었다. 폭발의 여력이 채 사라지기도 전에 이어진 암습이었다.

"쥐새끼들이 감히!"

이정이 피가 나도록 입술을 깨물고 검을 휘둘러 후려쳤다.

쨍—!

낭랑한 쇳소리와 함께 그의 검이 정면에서 쏘아져 온 자의 목줄기를 통쾌하게 꿰뚫었다.

그가 손목에 힘을 주어 비틀자 검인이 사정없이 암습자의 목을 갈라 버리고 빠져나왔다. 비명 소리도 없었다. 찢겨져 나간 살점과 뼛조각만이 자욱하게 뿜어지는 피보라 속에 섞여 허공을 물들였을 뿐이다.

암습자들은 동료가 자신의 몸을 내던져 벌어준 그 촌각의 시간을 십분 활용했다.

푹!

이정의 옆구리에서 살이 찢기는 섬뜩한 기음이 들려왔다. 창백해져 있던 그의 얼굴이 더욱 새파랗게 탈색되었다.

고통을 느낄 새도 없었다. 삼면에서 파고든 검이 일제히 목과 가슴과 등으로 박혀들었던 것이다.

"크으, 흑!"

이정의 입에서 비로소 뜨거운 신음이 흘러나왔다. 흑천의 집요함에 대한 두려움이 의식을 잃어가는 순간에 그의 머릿속에 뚜렷이 각인되었다. 그가 세상에서 마지막으로 느낀 감정이었다.

흑천의 중심에는 언제나 동건유가 있다.

그는 지금 핏물이 흘러 떨어지는 한 쌍의 철조를 끊임없이 부딪쳐 낭랑한 쇳소리를 흘려내고 있었다. 마치 그 소리로 자신의 존재를 어둠 속에 각인시키려는 것 같았다.

그렇게 우뚝 서 있는 그의 발 아래에는 십여 구의 처참한 주검이 널려 있었는데, 하나같이 맹수의 발톱에 당한 것처럼 온몸이 너덜너덜하게 찢겨진 참혹한 형상이었다.

"아악—!"

어둠 속에서 마지막 비명이 들려왔다. 그리고 조용한 적막이 밀려들었다.

동건유의 눈이 천천히 피로 얼룩진 청석 위를 훑어서 계단을 따라 올라갔다.

영웅각(英雄閣)이라는 현판 아래 한 사람이 검을 늘어뜨리고 우뚝 서서 입술을 깨물고 있었다. 외성(外城)의 총관이자 군웅성의 영주 중 한 명인 금혼기검(金魂奇劍) 초수추(楚水秋)였다.

'늦다.'

그가 눈살을 찌푸리고 중얼거렸다.

눈앞에서 십여 명의 수하들이 처참하게 난자당해 죽는 것을 꼼짝하지 않고 지켜보았던 그의 마음속에는 때늦은 후회와 분노가 범벅이 되어 혼란을 더해주고 있었다.

'그때 흑천을 토벌하지 않은 건 확실히 잘못된 일이었다.'

진사후에 의해 구지신마 풍해산이 제거되자 흑천은 걷잡을 수 없이 흔들렸다. 그들에 대한 토벌을 강력히 주장한 사람이 바로 초수추였다. 흑천의 살수들에 의해서 얼마나 많은 피해를 입었던 것인지는 더 말할 것도 없었다. 무존마저 눈앞의 저 동건유에 의해 암습을 당했지 않은가 말이다.

하지만 무존은 이미 전의를 잃어버린 흑천에 대한 토벌을 더 이상 허락하지 않았다. 쓸데없는 살생일 뿐이라는 이유였다.

초수추는 무존이 그런 결정을 하게 된 것이 진사후 때문이라고 믿었다. 구지신마와 진사후가 동향(同鄕)의 오랜 친구 사이라는 것을 알 사람은 다 알고 있었다.

구지신마가 강호에서 모습을 감춘 것과 함께 흑천 또한 땅속으로 꺼져 버린 듯 사라졌다. 그리고 십삼사 년이 넘도록 나타나지 않았다. 그래서 이제는 모두 그들의 존재를 잊어가고 있었는데 이처럼 눈앞에 불쑥 나타난 것이다.

초수추는 그때 흑천을 토벌하지 않은 것을 다시 한 번 뼈저리게 후회했다. 무존이 허락하지 않았어도 뜻을 함께했던 동지들을 규합하여 단호히 뿌리를 뽑아버렸어야 했던 것이다.

"이봐, 뭘 더 기다리고 있는 거지? 이제 구경거리도 없어졌잖아?"

동건유가 마도제일기병(魔道第一奇兵)으로 꼽히는 그의 암흑쌍조(暗

黑雙爪)를 철그럭거리며 느물거렸다.

초수추의 주위로 어둠의 분신인 것 같은 흑의인들이 소리없이 모여들고 있었다. 그동안 애써 키운 수하들을 남김없이 도륙한 자들이었다.

빠드득―!

초수추가 어금니를 갈았다.

내원에 급보를 전했으니 지금쯤은 소식을 들은 순찰원의 고수들이 달려왔어야 했다. 하지만 아직 아무 기척도 없었다.

'늦다.'

초수추의 눈에 짜증과 노여움이 가득 담겼다. 아무래도 내원 쪽에도 심상치 않은 일이 생긴 모양이었다. 그렇다면 이곳의 일은 결국 자신의 손에서 마무리 지어져야 한다.

"좋아. 십 년 전의 한을 오늘 이 자리에서 풀어주지."

초수추가 스산하게 말하며 한 걸음씩 계단을 내려왔다. 검을 움켜쥔 그의 손등에 힘줄이 툭툭 불거져 나와 있었다.

동건유를 호위하듯 둘러싸고 있던 십여 명의 흑의인들이 부챗살처럼 쫙 퍼졌다. 동건유가 쿵! 하고 한 발을 구르고 나서 낮게 꾸짖었다.

"물러서라. 저놈과 나 둘 사이에 맺힌 원한이다."

십수 년 전에도 그들은 지금처럼 이렇게 마주 선 적이 있었다. 동건유가 무존에 대한 암습을 실패했을 때였다.

달아나는 그를 초수추가 가로막았고, 동건유는 초수추의 검에 의해서 참을 수 없는 모멸을 당하고 쥐새끼처럼 숨어야 했었다.

초수추에게도 그때의 원한은 크고 깊었다.

지금의 상황과는 정반대로, 그때 그의 곁에는 많은 수하들이 있었고 동건유는 혼자였다.

　지금 동건유가 수하들을 꾸짖었듯 그때 초수추도 이를 가는 수하들을 꾸짖어 물리치고 동건유와 마주 섰었다. 그리고 모든 기량을 다 쏟아내 검을 휘둘렀다. 천 번, 만 번을 찔러도 시원치 않을 만큼 미움과 증오가 컸다.

　하지만 동건유는 온몸에 검격을 받았으면서도 기어이 살아서 달아났다. 그건 초수추에게 있어서 잊을 수 없는 수치였다.

　오늘은 그때의 수치를 씻고 만다는 일념이 초수추에게 살의를 크게 불러일으켰다.

　쩌르룽―!

　동건유가 몸을 낮추고 눈을 가늘게 뜬 채 노려보며 철조를 부딪쳐 요란한 쇳소리를 냈다. 마도제일기병으로 불리는 그것이 새파란 청광을 번쩍이며 눈앞에서 흔들렸다.

　번쩍―!

　초수추의 검이 망설임없이 뻗어 나왔다. 기다렸다는 듯 동건유가 몸을 던져 마주쳐 나갔다.

　꽝―!

　검과 철조가 어두운 허공에서 서로 부딪치자 굉장한 소리가 났다. 새파란 불똥이 폭죽처럼 터져서 사방으로 비산했고, 우르릉거리는 여음(餘音)이 오래도록 귓속에 남았다.

　"핫!"

　초수추의 입에서 위맹한 기합성이 터져 나왔다. 그의 보검에서 뿌려지는 천 송이 만 송이의 검화(劍花)가 어둠을 밝혔다. 온 세상이 번쩍이는 검빛으로 뒤덮인 듯한 굉장한 검격이었다.

만천화우(滿天花雨)의 수법을 보는 것 같은 현란함을 지닌 검격. 한 사람의 손에서 어떻게 그처럼 수많은 변화가 일시에 쏟아져 나올 수 있는 건지 믿을 수 없었다.

초수추만의 독문검법(獨門劍法)인 뇌정폭우(雷霆暴雨)의 수법은 십수 년 전이나 지금이나 다름없이 과연 절세의 검법으로 불릴 만했다.

허공을 뒤덮었던 검화 하나하나가 응축되었던 기운을 폭사하며 일제히 터질 때는 눈을 뜰 수조차 없을 지경이었다.

짜자자작―!

요란한 기의 폭발음이 뇌성처럼 울렸다. 해일처럼 밀려오는 기파(氣波)의 요동이 대지를 흔들어댔다.

그 속에서 이를 악문 채 비틀거리고 있는 동건유의 모습이 언뜻 보였다. 그의 흑의는 갈기갈기 찢어져 너덜거렸고, 선혈이 분수처럼 치솟았다. 초수추의 검에서 가해지는 엄청난 압력을 견디지 못하고 당장이라도 터져 버릴 것만 같았다.

그런 위태로운 모습으로 비틀거리면서도 동건유는 결코 굴하지 않았다.

폭풍을 뚫고 한 걸음씩 나아가는 것 같았다. 그의 철조가 더욱 스산하게 빛나며 부딪쳤다. 쩔그렁거리는 쇳소리가 어둠을 밀었다.

초수추는 몸으로 자신의 검격을 받아들이며 다가오는 동건유의 무지막지한 행동에 어이없어했다. 그의 행동이 과거의 대결을 그대로 옮겨놓은 듯 변함이 없었기 때문이다.

동건유는 십수 년의 세월을 거슬러 그때의 그 수법 그대로 오늘 다시 겨루어보자는 말을 온몸으로 하고 있었다.

초수추의 가슴에도 호기(豪氣)의 불길이 타올랐다.

"이얍!"

그가 다시 기합성을 터뜨렸다.

이제 그의 검은 두터운 구름을 뚫고 내리꽂히는 한줄기 번갯불이 되었다. 그 많던 검화들이 한곳으로 모이더니 번쩍이는 검광이 되어 갑자기 쳐 나왔다.

천 가닥, 만 가닥의 힘을 하나로 꼬아낸 것이었으므로 그 위력은 가히 뇌신의 힘에 견줄 만했다.

꽈르릉—!

검이 뻗어 나가는 곳에서 뜨겁게 달구어진 공기가 터져 나가는 소리들이 끊이지 않고 들려왔다. 그리고 이를 악물고 있던 동건유의 얼굴에 한 가닥 비웃음이 스쳐 지나갔다.

"핫!"

이미 혈인으로 변해 버린 동건유가 처음으로 무거운 기합성과 함께 빠르게 움직였다.

그는 자신이 죽을 수도 있다는 것을 잊은 사람 같았다. 아니면 불사신이라도 된 것일까? 초수추의 검격으로 인해 입은 상처들의 끔찍함은 열 번 죽었어도 모자랄 것 같았지만 그는 죽지 않았다.

무식하달 만큼 온몸으로 그 맹렬한 검격에 버티며 조금씩 밀고 들어가 기어이 철조가 미치는 범위 안까지 파고들었다. 그러자 동건유의 움직임이 눈부시도록 빠르고 강렬해졌다.

바로 그 차이였다.

한 번 살심을 일으키면 내가 죽는 것을 상관하지 않고 오직 상대를 죽이고 말겠다는 지독한 집념에 사로잡힌다. 그때부터는 세상에 오직 상대의 눈만 보일 뿐, 아무것도, 나의 죽음마저도 보이지 않는다.

그런 지독한 근성이야말로 동건유로 하여금 천하제일살수라는 이름을 갖게 한 원동력이었다.

쟁—!

그의 좌수가 초수추의 검을 붙잡았다. 마병으로 불리는 철조의 단단함과 날카로움은 초수추의 보검을 꼼짝하지 못하도록 했다.

초수추의 얼굴에 처음으로 당황하는 기색이 떠올랐다.

그는 설마 동건유가 전력을 다해 쳐내는 자신의 검격을 뚫고 들어올 수 있으리라고는 예상치 못했다. 물러서기에도 이미 늦은 감이 있었다.

그의 눈에 자신의 심장을 향하여 뻗어 나오고 있는 동건유의 철조가 가득 들어왔다.

검을 버리고 물러서야 한다는 충동이 가득 밀려들었다.

'하지만……'

초수추는 삶과 죽음이 갈리는 그 찰나의 순간에 망설여야 했다.

검을 버리는 순간 자신의 목숨은 건질 수 있을지 몰라도 그동안 쌓아온 검객으로서의 명예는 죽어버린다. 어떤 것이 더 소중한 것인가?

초수추의 입가에 언뜻 자조적인 웃음이 걸렸다. 그리고 동건유의 철조가 그의 가슴속으로 깊이 파고들었다.

파아앗—!

심장 속에 박아 넣은 철조가 활짝 펼쳐졌다. 초수추의 가슴이 종잇장처럼 덧없이 찢기고 뜨거운 선혈이 뿜어져 나왔다.

물러서는 동건유의 몸이 자신의 피와 초수추의 피로 범벅이 되었다. 한 번에 모든 힘을 쏟아버린 그가 서 있기도 힘든 듯 비틀거렸다.

그 모든 과정을 낱낱이 지켜보던 흑천의 수하들은 여전히 석상처럼 제자리를 지키고 서 있기만 할 뿐, 누구도 나서서 동건유를 부축해 주려 하지 않았다.

운신할 수 없게 된 자는 버린다. 그것이 그들의 율법이었다.

부상자 한 사람이 세 사람의 동료를 위험하게 할 수 있었다. 돌보자면 제대로 자신의 능력을 발휘할 수 없기 때문이다. 그러므로 흑천의 살수들은 언제나 제 스스로 모든 것을 해결했다.

기어서라도 돌아갈 힘이 남아 있으면 혼자 돌아간다. 그렇지 못하면 멀쩡한 동료들을 위해서 스스로 남아 추적하는 적을 막아주었다. 부상을 입은 한 사람보다 성한 세 사람이 더 소중한 것이다.

동건유라고 예외가 될 수 없었다. 비록 흑천을 이끄는 수좌였지만 그 또한 자신의 힘으로 모든 것을 해결하지 않으면 안 되었다.

"돌아간다."

동건유가 힘없이 말했다. 비로소 흑의인들이 움직이기 시작했다. 멀리서 급히 달려오는 기척이 느껴지고 있었다.

잠시 동건유를 바라보던 십여 명의 흑의인들이 꺼지듯 어둠 속으로 사라져 버렸다. 그 뒤를 동건유가 이를 악물고 따랐다.

그들이 떠난 자리에 내려선 자들은 모두 서른 명이었는데, 조금 전 추풍우사 이정의 명을 받고 순찰원을 나온 전백광과 순찰원의 고수들이었다.

"이, 이런! 한 발 늦었다!"

전백광이 발을 구르며 소리쳤다. 그의 눈에 처참한 주검이 되어 누워 있는 초수추의 모습이 아뜩한 절망과 분노로 크게 다가왔다.

거대한 도전이었다.

군웅성으로서는 이와 같은 일을 당해본 적이 없었으므로 모두들 크게 당황하여 어쩔 줄을 몰랐다.

무존이 집권하고 있을 때는 모든 일들이 일사천리로 진행되었다. 하지만 지금은 그렇지 못했다. 하도욱이 이대 성주로 등극하면서 군웅성에 남아 있던 무리들 사이에서마저 반목과 불화가 생겨났기 때문이다.

하지만 역시 가장 큰 요인은 군웅성의 최정예라고 할 수 있는 유밀단(幽密團)과 호금위(護禁衛)들이 대거 군웅성에서 빠져나갔다는 것이었다.

음양쌍극(陰陽雙極)으로 불리는 그들은 대무광의 친위대였다. 진사후가 반기를 들었을 때 그들의 대부분은 장학우를 따라 성을 떠났다. 그것만으로도 군웅성은 본래 지니고 있던 전력의 절반을 잃었다고 해야 옳았다.

"도대체 그놈들이 왜 이처럼 갑자기 미쳐 날뛰는 건지 모르겠습니다!"

노수권왕 제형적이 피 묻은 손을 옷자락에 문지르며 분노하여 소리쳤다. 그 앞에서 하도욱은 창백해진 입술을 악물고 있을 뿐이었다.

그들의 앞에는 다섯 명의 흑의인들이 참혹한 주검이 되어 쓰러져 있었다. 집무전의 엄중한 경계를 뚫고 내전에까지 스며들어 온 것만으로도 흑천의 무서움은 여실히 증명되었다.

"하명을 내려주소서!"

옥대(玉臺) 아래 읍하고 서 있던 장한이 재촉하듯 소리쳤다. 하도욱의 차갑게 가라앉은 눈이 그를 내려다보았다.

"백호당의 상황부터 고해라."

"지금 막 순찰원의 금전이 스무 명의 수하들을 이끌고 성을 나가 합류했습니다. 하지만 오래 버티지 못할 것입니다."

순찰원주 이정이 암습을 당해 죽었다는 보고는 이미 받았다. 외총관인 초수추의 죽음도 즉시 전해졌다. 그리고 이제는 영취봉 외곽을 지키고 있는 백호당이 무너져 가고 있었다.

하도욱은 성 안팎으로 급작스럽게 몰아친 이 태풍을 잠재우지 못한다면 여기서 자신의 생명이 끝나리라는 것을 직감했다.

"정한곡에는 교 늙은이와 여 대랑이 있습니다. 그들은 무시할 수 없는 전대의 고수들입니다."

제형적이 주의를 환기시키려는 듯 말해 주었다. 하도욱 또한 그들에 대한 말은 이미 여러 차례 들어 잘 알고 있었다. 무존의 삼장을 거뜬히 받아냈다는 교노사에 대한 얘기는 군웅성 내에서도 전설처럼 떠돌았다.

침묵을 지키고 있던 웅교쌍곤(雄蛟雙棍) 이목균(李木鈞)이 천천히 입을 열었다. 그는 호금위의 우호금위장(右護禁衛將)이라는 막중한 자리에 있던 자였다.

호금위가 모두 장학우를 따라 군웅성을 떠났을 때 그와 우호금위만

은 진사후를 지지하고 남았다. 그리고 지금은 하도욱에게 없어서는 안
될 힘이 되어 있었다.

"그들은 과거에 이름을 날렸을 뿐, 지금은 늙어서 기력이 떨어진 폐
물에 다름없습니다. 그들보다는 늘 곡주 곁을 떠나지 않고 있는 일남
일녀를 더욱 조심해야 할 것입니다."

"음……."

하도욱이 깊은 침음성을 흘렸다. 이목균이 말하고 있는 일남일녀가
누구인지는 그도 들어서 잘 알고 있었다.

혈부야차(血斧夜叉) 마석산(馬石山)과 옥선자(玉仙子) 냉보보(冷寶
珤).

마석산의 패력(覇力)과 냉보보의 빙옥지(氷玉指)는 이미 여러 차례나
보고 되었고, 그때마다 하도욱은 깊은 흥미와 궁금증을 갖곤 했다. 그
들까지 이번 공세에 참가했다면 정한곡에서는 흑천과 마찬가지로 모든
전력을 기울인 게 틀림없었다.

"아무래도 흑천과 정한곡이 연합한 것 같습니다."

이목균이 결론지었다.

"직접 나가보겠소."

하도욱이 결연한 얼굴로 말했다.

"사태가 이 지경이 되었는데도 꼼짝하지 않겠단 말이오?"

노수권왕 제형적의 볼이 분노로 푸들푸들 떨렸다.

"성주께서 몸소 성을 나갔소. 이것이 무엇을 의미하는 일인지 모른
단 말이오?"

하지만 그 앞에 앉아 있는 십여 명의 사내들은 묵묵부답이었다.

청향각(淸香閣)으로 불어가는 겨울밤의 바람이 더욱 차가웠다.

한참의 침묵이 흐른 뒤에 한 사람이 낮은 음성으로 대답했다.

"우리는 진 전주님의 명이 있어야만 움직일 것이오."

"지금의 성주는 그가 아니다! 너희들은 스스로 군웅성의 권위를 저버리고 있다!"

노한 제형적이 기어이 노성을 터뜨렸다. 그러나 십여 명의 사내들은 여전히 미동도 하지 않았다.

"성주와 나에 대해서 반감을 갖는 것은 좋다. 하지만 군웅성의 위기마저 외면하는 것은 지나치다. 적도들을 물리친 다음에 이 일을 다시 논의해도 되지 않겠는가?"

제형적이 마지막으로 다시 한 번 설득했다. 생사고락을 함께했던 동지들이다. 그때의 정을 생각해서라도, 아니, 그렇게 많은 피를 흘린 대가로 세운 이 군웅성을 위해서라도 그들의 마음이 움직여 주기를 바랐다. 하지만 돌아온 대답은 싸늘하기만 했다.

"할 수 없소."

"음······."

제형적의 얼굴이 흙빛으로 변했다.

이제 더 이상 과거는 없다. 어제의 친구가 오늘의 적이 되는 것을 늘 보아왔다. 그것이 강호의 생리이기도 하다는 것을 잘 이해했다. 하지만 이처럼 자신에게 그런 일이 닥치리라고는 생각해 본 적이 없었다.

"좋다!"

제형적이 옷소매를 북 잡아 찢었다. 그 조각을 땅에 던지며 사자처럼 부르짖었다. 비통하기까지 한 외침이었다.

"이제 우리의 인연은 없던 걸로 하자! 적이 된다면 거리낌없이 살수를 쓸 것이고, 그렇지 않다면 무관한 남남이 되어 스쳐 갈 뿐이다!"

제형적이 애써 살기를 눌러 참으며 돌아가고 나자 끝까지 그의 화를 돋우었던 사내, 무적쌍창(無敵雙槍) 당봉휴(唐峰烋)가 웃으며 무리를 돌아보았다.

"이만하면 우리의 뜻을 분명히 해둔 셈이지. 자, 그럼 한번 움직여 볼까?"

"하하, 당 형의 말이 통쾌하오."

"하도욱과 제형적이 미울 뿐이지 어디 군웅성을 버릴 수야 있겠소?"

"그들은 기회만 엿보는 쥐새끼 같은 무리들이오. 그러니 우리는 그들에게 대의가 무엇인지 확실히 가르쳐 주는 게 좋겠소."

"우리 힘으로도 할 수 있다는 걸 화끈하게 보여줍시다."

내내 침묵하고 있던 사내들이 껄껄 웃으며 자리를 털고 일어섰다. 역시 군웅성이 무너지는 걸 보고만 있을 수는 없었던 것이다. 그들에게 군웅성은 목숨처럼 귀한 명예의 총화였다.

"열어라!"

당봉휴의 싸늘한 일갈이 떨어졌다. 이제는 하도욱의 손에 들어간 뇌옥 앞에서였다. 얼마 전까지만 해도 이곳은 계율당에 속해 있는 곳이었는데 지금은 그 계율당주인 마조가 오히려 갇혀 있는 곳이 되었다.

"그렇게 할 수 없습니다."

새로이 뇌옥을 관장하게 된 음도성이 단호하게 말했다.

그는 눈앞의 당봉휴와 그를 따라온 몇 사람의 영주들이 무얼 하려는 건지 잘 알았다. 그랬기에 더욱 명을 따를 수가 없었다.

"괘씸한 놈."

당봉휴의 눈빛이 싸늘해졌다.

"저를 죽여도 달라질 건 없습니다. 뇌옥을 여시겠다면 총령님의 허락을 받아 오십시오."

대답은 당봉휴의 단창이 대신했다.

그가 언제 등 뒤에 엇갈리게 메고 있던 단창 하나를 뽑아 들었는지 제대로 분간할 새도 없었다.

조금도 굴하지 않고 의연히 뇌옥 입구를 가로막고 서 있던 음도성의 가슴을 뚫고 들어간 그것이 천천히 빠져나왔다.

"앗!"

불안한 얼굴로 지켜보고 있던 음도성의 수하들이 비명을 터뜨렸다. 그들을 무시한 당봉휴 일행이 곧장 뇌옥의 문을 열고 저벅저벅 걸어 들어갔다.

"기어이 일을 저지르고 말았구나!"

냉염판관 마조가 싸늘한 얼굴로 일갈했다. 하지만 당봉휴 등은 조금도 거리낌이 없었다.

"그들 스스로가 분란을 자초했으니 이제 와서 망설일 게 뭐가 있겠습니까?"

"피를 보고 말았으니 이제는 돌이킬 수도 없게 되었다."

금왕 육반산이 한숨과 함께 자조적인 음성으로 중얼거렸다. 그를 돌아본 마조가 역시 한숨을 쉬고 머리를 흔들었다.

"육 형의 말이 맞소. 일이 이 지경이 되었으니 누구를 탓하겠소?"

"먼저 진 전주님을 호위해야 할 것이외다."

육반산의 말이 옳았다. 머리를 끄덕인 마조가 앉아 있던 낡은 침상을 후려치고 벌떡 일어섰다.

"가자!"

뇌옥 앞에는 이미 이십여 명의 무사들이 포진하고 있었다. 그들을 지휘하고 있는 자는 형산문하(衡山門下)로서 함께 십년정벌의 대열에 섰던 형산일룡(衡山一龍) 고지량(高志亮)이었다.

"마 형, 육 형, 어디로 가려 하시오?"

고지량이 조소 띤 얼굴로 마조와 육반산을 바라보며 싸늘하게 물었다. 마조의 얼굴이 어두워졌다. 그를 대신해서 육반산이 가볍게 웃으며 앞으로 나섰다.

"하하, 고 형제, 자네는 외적을 물리치기 위해 나가지 않았군?"

"내부에 있는 적이 언제나 열 배는 더 무섭고 위험한 법이지 않소?"

"자네는 우리를 적이라고 여기는가?"

"여기 음도성의 주검이 있소이다. 적이 아니라면 그를 이처럼 죽였을 리가 있겠소?"

"음……."

음도성의 주검을 바라본 육반산은 그 말에 뭐라고 대꾸할 수가 없었다. 당봉휴가 선뜻 나섰다.

"내가 한 일이다. 그러니 어쩔 테냐?"

"음, 자네의 솜씨인 줄 벌써 알아보았지."

싸늘하게 웃어 보인 고지량이 선뜻 검을 뽑아 들었다.

"나를 죽이지 못하는 한 아무도 이곳에서 한 걸음도 나가지 못한다."

"꼭 피를 봐야 하겠다는 거냐!"

당봉휴가 노하여 소리쳤다. 고지량은 싸늘하게 웃을 뿐 물러설 기미를 보이지 않았다.

"피는 벌써 보았지. 또 본다고 해서 이상할 것도 없다."

당봉휴가 마조를 돌아보았다. 얼굴에 초조해하는 기색이 떠올라 있었다.

"시간이 없습니다."

"이보게, 고지량."

그래도 옛 정리를 외면할 수 없었던 마조가 한 번 더 그를 설득해 볼 양으로 불렀다. 그러나 고지량에게는 이미 돌이킬 수 있는 마음의 여유가 남아 있지 않았다.

"모두 잡아 묶어라!"

그가 수하들을 향해 소리쳤다. 그의 명을 받은 자들이 일제히 도검을 뽑아 들고 다가왔다.

"이미 틀린 일이오."

육반산이 마조의 소매를 잡아끌며 가만히 속삭였다. 마조 또한 어쩔 수 없다는 것을 잘 알았다. 그가 한숨을 쉬고 물러섰다.

기다렸다는 듯 당봉휴가 쌍창을 뽑아 들고 고지량을 향해 쳐들어갔다.

"나는 이곳에서 죽는다. 그러나 너희들은 영원히 반도(叛徒)의 무리라는 낙인을 지울 수 없을 것이다!"

고지량이 여전히 싸늘한 웃음을 띤 채 그렇게 소리쳤다. 그 말이 마조 등의 가슴에 못이 되어 박혔다.

"어리석은 놈이다."

마조가 탄식하듯 말했다. 그 곁에서 육반산이 고소(苦笑)를 지었다.

"어리석기는 우리도 마찬가지요. 처음부터 이 일에 나서는 게 아니었소. 나는 지금 성을 떠난 자들이 부러워 죽을 지경이라오."

마조의 얼굴에 짙은 그늘이 드리워졌다. 진사후가 무존에 대해서 반기를 들었을 때, 끝까지 말리지 못했던 것이 후회스러웠다.

육반산의 말처럼 그때 차라리 성을 떠나는 무리들 속에 섞여 군웅성을 등졌더라면 지금 이런 꼴을 당하지도, 보지도 않았으리라.

마조가 탄식을 뱉어냈다.

"무존은 버릴 수 있어도 군웅성만은 버릴 수 없었던 것 아니었겠소?"

"그럴지도 모르겠군."

육반산도 머리를 흔들며 탄식을 뱉어냈다.

그사이 고지량은 세 명의 상대를 맞아 이미 물러설 수도 없게 되어 있었다.

한때는 서로의 목숨을 지켜주고, 서로를 내 몸같이 여겼던 동지들이었다. 그러나 지금은 죽이지 않으면 내가 죽어야만 하는 적이 되어 있었다.

'각자의 길이 다를 뿐이다.'

머리를 숙여 길운길(吉運佶)의 검을 아슬아슬하게 피한 고지량이 입술을 악물었다.

내가 선택한 길이니 최선을 다할 뿐, 죽음에 대한 두려움 따위는 없었다. 그건 당봉휴나 길운길, 최선양(崔宣陽)에게도 마찬가지일 것이라고 생각했다.

무엇이 진정으로 군웅성을 위하는 길이고, 무엇이 진정으로 대의에 합당한 길인지는 모른다. 그 영광된 말들은 오직 승리한 자에게 돌아가는 수사(修辭)일 뿐이다.

당봉휴의 두 자루 단창에는 한 치의 연민도 실려 있지 않았다. 길운길의 청운검(靑雲劍)이나, 최선양의 뇌격도(雷擊刀) 역시 마찬가지였다. 그리고 그것은 위기에 몰려 있는 고지량의 풍뢰검(風雷劍) 또한 다를 바 없었다.

"핫!"

기가 가득 실려 있는 우렁찬 기합성을 터뜨리며 풍운십삼초(風雲十三招)를 펼쳐 나가는 고지량의 기세는 조금도 약해지지 않았다.

형산파가 배출한 최고의 기재이고, 형산파가 자랑하는 절세의 검초인 풍운십삼초는 고지량의 위풍을 더욱 당당한 것으로 보이게 했다.

그가 초인이라면 그를 협공하고 있는 세 사람도 이미 초인으로 불린 역전의 용장들이었다.

고지량의 풍운십삼초가 절세의 검법이라면 당봉휴의 비연쌍창(飛燕雙槍) 또한 개세적인 창법이었고, 길운길의 무량칠검(無量七劍)이나, 최선양의 단음구도(斷陰九刀) 역시 그에 뒤지지 않는 절세의 검법이고 도법이었다.

창! 하는 높고 날카로운 소리가 터져 나왔다. 고지량의 검이 당봉휴의 단창과 최선양의 칼을 동시에 쳐내는 소리였다. 하지만 길운길의 검을 방비할 수는 없었다.

"흐윽―!"

고지량의 입에서 억눌린 신음성이 흘러나왔다. 그의 옆구리를 꿰뚫은 길운길의 청운검이 반대 편으로 빠져나와 있었다. 그것을 본 당봉휴와 최선양이 물러섰다.

고지량이 믿을 수 없다는 듯 자신의 옆구리를 보고 길운길을 보았다.

"내가……."

무언가 말을 하려고 입을 벌리자 울컥울컥 선혈이 토해져 말을 잇지 못했다. 길운길의 무표정하던 얼굴이 참혹하게 일그러졌다.

"고 형, 나를 원망하시오."

고지량의 눈이 급속히 풀려갔다. 선혈로 얼룩진 그의 입가에 희미하게 웃음이 떠오른 것 같았다. 얼굴이 급하게 경련을 일으켰다.

"자네의 검에 죽으니…… 차라리…… 편하군…….

검을 뽑아내는 길운길의 눈동자가 젖어들었다. 그가 완전히 검을 뽑아내자 고지량이 풀썩 쓰러졌다. 몸을 잔뜩 구부리고 떠는 것이 고통스러운 모양이었다. 천천히 그 경련마저도 멎어갔다.

길운길이 차마 그 모습을 보지 못하고 이를 악문 채 몸을 던져 어둠속으로 날려 나갔다.

"휴, 일이 이 지경으로 되고 말았으니 누굴 탓해야 한단 말인가."

마조가 장탄식을 했다. 하지만 이제는 누구도 돌이킬 수 없는 비극이 되었을 뿐이다.

＊　　　　＊　　　　＊

"너는 나의 손발을 모두 잘라 버렸구나."

진사후가 어두운 얼굴로 길게 탄식하고 나서 천천히 말했다. 두위의 한 겹 얼음을 두른 듯한 얼굴은 풀어지지 않았다.

"당신이 자초한 일이요."

"그렇지, 누구를 탓할 수도 없지."

자조한 진사후가 어둠을 희끗희끗하게 물들이며 날리고 있는 눈발을 멍하니 바라보았다.

섭월령은 초막 안으로 들어가 좀체 나올 생각을 하지 않고 있었다. 지금 그녀는 대무광의 몸에서 묘독(猫毒)을 뽑아내는 일에 매달리고 있을 것이다.

두위가 칼을 움켜쥔 채 우뚝 서서 호법의 역할을 수행했고, 대무광과 마주 앉아 있던 진사후는 섭월령에게 초막을 내주고 나와 있었다.

그는 두위로부터 이곳에 오는 동안 남해검협 조추걸과 태을 진인 이청수를 죽이고, 아미의 자운 신니를 쫓아버렸다는 말을 들었다.

그들에 대한 안타까움이 컸을 테지만, 진사후는 기력이 쇠진한 늙은이처럼 탄식하고 있을 뿐 반응을 보이지 않았다.

"너는 끝내 나를 받아들이지 않을 작정이냐?"

진사후가 아직도 미련이 남았다는 듯 두위를 은근한 눈길로 바라보았다. 두위의 입가에 싸늘한 비웃음이 걸렸다.

"나는 당신에게 신세진 게 하나도 없소. 오히려 서운하고 억울한 일을 당했을 뿐이지. 그런데 어찌 당신에 대해서 호감을 가질 수 있겠소?"

"그렇군."

진사후가 쓴웃음을 지었다. 대무광에게 입은 은혜를 잊지 않고 이곳에까지 찾아와 그를 살려내려는 두위에게서 장부의 의지가 무엇인지를 보고 느낄 수 있었다.

은혜와 원한을 분명히 하는 자이니 결코 설득할 수도, 안심할 수도 없었다.

진사후는 자신의 그릇이 대무광에 비하자면 한참 부족하다는 것을 두위를 통해서 느꼈다. 대무광보다 내가 먼저 두위에게 은혜를 베풀었더라면, 하는 아쉬움이 들었지만 돌이킬 수 없는 일이었다.

멀리서 급히 달려오는 사람들의 인기척이 느껴졌다. 두위가 성큼 눈이 쌓인 마당으로 내려섰다.

뒤에서 진사후가 기습해 오거나, 아니면 그가 초막 안으로 되돌아가 섭월령에게 해를 가할지도 모른다는 불안감이 아주 잠깐 몰려들었다.

'그렇게 한다면 그는 쥐새끼에 불과하지.'

두위는 곧 자신의 상상을 부정했다. 진사후 정도 되는 인물이라면 결코 그처럼 비열한 짓을 할 리가 없었던 것이다.

앞에서 달려오고 있는 자들이 누구인지는 생각할 필요도 없었다. 이곳은 친구 하나 없는 적지이다. 그러므로 보이는 자들 모두가 적일 뿐이다. 차라리 마음이 편했다.

"저기 계시다!"

선두에서 길을 열던 당봉휴가 소리쳤다. 그리고 급히 다시 소리쳤다.

"그런데 너는 웬 놈이냐!"

두위의 얼굴에 긴장이 어렸다. 냉염판관 마조와 육반산을 알아본 것이다. 그와 동행하고 있는 자들에 대해서 부쩍 의심이 들었다.

"아직 내 말에 대답하지 않았다!"

두위 앞에 뚝, 떨어지듯 내려선 당봉휴가 다시 버럭 소리쳤다. 그의 눈에도 칼을 치켜든 채 이쪽을 호시탐탐 노려보고 있는 두위의 모습이 심상치 않게 비친 것이다.

"그가 바로 두위일세."

뒤따라온 육반산이 유들유들하게 말했다. 당봉휴가 음, 하고 낮은 침음성을 흘리고 눈살을 찌푸렸다.

그도 두위와 음괴 섭월령이 군웅성에 왔다는 말은 들어 알고 있다. 하지만 눈앞에서 보기는 처음이다.

두위에 대한 말은 많이 들어왔지만 이처럼 마주 서고 나자 과연 기세가 범상치 않은 자라는 것이 확연히 느껴졌다.

"거기서 한 걸음이라도 더 다가오는 놈은 죽인다. 큰 소리로 떠드는 놈도 죽인다. 웃거나 욕하는 놈도 죽인다."

두위가 한눈에 마조 일행을 쓸어보며 단호하게 말했다. 순간, 마조는 물론 늘 유들거리던 육반산의 얼굴마저 노여움으로 굳어졌다.

제일 먼저 분노한 사람은 당봉휴 곁에서 비통한 얼굴을 한 채 묵묵히 서 있던 길운길이었다.

"뭐라고?"

소리친 그가 누가 말릴 새도 없이 아직도 고지량의 피가 남아 있는 청운검을 들어 번개처럼 찔렀다.

고지량을 자신의 손으로 죽이고 만 데에 대한 죄책감과 비통함을 견디기 힘들었는데, 두위의 말이 불을 지른 것이다.

"앗!"

깜짝 놀란 진사후가 비명을 터뜨렸다. 그의 귀에 훙! 하는 두위의 코웃음이 들린 것 같았다. 그리고 번쩍이며 떨어지는 뇌전을 보았다.

"악!"

"어헛!"

"저런!"

마조와 육반산, 당봉휴 등이 동시에 경악하여 부르짖었다.

길운길의 검이 부러져 어둠 속으로 솟구치는 게 보였고, 그의 배가, 가슴이 시뻘건 속을 드러내며 쩍 갈라지는 게 보였다.

길운길이 자신에게 일어난 일을 이해할 수 없다는 듯 눈을 크게 뜬 채 멍하니 두위를 바라보았다.

밑에서 그어 올린 그 단순한 일격을 길운길이 감당하지 못하리라고는 그곳에 있는 누구도 상상조차 하지 못했다. 오직 길운길만이 자기가 패한 원인을 찾아냈을 뿐이다.

두위의 칼과 부딪친 게 잘못이었다. 그 칼에 실린 힘이 그처럼 무지막지할 줄은 꿈에도 몰랐던 것이다.

어른이 아이가 휘두르는 나뭇가지를 받아 넘긴 것과 다름이 없었다. 그처럼 거대한 두위의 내력은 단번에 길운길의 검력을 눌러 버렸고, 그의 보검마저 동강 냈다. 그리고 남은 힘이 몸을 길게 가르고 뻗쳐 나갔던 것이다.

'이놈은 터무니없이 강하다.'

길운길이 흐려지는 눈에 어른거리는 두위의 얼굴을 애써 붙잡으며 그렇게 중얼거렸다. 그는 자신의 몸이 기울어 덧없이 땅에 처박히고 있다는 것조차 느끼지 못했다.

"죽일 놈!"

노한 당봉휴가 쌍창을 휘두르며 몸을 날렸다.

"멈추어라!"

그가 두위의 면전에 다다르기 전에 터져 나온 진사후의 호통이 그를 붙들었다.

당봉휴가 이를 부드득 갈며 두위를 노려보았다. 두위의 시선은 그를 무시한 채 진사후에게 멎어 있었는데, 그 눈빛에 싸늘함이 가득했다.

"소리 지르는 놈은 죽인다고 했다!"

"허!"

진사후의 얼굴에 어이없어하는 기색이 가득하더니 이내 은은한 노여움으로 바뀌었다.

두위가 아랑곳하지 않고 칼을 들어 그를 가리키며 더욱 싸늘하게 말했다.

"왜 그런지는 늙은이, 당신이 더 잘 알겠지? 그런데도 고함을 치다니. 만약 일이 잘못되어 섭 누이의 노력이 헛수고가 된다면 당신은 물론 여기 있는 놈들의 목을 모두 가져가고 말 테다."

"에잇!"

당봉휴가 더 참지 못하고 분개한 외침을 터뜨리며 쌍창을 휘둘러 덮쳤다.

진사후에 대한 두위의 무례함은 도를 넘어선 것이었다. 자신이 공경하고 따르는 노인에 대한 그런 무례함을 목도하고는 더 참을 수가 없었다.

　반드시 죽이고 말겠다는 살기를 가득 품은 쌍창이 일천당해(一穿當海)의 수법으로 쇄도해 들었다. 오직 어지럽게 찔러 들어올 뿐, 일체의 변식이 생략된 필살의 창법이었다.

　"그러면 안 돼!"

　진사후가 저도 모르게 긴장하여 다시 소리쳤다. 그러나 이미 당봉휴의 쌍창은 두위의 면전에 다다르고 있었다.

　두위의 얼굴이 험악해졌다. 문득 몸이 흔들리더니 픽! 하고 꺼지듯 그의 신형이 당봉휴의 눈앞에서 사라져 버렸다.

　'아차!'

　당봉휴가 깜짝 놀라 급히 좌창을 회수해 들여 가슴을 가리며 우창을 휘둘러 단창회풍(短槍廻風)의 초식으로 팔방을 어지럽게 후려쳤다.

　두위의 도약은 모두의 가슴을 서늘하게 할 만큼 빠르고 과감한 것이었다. 그가 머리 위에 높이 떠 있는 걸 보지 못한 사람은 당봉휴뿐이었다.

　"저것!"

　마조가 놀람의 외침을 터뜨리고 달려나갔다. 두위가 유성이 내리꽂히듯 무섭게 당봉휴를 덮쳤다.

　정수리 위에 서늘한 살기를 느낀 당봉휴가 비로소 사태를 파악하고 몸을 내던졌다. 그는 부끄러움도 잊은 채 차가운 눈밭 위를 마구 굴러 갔다.

　두위의 칼끝에서 뻗어 나온 기운이 소나기처럼 쏟아져 당봉휴를 뒤쫓았다. 태풍처럼 휩쓸어가는 칼 힘의 여력이 쌓여 있던 눈을 마구 헤

집었다. 어두운 허공 가득 자욱한 눈보라가 휘날려 앞이 보이지 않았
다.

쐐애액―!

한줄기 맹렬한 파공성이 그 혼돈을 뚫고 날았다. 눈보라에 실체를
감춘 채 이제는 진사후를 노리고 날아드는 의외의 도격(刀擊)이었다.

"허엇!"

진사후가 크게 놀라 헛바람을 들이키며 급히 일장을 때려냈다.

꽈앙―!

엄청난 장력이 폭발하는 곳에서 은빛 칼 그림자가 춤을 추었다. 숨
소리도 없이, 움직이는 기척도 없이, 마치 유령이 흐느적거리는 듯한
그런 칼춤이었다. 그리고 그것은 진사후의 막강한 일장을 천 토막 만
토막으로 갈라 버린 채 더욱 재빠르고 맹렬하게 부딪쳐 들어왔다.

"음!"

진사후가 입술을 깨물었다. 온몸에 가해지는 압력이 그의 상상 이상
이었으므로 잠시도 한눈을 팔 수가 없었다.

급히 몸을 비켜서며 연거푸 삼장을 때려내는 그의 노안이 흉하게 일
그러졌다.

쉿, 쉿―!

두위의 칼이 요사한 움직임으로 그 장력마저 헤쳐 내고 어지럽게 날
아들었다.

어느새 두위는 진사후의 면전에 육박해 들어 있었다. 유령처럼 기척
조차 흘리지 않았다. 오직 악다문 입과 싸늘하게 번쩍이는 두 눈만이
살아 있을 뿐이다.

"고약하다!"

버럭 외친 진사후가 일기구중(一氣九重)의 수법으로 바꾸어 일장 일장을 신중하게 때렸다.

우르릉거리는 뇌성이 진동했고, 중첩된 장력이 해일처럼 두터운 기의 벽을 이룬 채 밀려 나갔다.

"음!"

두위의 입에서 처음으로 낮고 무거운 신음이 흘러나왔다. 그러나 그의 칼은 더욱 요사스러워지고 더욱 예리해질 뿐 조금도 머뭇거리지 않았다.

바람을 타고 솟구치는 연에 이끌려서 연줄이 끝없이 빨려 나가듯 거침없이 쏟아져 나오는 그 신묘한 변화와 그것에 실려 있는 무궁무진한 힘과 기세가 진사후를 질리게 했다.

"지독한 놈이 되었다!"

버럭 외친 그가 필생의 진력을 실어 다시 일장을 때려냈다.

꽝—!

두위의 칼과 부딪친 장력이 폭발하자 무시무시한 여력이 사방으로 폭사되었다.

우르르르—!

기파의 회오리가 흩어져 날리던 눈보라를 더욱 어지럽게 말아 올리며 주위를 온통 휘감았다. 그 속에 버티고 서 있는 두위의 머리카락이 사납게 흩날렸다. 옷자락이 찢어질 듯 펄럭였다. 하지만 그는 칼을 쥔 손에 힘을 더한 채 꿋꿋하게 버티고 서 있었다.

조금씩 기파의 여력이 가라앉았다.

두위의 몰골은 사납고 흉하게 변해 있었다. 그러나 진사후를 잡아먹을 듯 노려보는 그 눈빛의 강렬함은 조금도 변하지 않았고, 전의(戰意) 또한 조금도 감해지지 않았다.

그에 비해 오히려 진사후의 낯빛이 조금은 핼쑥해져 있는 것 같았다.

이글거리는 눈으로 두위를 노려보던 진사후가 무겁게 가라앉은 음성으로 말했다.

"그게 무슨 도법이더냐?"

"대천강일도!"

두위가 당당하게 대답해 주었다. 진사후가 머리를 갸웃거렸다. 처음 들어보는 도법이었던 것이다.

"누구에게서 배웠느냐?"

묻는 그의 눈에 의혹의 빛이 어른거렸다. 그로서는 이처럼 위력적인 도법이 있다는 것을 아직 들어본 적도 없다. 혹시 대무광이 은밀히 전해준 건 아닐까 하는 의심이 들었다.

"내 스스로 만들어냈을 뿐, 아무에게서도 배운 바 없다!"

두위가 다시 당당하게 말했다. 진사후의 눈이 커졌다. 그가 어리둥절한 얼굴로 두위를 뚫어지게 바라보았다.

"허, 네 스스로 만들어냈단 말이지?"

"터무니없는 소리!"

두위에게 호되게 당하여 낭패를 보았던 당봉휴가 이를 갈며 부르짖었다. 두위의 매서운 눈길이 번쩍, 하고 그에게 향해졌다.

멀찍이 떨어져 피해 있던 당봉휴가 그런 두위의 눈길에 반발하듯 앞으로 두어 걸음 나서며 으르렁거리듯 말했다.

"허풍 떨 것 없다! 한낱 들개가 어찌 호랑이 새끼를 낳을 수 있단 말이냐? 제대로 배우지도 못한 너 같은 낭객 놈이 그런 도법을 만들어냈다면 나는 이미 무신(武神)의 반열에 서 있어야 할 것이다!"

"다시 해볼 테냐?"

두위가 이제는 몸까지 돌이켜 당봉휴를 마주 보며 위협적으로 어깨를 내밀었다.

"그럴 것 없다."

진사후가 평정을 되찾은 조용한 음성으로 타이르듯 말했다. 쌍창을 들어 올리던 당봉휴가 움찔하고 진사후를 바라보았다.

"그의 말대로 우리는 조용히 기다리는 게 좋겠다."

"전주님!"

당봉휴가 분노하여 소리쳤다.

"그건 굴욕입니다! 어찌 우리가 저런 하찮은 낭객 한 놈에게……."

"개자식이!"

낮고 힘있게 외친 두위가 몸을 움직였다. 가볍게 땅을 밀어낸 것만으로도 그의 몸이 쏘아진 화살처럼 곧장 당봉휴의 면전으로 쇄도해 갔다.

"소리치면 죽인다고 했다!"

주위를 다시 일깨워 주는 경고의 말보다 칼이 더 빠르게 떨어졌다.

당봉휴도 이번에는 단단히 대비하고 있었다. 흥! 하고 코웃음 친 그가 좌창으로는 봉황점두(鳳凰點頭)의 수법으로 두위의 가슴을 찍으며 우창을 휘둘러 정수리 위에 떨어지고 있는 칼을 맞받았다. 각풍초선(卻

風醉仙)이라는 초식으로서 전문적으로 상대의 병장기를 말아 무력하게 만드는 절기였다.

한꺼번에 두 가지의 서로 다른 초식을 좌우 손으로 자유롭게 쏟아내는 솜씨가 역시 범상치 않았다.

"저런!"

진사후가 발을 굴렀다. 당봉휴의 고집과 지나친 호승심이 안타깝기 짝이 없었다.

"고작 그거냐?"

두위가 낮은 외침과 함께 내려치는 칼에 더욱 힘을 실었다.

휙, 하고 떨어지는 칼의 기세가 천길 낭떠러지 위에서 바윗돌을 던진 듯했다. 지켜보던 사람들이 앗! 하고 놀란 외침을 터뜨렸다.

쨍! 하는 소리와 함께 두 토막으로 덧없이 잘라져 날리는 당봉휴의 단창이 보였다. 동시에 그의 좌창이 두위의 가슴을 찌르는 것도 보였다.

"억!"

당봉휴의 입에서 거친 비명이 터졌다. 그는 설마 두위가 함께 죽는 것도 두려워하지 않고 끝까지 밀고 들어올 줄은 몰랐던 것이다. '찔렀다!' 고 여긴 순간 정수리에 뜨거운 기운이 박혀들었다.

당봉휴의 머리통이 그의 단창처럼 두 조각으로 나뉜 채 목에 매달려 양쪽으로 쩍 벌어졌다.

사람들은 넋을 잃은 채 그 끔찍한 모습을 바라보기만 할 뿐, 한순간 어찌해야 할지를 잊었다.

두위가 천천히 몸을 돌렸다. 그의 가슴을 찌른 것처럼 보였던 창은 실은 겨드랑이 사이로 빠져나간 것에 지나지 않았다. 위험천만의 순간에 교묘하게 몸을 틀어 당봉휴의 창을 빗나가게 하고 그것을 겨드랑이로 꽉 끼어 잡았던 것이다.

그의 손에 의해서 두 명의 초인이 변변히 싸워보지도 못하고 처참하게 죽었다는 사실이 꿈만 같았다. 진사후도, 마조나 육반산 등도 그저 넋이 빠진 채 멍해진 얼굴로 두위의 사나운 몰골을 바라볼 뿐이었다.

*　　　*　　　*

"아아악—!"

마지막 비명이 밤하늘 멀리 처절하게 울려 퍼졌다.

백여 명이나 되던 자들이 모두 죽었다. 그 속에는 급히 성을 내려와 합류했던 금전과 순찰원의 고수 스무 명도 포함되어 있었다.

백호당의 인물로는 이제 당주인 괴룡신협(魁龍神俠) 천자후(千滋侯) 혼자만이 남아 있을 뿐이었다.

"이, 이리…… 나, 나왓!"

피의 바다를 딛고 우뚝 서서 거대한 도끼를 들어 자신을 가리키고 있는 철탑 같은 사내의 더듬거리는 말이 천자후의 넋을 빼놓았다.

"지, 지독한 놈……."

그가 두려움과 분노와 경악으로 턱을 덜덜 떨며 간신히 말했다.

이제는 천지쌍로(天地雙老)에 대한 꺼림칙함 따위는 문제가 되지 않았다. 그의 눈에는 오직 마왕(魔王)처럼 버티고 서 있는 거대한 사내, 마석산(魔石山)에 대한 경이로움과 두려움이 가득할 뿐이었다.

마석산의 온몸은 벌어지고 찢어진 상처투성이였다. 그리로 붉은 선혈이 줄줄 흘러내리고 있었다. 그러나 그는 고통을 느끼지 못하는 것 같았다. 그 많은 칼과 검과 창에 베이고 찔렸으면서도 죽지 않았다.

천자후는 어쩌면 그가 골육(骨肉)으로 된 사람이 아니라 정말 청동으로 만들어진 금강역사인지도 모른다고까지 생각했다.

"어째서 진사후 그 늙은 놈은 나서지 않는 거지?"

시체의 산 너머에서 입을 오물거리며 끊임없이 뭐라고 중얼거리고 있던 폭열파파(暴熱婆婆) 여 대랑(呂大娘)이 충혈된 눈으로 매섭게 천자후를 노려보며 소리쳤다.

흠칫 놀란 천자후가 낯선 사람을 보듯이 멀뚱하게 여 대랑을 바라보았다. 그는 오래전에 그 노파의 무서움을 충분히 겪어 알고 있었다. 무존이 정한곡을 쳤을 때 그곳에 함께 있었기 때문이다.

여 대랑이 교 노인과 함께 무존의 호위들을 쳐 죽이며 유유히 포위망을 빠져나가던 일이 눈앞에 선하게 떠올랐다. 그때의 사나움이 늙은 지금에도 가시지 않고 오히려 더 괴팍해지고 지독해진 것 같았다.

문득 죽는다는 것에 대한 두려움이 밀물처럼 쏟아져 들어왔다.

수없이 많은 싸움을 했고, 그때마다 이겨서 초인이라는 영예로운 이름마저 얻었다. 그러나 방금 전 눈앞에서 벌어졌던 그 끔찍한 장면들을 감당할 수가 없었다.

천자후의 턱이, 어깨가 온몸이 덜덜 떨리기 시작했다.

"저런, 저런 망종을 봤나……."

여 대랑이 가뜩이나 주름져 흉물스러운 얼굴을 더욱 일그러뜨리며 혀를 찼다.

"저런 놈이 초인이라고 거들먹거리며 살았다니 기가 막히다 못해 터지고 말겠다."

"쯧쯧…… 공동파의 운도 이젠 다한 모양이다."

한쪽에서 묵묵히 지켜보고 있기만 하던 교 노인도 얼굴을 찡그리고 탄식했다.

천자후는 공동파가 배출한 불세출의 기재였다. 그가 초인의 반열에 오르자 공동파는 그 명성이 중원 하늘 구석구석에 널리 퍼져 만인의 우러름을 받는 문파로 거듭났다.

백도 최강의 무인으로 꼽히는 백 명의 절대자들이란 그처럼 대단한 존재들이었던 것이다.

그러나 지금 정한곡의 무리들 앞에 홀로 남아 있는 천자후의 모습은 죽음을 목전에 두고 떠는 쥐새끼의 그것과 다를 바가 없었다. 가여움을 넘어서 혐오감이 들 지경이었다.

그를 바라보고 있던 마석산의 무표정한 얼굴이 일그러졌다. 더 두고 볼 수가 없다는 듯, 뚜벅뚜벅 걸어간 그가 천자후 앞에 우뚝 섰다.

천자후가 사시나무 떨듯 몸을 와들와들 떨어대며 마석산을 올려다보았다. 눈빛에 의지라고는 터럭만큼도 담겨 있지 않았다.

마석산의 얼굴에는 경멸과 혐오가 가득했다. 그가 천천히 도끼를 들어 올렸다.

"사, 살려, 주, 주게……."

천자후가 온몸의 힘을 다 쥐어짜 내서 겨우 말했다. 쥐고 있던 검마저 떨어뜨린 채 부끄러움을 잊고 털썩 무릎을 꿇었다.

살고 싶다는 애처로운 욕망만이 있을 뿐, 명예도 용기도 이미 다 내

던져 버린 그는 허깨비에 지나지 않았다.

"부, 부끄럽게…… 사, 사느…… 니…… 죽는 게…… 낫다."

떠듬떠듬 말하고 난 마석산이 들어 올렸던 도끼를 힘껏 내려쳤다.

참혹하게 쪼개진 천자후의 주검을 내려다보는 그의 얼굴이 더러운 것을 본 것처럼 일그러졌다.

"퉤!"

천자후의 주검에 침을 뱉어준 마석산이 머리 위에 우뚝 솟아 있는 영취봉을 바라보았다. 저곳에 두위가 있다. 어쩌면 지금쯤 위기에 빠져 있을지도 모른다는 생각 때문에 초조해졌다.

느끼지 못했던 피비린내가 비로소 코를 찔렀다.

"너무 참혹해."

살짝 들추었던 가마의 휘장을 다시 친 냉보보(冷寶珤)가 잔뜩 눈살을 찌푸리고 채영경(菜玲瓈)을 돌아보았다. 그녀의 얼굴도 어두워져 있었다.

"꼭 이렇게 해야만 해?"

영경은 냉보보의 힐난하는 듯한 말에 대꾸하지 못했다. 아까운 생명들이 덧없이 죽어가는 것을 보자 그녀의 마음속에도 연민과 후회가 일었던 것이다.

"군웅성이……."

영경이 한숨과 함께 낮게 말했다.

"이지경이 되어 있는 줄 알았더라면 나 혼자서 왔을 것이다."

"쳇, 이건 시시한 산적 집단만도 못해. 무존 한 사람이 없어졌다고 이렇게 달라질 수가 있는 건가? 진사후는 대체 뭘 하고 있는 거지?"

냉보보의 머릿속에는 번풍이 그려지고 있었다. 이곳에 오기 전에 그녀는 영경과 함께 번풍을 만났었다.

"군웅성은 거대한 상대다. 힘을 합치자."

번풍은 그 살벌한 눈빛만큼이나 살벌한 어투로 그렇게 말했다. 칼을 휘둘러 상대를 쪼개 버리듯 단호하고 명료한 말투였다.

영경 또한 단호하게 거절했다. 보보가 나중에 그 이유를 묻자 끈적거리는 그의 눈빛이 마음에 들지 않아서라고 했다. 보보는 웃고 말았다. 사실 그녀도 번풍의 그 번들거리며 핥듯이 바라보는 눈빛은 영 마음에 들지 않았던 것이다.

하지만 보보에게 그의 인상은 강렬함으로 남았다. 그녀는, 어쩌면 그야말로 이 시대에서 가장 강한 기질과 근성을 가진 사내일지도 모른다는 생각을 문득 떠올렸다.

'군웅성에는 이제 그런 사내가 없다.'

천자후의 비열한 최후를 보고 나자 더욱 그런 생각이 들었다. 그것이 보보는 물론 지금 영경의 마음을 괴롭히는 원인이었다.

그 두 사람은 군웅성에 대해서, 그리고 진사후에 대해서 뼈저린 원한을 공유하고 있었다.

보보는 십팔 년 전, 무존이 정한곡을 토벌했을 때 중상을 입은 사부와 함께 여 대랑에게 업혀서 달아나던 일을 떠올렸다. 그때 그녀는 겨우 다섯 살의 나이였다.

그 후 채옥선자(彩玉仙子) 이수련(李水蓮)은 시간이 있을 때마다 보보에게 말했다.

"잊지 말라. 네 원수는 군웅성의 초인들도, 대무광도 아니다. 네 진정한 원수는 진사후 그 가증스런 놈이다. 네가 사부를 아끼고 사랑한다면 반드시 네 손으로 그놈을 죽여 사부의 한을 풀어주어야 한다."

지금도 냉보보는 어째서 자신의 원수가 그때 정한곡에는 모습도 보이지 않았던 진사후인지 알 수 없었다. 하지만 어려서부터 사부의 교육을 받고 자란 그녀는 자신도 모르는 사이에 진사후에 대한 원한을 골수에 새겨 넣고 있었다.

영경에게 있어서 그 원한은 보보 못지 않게 컸다. 부친과 한가족처럼 정들었던 흑룡보의 일천 식솔들 모두를 한꺼번에 잃었기 때문이다.

그 원한은 반드시 갚아야 할 것이다. 하지만 이처럼 맥빠진 상대들이라면 별 의미도, 통쾌함도 없었다.

보보와 영경이 각자의 상념에 사로잡혀 있을 때 가마 밖에서 우렁찬 호통 소리가 들려왔다.

"한 놈도 살려두지 마라!"

깜짝 놀란 보보가 다시 가마의 휘장을 살짝 들추고 밖을 내다보았다.

"아!"

그녀의 입에서 놀람의 외침이 터져 나왔다. 영경도 호기심을 이기지 못하고 밖을 내다보았다.

숲속에서 한 무리의 무사들이 뛰어나와 곧장 정한곡도들의 좌측면으로 부딪쳐 가고 있었다.

방금 호통을 내지른 자는 한 명의 우람하게 생긴 중년 대한이었다. 그자는 흑곰처럼 큰 덩치에 걸맞게 커다란 두 자루의 낭아곤(狼牙棍)을 휘두르고 있었다.

저런 병장기도 다 있나 싶을 만큼 무지막지한 것이 휘둘려질 때마다 붕붕거리는 바람 소리가 났다.

커다란 몸집을 단갑(單鉀)으로 가렸고, 머리를 금빛 띠로 질끈 동여맸다. 얼굴을 온통 가리다시피 한 구레나룻 때문에 시커먼 그의 얼굴이 더욱 검어 보였다.

단갑의 앞뒤로 호심경(護心鏡)을 두르고 검은 가죽신을 신은 것이 마치 전장에 뛰어든 용맹한 장수를 보는 것 같았다.

"웅교쌍곤(雄蛟雙棍) 이목균(李木鈞)이다!"

그의 용모와 커다란 철검을 본 영경이 그렇게 말했다.

그 이름은 보보 또한 들어본 적이 있었다. 그녀의 눈이 반짝이며 이목균의 움직임을 좇았다.

그의 난폭한 등장으로 정한곡의 좌측이 크게 흔들렸다.

곡에서 데리고 온 백여 명의 장한들은 하나같이 일류고수의 반열에 들 만한 자들이다. 그들이 이목균의 거대한 낭아곤 앞에서 제대로 대항 한번 해보지 못하고 이리저리 쓸리며 쫓기고 있었다.

이목균이 이끌고 온 자들은 십여 명의 청년 무사들이었는데, 그들의 사나움 또한 대단한 것이, 기세가 살아 있었다.

영경은 그자들이 이목균과 함께 우호금위(右護禁衛)에 속해 있던 무사들이라는 것을 알았다.

호금위의 무사들이 군웅성에서도 정예 중의 정예라는 것은 만천하가 다 아는 사실이다. 이제 이목균이 그들을 이끌고 나왔으니 전황을 예측하기 힘들게 되었다.

잠깐 사이에 전열이 흐트러졌다. 그것을 본 여 대랑이 버럭 소리 지르며 용두괴장을 끌고 달려갔다.

"이가 놈아, 이 할미와 한번 놀아보자!"

여 대랑도 이목균을 알아본 것이다.

노파가 한 번 성이 나자 그녀를 가로막을 것은 없었다. 삼십여 근이나 나가는 괴장을 들고 훌쩍 뛰어오르자 어느새 십여 명의 장한들 머리 위를 뛰어넘어 이목균의 면전으로 떨어져 내렸다.

"이놈!"

까마귀가 울부짖는 듯한 부르짖음과 함께 괴장이 바람을 가르고 떨어졌다.

"하하, 할망구가 드디어 죽을 자리를 찾아왔구나!"

호탕하게 웃은 이목균이 낭아곤을 들어 마주쳤다.

쩡―!

범종이 깨지는 듯한 무시무시한 소리가 울려 퍼졌다.

낭아곤과 부딪친 노파의 괴장이 웅웅거리고 울며 진동했다. 이목균과 노파가 두 걸음씩 물러섰는데, 여 대랑이 받은 충격이 더한 듯 그녀의 몸이 휘청거렸다.

"허! 늙은 할망구의 팔 힘이 대단하다!"

손아귀 안에서 요동 치는 낭아곤을 놓칠 뻔한 이목균이 더 비웃지 못하고 눈을 부릅떴다. 여 대랑의 명성이야 익히 들어왔지만 이제 늙어서 죽을 때가 되었으니 뭐 그리 대단하랴고 여겼던 자신의 생각을 수정할 수밖에 없었다.

"싸가지없는 꼬마 놈아, 다시 받아봐라!"

분노하여 외친 여 대랑이 미친 듯이 괴장을 휘두르며 짓쳐들어 왔다. 이목균이 어금니를 악물고 철검을 들어 마주쳐 나갔다.

쩡, 쩡, 쩡―!

그들의 병장기가 부딪칠 때마다 엄청난 굉음이 터져 나왔고, 불똥이 눈부시게 흩어져 날렸다.

두 사람의 순수한 내력은 고하를 가리기 힘들었다. 세 번, 네 번, 다섯 번을 부딪쳤지만 씩씩거리는 숨결과 으르렁거리는 기합 소리가 더욱 높아졌을 뿐, 누구도 물러서려고 하지 않았다.

그들의 무시무시한 싸움에 압도당한 무리들은 너나 할 것 없이 싸울 생각마저 잊은 채 바라보기만 했다.

그들 중 교 노인의 신경이 가장 날카롭게 곤두서 있었다. 그는 혹시라도 여 대랑이 낭패를 보지 않을까 노심초사하며 눈을 부릅뜨고 그들의 동작 하나하나를 노려보고 있는 중이었다.

그때 다시 좌측 숲에서 한 무리의 청년 검사들이 뛰어나와 곧장 무찔러 들어왔다.

"백의검대다!"

이번에는 보보가 그들을 알아보고 소리쳤다.

백의검대는 오검대의 으뜸이면서 하도욱을 배출한 이력이 있으므로 군웅성 내에서 그 위상이 더욱 높아져 있었다.

"그렇다면 하도욱이라는 자도 왔겠군?"

채영경이 낯빛을 싸늘하게 한 채 중얼거렸다.

과연 하도욱이 있었다. 십여 명이나 되는 호위 무사들에게 둘러싸인 채 천천히 숲을 나오고 있었다.

곳곳에서 병장기 부딪치는 소리와 고함 소리, 비명 소리들이 들끓었다.

다시 뒤쪽에서 한 무리의 사람들이 치고 들어왔는데, 부대주(副隊主)인 유성검(流星劍) 호문량(湖文梁)이 이끌고 있는 청의검대였다.

마석산에게 정면을 맡긴 교 노인이 지체하지 않고 그쪽으로 몸을 날려갔다.

스무 명이나 되는 젊은 검사들이 벌떼처럼 달려들어 교 노인을 에워싸고 검을 휘둘렀다.

그들은 아직 젊고 패기만만했다. 교 노인을 겪어보지 못했으므로 두려움도 알지 못했다.

교 노인의 입장에서는 새까맣게 어린 후배들에게 차마 살수를 펼칠 수가 없었다.

청의검대의 청년 검사들은 두 패로 나뉘었다. 열 명이 외곽을 에워싸고 정한곡의 무리들이 접근하지 못하도록 했으며, 열 명은 그 안쪽에서 교 노인 한 사람만을 상대했다.

찔러 들어왔다가 바람처럼 사라지고, 뒤에서 다시 찔러오는 검세가 흉흉하기 짝이 없었다.

상대의 힘을 빼놓으려는 차륜전(車輪戰)은 교 노인 같은 절세의 고수를 곤경에 빠뜨릴 수 있는 좋은 전법이다. 청년 검사들은 호문량의 호령에 맞추어 나오고 물러서기를 거듭했다.

마석산의 형편이 가장 나아 보였다.

그는 혼자서 백의검대 서른 명의 검수들을 맞아 조금도 굴하지 않고 싸웠다. 커다란 곰이 사냥개들에게 에워싸인 듯한 모습이었다. 사냥개들은 사납게 짖으며 끊임없이 달려들었다.

차륜전의 양상은 교 노인을 상대하고 있는 청의검대와 다를 바가 없었다. 차이가 있다면 교 노인과 마석산의 수단에 있었다. 교 노인이 끝내 살수를 펼치기 꺼려하기 때문에 지쳐 가고 있었다면, 마석산은 한 놈이라도 더 죽이지 못해 안달을 하고 있었다.

"우워억ㅡ!"

그의 사나운 포효가 숲을 흔들었다. 거대한 도끼가 바람개비처럼 휘둘려졌다. 그 앞에서 백의의 청년 검사들은 누구 하나 제대로 버티지 못했다.

쨍강거리는 요란한 소리와 함께 보검들이 수수깡처럼 부러져 이리저리 어지럽게 날렸다. 참혹한 비명 소리와 놀람의 외침들이 치솟아 장내를 더욱 혼란스럽게 했다.

마석산의 몸은 백호당과의 한차례 싸움으로 인해 이미 피범벅이 되어 있었는데, 그 위에 다시 백의 청년들의 피를 뒤집어써서 목불인견(目不忍見)의 꼴이 되어 있었다.

온몸에 난 상처가 쩍쩍 입을 벌리고 있었지만 그는 전혀 개의치 않았다. 고통을 알지 못하고, 죽지도 않는 괴물. 마석산은 그렇게 변해 있었던 것이다.

"대체 저게 무슨 일이지?"

바라보던 하도욱이 눈살을 찌푸리고 물었다. 그의 곁에 서 있던 초로의 노인이 혀를 차고 나서 머리를 흔들었다.

노인은 군웅성에 새로이 생겨난 내금위(內禁衛)의 영주인 금사철장(金沙鐵掌) 주성운(朱星暈)이었다. 그는 군웅성의 초인이면서, 오래전에 장법으로 천하에 이름을 떨친 절세의 고수이기도 했다.

"말로만 듣던 청동거령신공(靑銅巨靈神功)입니다. 허, 정한곡에 저것이 감추어져 있다는 얘기는 들었지만 믿지 않았는데 정말이었군요."

"청동거령신공?"

"아무리 큰 상처를 입어도 금방 회복됩니다. 자체의 회복력이 극대화되어 있기 때문이지요."

"금강불괴란 말이군."

"목이 잘리거나 머리가 쪼개지지 않는 한 죽지 않습니다. 하지만 그것도 쉽지 않은 것이, 뼈와 근육의 단단함이 청동과 같아져서 보검으로도 좀체 잘라낼 수가 없습니다. 말 그대로 청동의 역사가 되는 거랍니다."

"그래?"

하도욱의 눈에 호승심이 불타올랐다.

마석산은 시간이 지날수록 지치기는커녕 오히려 더욱 기세가 살아나 무서워지기만 했다.

그의 도끼가 제 스스로 살아 움직이듯 허공 가득 금빛 찬란한 광채를 뿌리며 종횡으로 난비(亂飛)했다.

선혈과 함께 비명이 치솟았다. 마석산의 흉성은 피를 보면서 점점 더 지독해져 갔다. 서른 명의 백의검대가 잠깐 사이에 스무 명으로 줄어들었다.

"안 되겠다."

하도욱이 분노를 드러내고 나설 뜻을 내비치자 주성운이 재빨리 앞을 가로막았다.

"성주님이 나설 만한 일이 아닙니다. 제가 해보지요."

재빨리 나선 그가 더 말할 것도 없이 우르르 달려들며 힘껏 일장을 뻗어 쳤다. 응집된 장력이 뻗어 나가는 소리가 낮고 무겁게 울렸다.

주성운 역시 오래전에 초인으로 불린 사람이다. 그 내력이 태산처럼 무겁고 장중했으며, 그가 필생의 절학이라고 자랑해 마지않는 철장신공 또한 최고의 절기로 꼽히기에 손색이 없었다.

그 장력이 마석산의 배에 고스란히 꽂혔다.

잔뜩 응축시켰던 기운을 단번에 폭발시킨 그것의 위력은 쇠를 부수고 바위를 깨기에 부족함이 없었다. 주성운은 아직까지 자신의 이 일장에 맞고도 살아난 자를 보지 못했다.

펑—!

커다란 북이 터지는 듯한 굉음이 모두를 깜짝 놀라게 했다. 어지럽게 뒤엉켜 싸우던 자들이 손을 멈추고 일제히 바라보았다.

주성운의 손은 마석산의 배에 달라붙어 있었다. 얼핏 보면 그가 온 힘을 다해 마석산의 배를 밀어내고 있는 것 같았다. 그러나 그 반대로 주성운은 손을 떼어내기 위해 필사적인 힘을 기울이고 있는 중이었다.

장력이 마석산의 몸에 부딪치는 순간 그는 회심의 미소를 지었다. 별것도 아닌 놈이 힘만 믿고 날뛰었다는 조소를 참을 수 없었다.

그런데 그게 아니었다.

정통으로 철장에 맞았지만 마석산은 꿈쩍도 하지 않았다. 그의 배를 친 순간 밀려든 거대한 반탄력 때문에 오히려 주성운이 괴로워했다.

아차, 하고 뉘우친 그가 급히 물러나려고 했다. 그러나 한 번 마석산의 배에 달라붙어 버린 손은 떨어지지 않았다. 강력한 흡입력을 가진 빨판에 붙어버린 것 같았다. 게다가 몸 안의 진기가 급속히 빨려 나가 사라지는 데에는 경악하지 않을 수 없었다.

"이, 이건 말도 안 된다!"

주성운이 이를 악물고 소리쳤다. 절규하는 듯한 그 음성이 메아리를 끌고 어둠 속을 맴돌았다.

마도들의 악랄한 무공 중에 상대의 진기를 빨아들이는 흡정대법(吸精大法)이 있다고 들었다. 하지만 이처럼 직접 당하게 되니 그 놀람이 더욱 컸다. 주성운의 얼굴이 점점 사색이 되어갔다.

흡자결(吸字訣)을 운용하여 내력을 끌어낸 마석산이 가슴에 달라붙은 주성운의 머리통 위로 주먹을 번쩍 들어 올렸다.

퍽ㅡ!

그의 솥뚜껑 같은 주먹 아래 주성운의 머리통이 박살나 피와 뇌수를 뿌렸다. 보고 있던 자들이 모두 그 끔찍한 광경에 놀라 "아!" 하고 비명을 터뜨렸다.

마석산이 가슴에 달라붙은 뇌수들을 툭툭 털어내며 하도욱을 바라보고 씨익 웃었다. 악귀, 야차가 뻘건 입을 활짝 벌리고 웃는 것 같은 섬뜩함이 전해져 왔다.

부르르 몸을 떤 하도욱이 입술을 악물었다.

"괴물 같은 놈. 내가 상대해 주지."

그 무렵 반천수는 낙심한 마음을 감추지 못하고 눈 내리는 산길을 하염없이 걷고 있었다. 술에 취해 쓰러진 왕백심의 발 아래 무릎 꿇고 앉아 그 손을 붙잡고 소리 죽여 울던 곡보옥의 모습이 아프게 가슴을 찔렀다.

술은 왕백심이 마셨는데 취하기는 반천수 혼자서 다 취한 것 같았다. 이리저리 흔들리는 걸음이 영 불안했다. 기어이 발끝이 돌부리에 걸리더니 눈밭에 뒹굴고 말았다. 짙은 먹장구름이 하늘을 가려 버렸고, 끝없이 흰 눈이 쏟아졌다.

반천수는 차갑고 축축한 눈 위에 엎어진 채 죽은 듯 움직이지 않았다. 그의 몸에 쌓여가는 눈이 점점 두터워졌다. 그대로 눈에 덮여 죽어버리기라도 하려는 사람 같았다.

멀리서 급히 달려오는 인기척이 들리더니 다섯 명의 남의(藍衣) 청년들이 바람처럼 다가왔다. 그들은 반천수를 발견하지 못하고 지나쳐 달려갔다. 정란곡(情蘭谷) 방향을 향해서였다.

향 한 자루가 탔을 만한 시간이 지났을 때, 다시 투덕거리는 발자국 소리들이 들려왔다. 이번에는 정란곡에서 나오는 발자국 소리들이었다.

처음 달려갈 때와는 달리 무겁고 불규칙한 그 소리들이 점점 반천수 가까이로 다가왔다.

"이놈들아, 대체 어디로 가자는 거냐?"

"성 전체에 일급 경계령이 내려졌습니다. 이러고 계실 때가 아닙니다."

"그럼, 내가 뭘 어떻게 하고 있어야 하는데? 흐흐흐……."

아직도 술이 깨지 않은 채 자조적으로 묻고 있는 음성은 왕백심의 것이었다. 그를 데려가고 있는 남의검대 검사들이 잔뜩 낯을 찌푸렸다.

"외적의 기습으로 성 밖에서는 격전이 벌어지고 있습니다. 우리에게 북쪽을 맡으라는 명이 떨어졌습니다. 그리로 가야 합니다."

청년들의 말과 발자국 소리가 빠르게 멀어져 갔다.

쌓여 있던 눈 무더기 속에서 반천수가 천천히 몸을 일으켰다. 창백한 얼굴에 아직도 비통한 기색이 가득했다. 그가 왕백심과 청년 검사들이 사라져 간 어둠 속을 멍하니 바라보았다.

"지, 지독한 놈이다."

외단(外團)의 단주(團主)인 부운삭검(浮雲削劍) 황편수(黃片琇)의 눈이 경악으로 일그러졌다.

번풍의 훌쩍 큰 키가 더욱 커 보였다. 그가 삭막한 얼굴을 한 채 목을 한차례 움직여 긴장을 풀고 황편수를 물끄러미 바라보았다.

그의 발 아래에는 외단 제일의 고수들인 풍운오검(風雲五劍)이 처참한 모습으로 죽어 넘어져 있었다.

황편수는 번풍이 혼자서 풍운오검대의 검진을 깨뜨렸다는 것을 믿을 수 없었다. 번쩍이는 쌍수도를 다섯 번 휘둘렀을 뿐이다. 그리고 오검무적(五劍無敵)이라고 늘 자랑하던 오검대의 다섯 검수들이 비명도 지르지 못하고 두 쪽으로 쪼개졌다.

한쪽에서는 호두개(胡斗愷)와 막고성(莫高星)이 이끌고 있는 청풍채의 무리들이 외단의 고수들을 일방적으로 몰아붙이고 있었다.

다른 곳과 마찬가지로 군웅성의 북벽(北壁) 아래에서도 한바탕 참극이 벌어지고 있었던 것이다.

언제나 번풍의 그림자가 되어 따르던 사령(邪靈)들은 보이지 않았다.

손목을 털어 칼 몸의 피를 털어낸 번풍이 무심한 얼굴을 들었다.

"하지 않을 거냐?"

황편수가 입술을 깨물었다.

"흑사대제의 전인이라더니 과연 무섭구나."

"누가 흑사대제의 전인이란 말이냐? 나는 나일 뿐이다."

번풍이 피식 웃었다. 그러자 뺨에 길게 그어져 있는 한 가닥 상처가 징그럽게 꿈틀거렸다.

"너희들이 들개라고 비웃던 나의 손에 의해서 오늘 군웅성은 문을 닫는다. 그리고 나의 사령천이 군림한다. 역사적인 날이지."

"개소리! 천하를 우습게 여기지 마라!"

한쪽에서 꼼짝하지 않고 모든 것을 지켜보고 있던 장여절편(長麗絶鞭) 곽유(郭裕)가 버럭 소리쳤다. 내총관(內總管)인 그가 달려와야 했을 만큼 이곳의 상황이 급박했던 것이다. 외총관인 초수추가 동건유에게 죽었으므로 더 이상 외성을 통제할 영주가 없었기 때문이기도 했다.

영주가 있고, 없고의 차이는 싸움에서 확연하게 드러났다. 총관을 잃은 외성의 무사들은 힘을 규합하지 못하고 청풍채에서 나온 사령천의 고수들에 의해 하나씩 도륙되고 있었던 것이다.

간신히 힘의 균형을 맞추고 있는 것은 곽유가 이끌고 온 내성의 고수들 덕이었다. 외단의 고수들 또한 아직 건재했다. 그들의 영주인 부운삭검 황편수가 건재했기 때문이다.

곽유가 황편수를 밀치고 나섰다. 그는 오래전에 편왕(鞭王)이라고 불린 인물이다. 채찍 한 자루를 들고 강호에 나서서 초인의 반열에 올랐다.

오늘의 곽유를 있게 한 금모편(金牦鞭)이 촤르룩, 하는 소리를 내며 풀어져 땅을 쳤다.

"곽 형, 조심하시오."

그가 나서는 걸 본 황편수가 한쪽으로 비켜서며 당부했다. 곽유의 입가에 잔인하고 차가운 웃음이 떠올랐다.

"우리가 왜 초인으로 불리는 건지 저 들개 같은 놈에게 똑똑히 가르쳐 주세."

번풍의 눈이 번뜩였다. 그는 이제 자신을 들개라고 부르는 걸 가장 싫어하게 되었다. 절세삼비(絶世三秘)의 하나인 사령천의 천주라는 신분으로 거듭났기 때문이다.

그것은 독패강호하기에 충분한 신분이었고, 만인에게 공포를 심어 주기에 부족함이 없었다.

"좋아, 어디 금모편이 얼마나 질긴지 좀 볼까?"

채찍으로 다시 한 번 땅을 후려쳐서 기세를 돋운 곽유가 그것을 말 아들이는가 싶더니 우렁찬 기합과 함께 크게 휘둘렀다.

씨잉―!

날카로운 바람 소리가 허공을 갈랐다.

한껏 펼치자 그 길이가 무려 이 장여에 달했다. 번풍의 눈이 감길 듯 좁혀진 채 채찍의 움직임을 좇았다. 그리고 한순간 그의 긴 몸이 휘청거리며 흔들렸다.

피잉―!

허공을 가르는 날선 휘파람 소리가 터져 나왔다.

마치 자벌레가 몸을 접었다가 피면서 성큼 나아가는 듯했다. 번풍의 큰 키가 그렇게 접혀지는가 싶었는데 어느새 채찍이 그리고 지나간 원 안으로 성큼 뛰어들어 가 있었던 것이다. 그리고 그의 쌍수도가 내리꽂혔다.

곽유는 촌각을 다시 열로 쪼갠 듯한 그 찰나의 순간에 두 번 놀랐다. 한 번은 번풍의 기괴한 움직임에 놀랐고, 다시 그의 칼에 실린 위맹한 기세에 놀란 것이다.

"헛!"

탄성을 뱉어낸 곽유가 지체하지 않고 채찍을 접으며 옆으로 뛰었다.

짝—!

짧게 말아쥔 채찍이 덧없이 땅바닥을 후려쳤다. 그것에 맞은 돌멩이들이 산산이 부서져 날렸다.

번풍은 그 큰 키를 휘청거리며 집요하게 파고들었다. 태풍 앞에서 마른 나무가 흔들리듯 위태로워 보이는 신법이었다. 하지만 그 위태로운 움직임이 매번 곽유의 채찍을 빗나가게 했다. 그리고 이제는 서너 걸음 차이로 거리가 좁혀졌다.

"위험해!"

문득 그것을 느낀 황편수가 더 망설이지 않고 뛰어들었다.

씨잉—!

부운삭검이라고 불리기에 부끄럽지 않은 신법이고 검법이었다. 단숨에 바람처럼 다가든 황편수의 철검이 가볍고 예리한 검기를 뻗어내며 번풍의 등을 쓸어왔다.

번풍은 오직 곽유만을 노리고 쫓아 들어갈 뿐, 등 뒤의 검격에 대해서는 신경도 쓰지 않았다. 한 번 노린 먹이에 모든 신경과 힘을 집중시키는 야수의 맹렬함 그대로였다.

"헛!"

당황한 곽유의 낯빛이 새파랗게 질렸다. 그로서는 번풍같이 무지막지한 상대는 처음 겪어보는 것이다. 우선 그 사나운 기세에 질리지 않을 수 없었다.

그가 욱! 하고 기력을 끌어 모아 좌장으로 위맹한 장력을 때리며 오른손의 채찍을 더욱 빠르고 요란하게 휘둘러 이리저리 어지럽게 후려치고 휘감았다.

팡, 팡, 팡—!

좌장이 연속 세 번 허공을 격하고 번풍을 때렸다. 곽유의 필생 진력이 실린 연화장(蓮花掌)이었다.

한 번 장력을 뿜어내면 그 위력이 산을 밀 만하다고 알려진 절세의 장법이었지만 번풍의 기세를 죽이지는 못했다.

채찍에 실려 있는 힘도 마찬가지였다. 천자만획(千字萬劃)의 절초가 길고 짧은 거리를 잘게 쪼개며 미친 듯 휩쓸어갔으나 번풍의 사나운 도약을 가두지는 못했다.

"이얍!"

머리 위에서 그의 우렁찬 기합 소리가 터져 나왔다. 그리고 두 손으로 힘껏 내리치는 쌍수도가 정수리 위에 내리꽂혔다.

가슴까지 단번에 쪼개고 나간 칼을 뽑아낼 새가 없었다.

번풍이 곽유의 몸통 복판에 박혀 버린 칼을 버리고 바닥에 엎드리듯 몸을 낮추더니 팽이처럼 맴돌았다.

쉬이이익—!

황편수의 검풍이 그의 어깨와 등과 정수리 위를 아슬아슬하게 스치며 휩쓸고 지나갔다. 예리한 검기의 여력이 남아 등줄기의 옷자락을 베고 살갗을 찢었다.

튕겨지듯 벌떡 몸을 일으킨 번풍의 손에는 또 한 자루의 칼이 쥐어져 있었다. 허리춤에 매달고 다니던 패도(佩刀)였다.

그것이 번쩍, 하고 창백한 빛을 뿌렸다.

쨍—!

맑고 높은 쇳소리가 밤하늘 멀리 퍼져 나갔다. 그리고 쇠뇌처럼 허공을 뒤덮어오던 황편수의 검영(劍影)이 씻은 듯 사라졌다.

빠른 바람이 구름을 흩치듯 단 한 번의 부딪침만으로 그렇게 황편수의 검격을 쫓아내 버린 번풍의 칼이 다음을 노리고 뻗어 나갔다.

피이잉—!

어둠을 가르는 날카로운 휘파람 소리. 그것은 저승의 문이 열리는 소리이기도 했다.

"억!"

황편수의 입에서 비명이 터져 나왔다. 그의 가슴을 깊이 찌르고 난 패도가 나선형으로 비틀리며 가볍게 빠져나왔다.

상처를 움켜쥐고 있는 황편수의 손가락을 비집고 붉은 선혈이 왈칵 뿜어져 번풍의 가슴에 뿌려졌다. 두 명의 초인이 눈 깜짝할 사이에 참혹한 모습으로 죽어 땅에 던져졌다.

세상에 대해서는 위엄과 용맹을 드날린 초인이었지만 번풍이라는 야수 같은 사내 앞에서는 항아리처럼 깨지기 쉬운 존재에 지나지 않았다. 번풍은 벌써 초인을 뛰어넘어 무어라 말할 수 없는 괴물로 변해 있었던 것이다.

"너, 잔인하고 무시무시한 놈아! 기다려라!"

문득 들려온 고함 소리가 번풍의 손길을 멈추게 했다.

곽유의 쪼개진 몸통에 박혀 있던 대도(大刀)를 뽑아내던 번풍이 그 말대로 손을 멈추고 소리가 들려온 곳을 돌아보았다.

"으악!"

남색 옷자락이 펄럭이는 게 보였다 싶더니, 비명 소리가 날카롭게 귀에 박혀들었다. 낯익은 음성이었다.

"저놈이?"

번풍의 눈살이 처음으로 잔뜩 찌푸려졌다. 숲에서 날듯이 뛰어나온 사내의 검에 찔려 쓰러지고 있는 호두개의 작고 뚱뚱한 모습이 보였던 것이다.

유성추를 휘두르며 종횡무진으로 군웅성의 무사들 속을 헤집고 다니던 그가 갑자기 덮쳐든 자의 일검을 당하지 못하고 죽었다.

번풍에게 있어서 호두개와 막고성은 수하이기에 앞서 오랫동안 생사고락을 함께해 온 동지였다. 이제는 서로의 살 냄새까지 구별해 낼 수 있을 만큼 익숙해진 그가 눈앞에서 죽었다는 것이 번풍에게 충격을 가져다 주었다.

"개자식아!"

막고성이 미친 듯 부르짖으며 사내에게 달려들고 있었다.

호두개의 죽음은 누구보다도 막고성에게 더 큰 충격이었다. 그들은 한 몸에 두 개의 다리가 붙어 있듯이 늘 붙어 있었다. 그러던 호두개가 자신의 곁에서 죽었다는 것이 막고성을 미치게 했다.

그의 단창이 앞을 가로막은 자 한 명의 가슴을 찔러 쓰러뜨리고 곧장 새롭게 나타난 남색 옷의 중년 대한을 찔러갔다.

호두개를 단번에 죽여 버린 그 남의인은 뒤늦게 소식을 듣고 수하들에게 이끌려 달려온 왕백심이었다.

인사불성이 되도록 술에 취해 있던 흔적은 그의 헝클어진 머리카락과 옷매무새에 아직도 남아 있었다. 하지만 그의 검만은 정신이 맑았을 때보다 훨씬 더 사납고 거칠었다.

"하하, 얼마든지 덤벼라. 한 놈이 되었든 열 놈, 백 놈이 되었든 모조리 가슴을 후벼 파고 대갈통을 두 쪽으로 만들어줄 테다! 이 왕백심이 모질게 마음을 먹으면 얼마나 무섭고 독한지 세상이 모두 알게 해주고 말겠다!"

미친 듯 웃고 소리치는 그의 모습 또한 막고성과 마찬가지로 무엇엔가 극히 놀라고 분노하여 이성을 잃은 사람처럼 보였다.

그는 상처 입은 맹수가 울부짖듯이 부르짖는 중에도 이리저리 날뛰며 검을 휘둘러 청풍채의 무리들을 닥치는 대로 쳐 넘겼다. 용맹을 앞선 무모함이었고, 적이 아니라 스스로를 죽이고 말려는 듯한 몸부림이었다.

그의 몸이, 검봉이 방향을 종잡을 수 없도록 이리저리 어지럽게 휩쓸어갔다. 그는 정말 이성을 잃은 채 좌충우돌하는 것 같았다.

"미친놈아! 거기 서지 못해!"

막고성이 또한 미친 듯이 고함을 지르며 그런 왕백심을 쫓아 길길이 날뛰었다.

"하하하, 통쾌하다, 통쾌해!"

왕백심의 찢어지는 듯한 웃음소리가 피와 죽음의 냄새로 어지러운 밤하늘을 뒤흔들었다. 그가 막고성과 술래잡기라도 하는 사람처럼 쉴 새 없이 쫓고 쫓기면서도 살기가 가득 찬 검격을 멈추지 않았다.

번풍은 피가 나도록 입술을 악문 채 그런 어이없는 광경을 바라보기만 했다. 대체 저놈은 누구인가? 하는 의문이 샘솟았다.

왕백심의 검법은 오히려 곽유나 황편수의 수법보다 나은 면이 있었다. 그런 데다가 죽기를 바라는 듯 악착같이 달려들었으므로 그 무서움이 배는 더했다.

그런 왕백심의 용기에 고무된 군웅성의 무사들이 다시 기세를 되찾고 반격에 나섰다. 왕백심을 따라온 남의검대의 활약이 특히 눈부셔서 그들의 검 아래 죽어 나가는 자들이 점점 늘어났다.

이대로 조금만 더 시간이 지나면 돌이킬 수 없는 사태가 될지도 모른다는 위기감이 번풍을 재촉했다.

그가 곽유의 몸통에서 대도를 뽑아 들고 허공에 그것을 몇 번 휘둘러 피를 털어냈다.

그때 막고성은 기어이 왕백심을 따라잡고 있었다. 그가 더욱 격해진 분노로 이를 갈며 두 자루의 단창을 휘둘러 왕백심의 머리를 때리고 등을 찔렀다.

"죽어버렷!"

그의 고함 소리가 창보다 먼저 찔러왔다. 왕백심이 부끄러움도 잊은 듯 몸을 굴렀다. 눈이 흘러내린 피와 섞이면서 녹아 붉은 핏물로 변해 있었는데, 그 위를 뒹굴자 왕백심은 금방 혈인(血人)이 되어버렸다.

막고성의 단창이 그런 왕백심을 집요하게 쫓았다. 그가 굴러간 자리마다 우박이 떨어지듯 단창이 번갈아 찍혔다. 퍽퍽, 하는 소리가 어지럽게 들려오고, 흙과 뒤섞인 핏물이 사방으로 튀어 앞을 분간할 수 없었다.

"하하하하—"

그 혈우(血雨) 속에서 왕백심의 웃음소리가 터져 나왔다. 벌떡 일어선 그가 누구인지도 알 수 없는 시체 한 구를 번쩍 들어 막고성에게 던졌다. 이어서 세 걸음을 달아나다가 다시 한 구의 시체를 힘껏 걷어차 날렸다.

그러기를 서너 차례 하자 막고성의 분노는 극에 달했다. 그가 미친 듯 고함을 지르며 쌍창을 마구 휘둘러 왔다. 그리고 왕백심의 검이 그 사이를 뚫고 빛살처럼 빠르게 뻗어 나갔다.

퍽—!

기이한 소리가 들렸다. 그리고 놀란 말처럼 날뛰던 두 사람의 움직임이 뚝 멎었다. 막고성의 입에서 한줄기 선혈이 주르륵 흘러내렸다. 눈을 부릅뜨고 있었지만 그의 숨은 이미 멎었다. 왕백심의 검이 심장을 관통해 등 뒤로 빠져나와 있었던 것이다.

왕백심은 더 이상 웃지 않았다. 창백해진 얼굴로 이를 악물고 있을 뿐이다. 그의 왼쪽 어깨에는 막고성의 단창 한 자루가 깊이 박혀 있었다. 그 고통이 왕백심으로 하여금 잃었던 정신을 되찾게 한 건지도 모른다.

그가 막고성의 가슴에서 천천히 검을 뽑아냈다. 그것이 완전히 몸

밖으로 빠져나오자 막고성이 나무토막처럼 쓰러져 길게 누웠다. 여전히 부릅뜨고 있는 눈동자 속으로 흰 눈이 떨어져 들어가더니 이내 녹아서 눈물처럼 볼을 타고 흘러내렸다.

"군웅성은 너희들같이 보잘것없는 무리가 넘볼 곳이 아니다."

왕백심이 어깨에 박혀 있던 단창을 뽑아 던지고 나서 무겁게 말했다. 번풍이 흰 이를 드러내고 소리없이 웃었다. 번쩍이는 눈과 그 웃음이 부조화를 이루어서 그의 무심한 얼굴을 더욱 괴물처럼 보이게 했다.

"그래? 네가 틀렸다는 걸 알게 해주지."

그가 싸늘하게 굳어버린 얼굴을 한 채 천천히 걸음을 옮겼다. 무겁게 짓눌러오는 살기와 그 얼굴만으로도 상대를 질리게 하기에 충분했다.

"나를 죽일 수 있으면 그렇게 해도 좋다. 그런 다음에 큰소리를 치도록 해."

왕백심이 창백한 얼굴에 한줄기 비웃음을 떠올리고 검을 고쳐 잡았다. 그는 정말로 자신을 죽여줄 누군가를 찾고 있는 것 같았다.

싸움은 이미 멎어 있었다. 막고성과 왕백심이 치열하게 쫓고 쫓기던 때부터였다.

군웅성의 무리들도, 청풍채의 무리들도 모두 그 결과를 지켜보느라고 숨을 멈추었다. 그리고 이제는 번풍이었다. 모두의 눈길이 그의 움직임에 붙들려 멈추었다.

한 걸음을 내딛는 것만으로도 태산이 눌러오는 듯한 압박감을 느끼게 해주는 사내. 그 괴물 같은 사내의 칼이 천천히 머리 위로 치켜져 올라갔다. 번쩍이는 칼빛이 그것을 바라보고 있는 자들의 심장을 얼려 버렸다.

"이얍!"

억겁처럼 느껴지던 침묵을 깨고 번풍의 입에서 무시무시한 기합성이 터져 나왔다.

번쩍—!

한줄기 뇌전이 밤하늘을 찢었다. 퍽퍽 쏟아지던 눈마저 움찔하고 멈춘 것 같은 착각이 들었다.

더욱 창백해진 왕백심의 얼굴이 그 뇌전 아래 언뜻 드러났다. 그가 이를 악물고 검을 휘둘러 부딪쳐 가고 있었다.

꽝—!

엄청난 굉음. 그리고 폐부를 쥐어짜는 신음 소리가 동시에 들려왔다.

"크으으—"

왕백심이 산산이 부서져 자루만 남은 검을 쥐고 물러섰다. 그 한 번의 부딪침으로 심중한 내상을 입은 듯 술에 취한 사람처럼 몸을 가누지 못하고 비틀거렸는데, 울컥울컥 검붉은 선혈을 끊임없이 토해내고 있었다.

"제법이다."

엄중하게 말한 번풍이 성큼성큼 다가섰다. 더욱 차가워진 얼굴로 다시 쌍수도를 치켜들고 노리는 것이 이번에는 가차없이 두 쪽을 내버리겠다는 결연한 의지가 드러났다.

그것을 바라보는 왕백심의 백지장 같은 얼굴에 조소가 물결쳐 흘렀다. 그가 힘겹게 손을 들어 입가의 선혈을 닦아내고 나서 검을 던져 버렸다.

"좋아, 너에게는 자격이 있다. 인정하지. 그러니 통쾌하게 죽여다오."

번풍의 눈에 언뜻 당혹해하는 기색이 스쳐 갔다. 그로서는 왕백심이 이처럼 죽기를 원하는 것이 뜻밖이었던 것이다.

이건 재미없는 상대라는 생각이 들었다. 하지만 그는 이미 오랜 지기이자 동료인 호두개와 막고성을 죽인 자였다. 용서할 수 없었다.

이를 악문 그가 흉성을 폭발시키며 무섭게 일격을 내려쳤다. 이번에는 번쩍이는 칼빛이 있었을 뿐, 기합성도 바람을 끊는 소리도 없었다. 왕백심이 자신의 최후를 똑똑히 보아두려는 듯 눈을 부릅뜨고 그것을 바라보았다.

번쩍―!

또 한 번의 번갯불이 내려치는 그 순간, 숲속에서 흐릿한 그림자 하나가 쏘아져 나왔다.

챙―!

뒤미처 낭랑한 쇳소리가 터졌고, 놀란 번풍이 헛! 하는 외침을 터뜨리며 훌쩍 뛰어 물러섰다.

"내가 상대해 주지. 그는 놓아줘라."

차갑고 자조적인 음성이 놀란 번풍의 이마를 때렸다. 반천수였다.

번풍은 한 번도 반천수를 본 적이 없다. 하지만 그에 대한 말들은 익히 들어 잘 알고 있었다.

그가 아직도 놀람이 가시지 않은 눈으로 반천수를 물끄러미 내려다보았다.

'이상한 놈이군?'

제일 먼저 떠오른 생각이었다.

반천수의 얼굴에서 생기라고는 찾아볼 수 없었다. 이미 죽어서 싸늘하게 굳어버린 자가 강시로 변해 나타난 건 아닌가? 하는 착각이 들만큼 그의 얼굴에는 핏기가 없었다. 영롱하게 반짝이던 두 눈마저도 흐릿해진 채 생기를 담고 있지 않았다.

고개를 갸웃거리며 한동안 그를 내려다보던 번풍이 피식 웃었다.

"나는 너와 맺은 원한이 없다. 그러니 죽일 이유도 없지. 가버려라."

"원한이라고?"

번풍을 따라하듯 머리를 갸웃거린 반천수가 검게 변한 입술을 살짝 벌리고 소리없이 웃었다.

번풍은 그 모습에서 괴기스러움을 느꼈다. 꺼림칙한 마음이 들면서 등골이 오싹해지는 느낌 때문에 그가 어깨를 부르르 떨었다. 여태까지 경험해 보지 못한 불길함이고 두려움이기도 했다.

'이상한 놈이다.'

다시 머리를 갸웃거리는데 반천수의 신형이 눈앞에서 퍽, 하고 꺼지듯 사라졌다.

"어?"

놀란 그가 급히 뒤로 물러섰다. 하지만 이미 눈앞에 닥쳐들어 있는 반천수의 검격으로부터 완전하게 몸을 빼내지는 못했다.

등골을 시리게 하며 휘감아오는 검기에 깜짝 놀란 번풍이 음, 하는 침음성을 흘리며 좌우로 몸을 흔들었다. 그의 쌍수도가 벼락처럼 팔방을 휩쓸어갔다.

손 안에 가득 잡히는 허전함과 어깨와 가슴, 허벅지를 스치고 지나가는 싸늘한 기운.

갑자기 불어온 찬바람이 이마를 휩쓸고 지나간 것 같은 놀람 때문에 번풍이 억! 하고 크게 소리치며 거푸 뛰어 물러섰다.

놀란 노루가 껑충 뛰듯이 그렇게 뛰어 단숨에 삼장 여나 물러선 번풍이 눈을 휘둥그레 떴다. 자신이 있던 자리에 태연히 서 있는 반천수를 본 것이다.

여전히 표정이 없고, 죽어 있는 잿빛 눈동자였다. 생기라고는 느껴볼 수 없는 그 모습이 더 큰 두려움으로 번풍의 가슴속에 박혀들었다. 귀신을 상대한다면 이와 같을 거라는 생각이 불쑥 들었다.

몸에서 흘러내리는 더운 무엇을 느꼈다. 번풍이 천천히 자신의 몸을 내려다보았다. 대여섯 곳이나 되는 상처에서 천천히 피가 흘러내리고 있었다.

음, 하고 신음을 흘린 번풍이 돌덩이처럼 가라앉은 눈길로 반천수를 노려보았다.

"원래 화산 문하였느냐?"

"쓸데없다. 죽이기 위해서 검을 들었는데 화산이면 어떻고 사령천이면 어떻단 말이냐?"

"흐흐, 그 말은 마음에 든다."

번풍이 처음으로 음산한 웃음소리를 흘렸다.

출신 문파와 검법의 초식을 알아서 무엇에 쓸 것인가. 고상하고 우아한 초식도 필요없고, 문파의 위엄도 필요없다. 오직 가장 잘 베어 넘길 수 있는 한 번의 칼질이 필요할 뿐이다.

살거나 죽는 일에는 치장도 격식도 필요없는 법이다. 오직 한 번의 기회를 누가 가장 효과적으로, 가장 빠르게 움켜쥐느냐가 중요하다.

번풍은 여태까지 그렇게 믿어왔고, 자신의 그 믿음을 충실히 지켰다. 그런데 이제 반천수의 놀라운 운신과 검법에 질려서 자신도 모르게 사문을 궁금하게 여겼다. 부끄러워해야 할 일이었다.

"좋아, 어떤 게 제대로 된 싸움인지 보여주지."

몸의 상처 따위는 벌써 잊어버렸다. 살이 베어진 아픔도, 동료에 대한 복수도 잊었다. 이제 번풍에게는 눈앞의 반천수만이 세상의 모든 것이었고, 베어야 할 목표였다.

상대를 벤다는 것은 나의 존재를 스스로에게 증명해 주는 유일한 방법이기도 했다. 언제나 그랬다.

마주 선 자가 강하다는 것을 알았을 때 치솟는 흥분과 두려움. 그것은 그만큼 커다란 희열이기도 했다. 나의 모든 것을 걸고 그 이상의 것을 노린다. 그리고 해치운다.

번풍은 그것이야말로 내가 원하는 궁극의 일이고 살아가는 목적이라고 여겼다. 그리고 지금 눈앞의 계집 같은 사내는 그런 욕망과 두려움을 동시에 가져다 줄 만큼 충분히 강한 자였다.

대체 얼마 만에 이와 같은 희열을 느껴보는 것인가. 번풍의 온몸이 덜덜 떨렸다. 흥분과 두려움을 감당할 수 없었다.

"이봐, 이봐! 이건 내 일이다. 네가 뭔데 나서는 거지?"

넋을 놓고 있던 왕백심이 달려들어 절규하듯 외치며 반천수의 멱살을 움켜쥐었다. 그가 핏발 선 눈으로 노려보며 으르렁거렸는데, 눈동자에 가득한 분노와는 달리 뜨거운 눈물이 뺨을 타고 흘러내렸다.

반천수의 잿빛 눈이 그런 왕백심을 멍하니 바라보았다. 그가 흔드는 대로 흔들릴 뿐, 말이 없었다.

　"이건 내 일이다. 그리고 그녀 또한 내 아내다. 그러니 너는 아무 상관이 없어. 꺼져 버리란 말이다!"

　증오와 원망으로 일그러진 왕백심의 얼굴을 바라보기만 하던 반천수가 천천히 입을 열었다. 힘이라고는 하나도 실려 있지 않았다.

　"맞다. 그녀는 너의 아내지. 그러니 네가 보살펴 줘야 할 것 아닌가?"

　"뭐라고?"

　"너는 죽어서는 안 된다는 말이다!"

　버럭 소리친 반천수가 왕백심을 와락 밀쳐 내면서 힘껏 그 턱을 가격했다.

　빠—!

　왕백심의 얼굴이 뒤를 향해서 휙, 돌아갔다. 그리고 던져진 것처럼 날려가 차가운 눈 위에 처박혔다. 꼼짝도 하지 않았다.

　반천수의 잿빛 눈동자가 다시 번풍에게 향했다.

　"부탁 하나만 하자."

　"좋아, 들어주지."

　그것으로 결정되었다. 다른 말은 더 필요치 않았다. 번풍을 향해 검봉을 천천히 치켜드는 반천수의 메마른 볼을 타고 눈물 한줄기가 흘러내렸다.

　영원할 것 같은 침묵이 찾아왔다. 백여 명의 무리들이 모여 있었지만 숨소리 하나 들리지 않았다. 하얀 눈송이들이 높이 치켜든 번풍의 칼끝에, 그리고 곧게 뻗어 있는 반천수의 검 위에 천천히 내려앉고 있었다.

뚝, 하고 눈의 무게를 이기지 못한 나뭇가지 하나가 부러졌다. 우수수 떨어지는 눈덩이들이 하얗게 빛났다.

그리고 두 사람이 동시에 움직였다.

팟—!

허공에 걸린 짧고 날카로운 파공성 하나.

번쩍임마저 사라져 버린 번풍의 쌍수도였고, 허공 속에 녹아들어 가 버린 듯한 반천수의 검이었다.

헛것을 본 것 같은 한순간의 움직임이 멎었다. 변한 건 아무것도 없었다. 눈은 여전히 퍽퍽 내려 쌓이고 있었고, 침묵은 영원할 것처럼 이어졌다.

두 사람은 서로를 등진 채 서 있었다. 번풍의 쌍수도가 땅을 향하여 비스듬히 내려져 있었다. 반천수의 검은 보이지 않았다.

뚝—!

다시 나뭇가지 하나가 부러졌고, 그곳에 쌓였던 눈덩이들이 우수수 떨어져 눈보라를 날렸다.

머리를 약간 숙이고 있던 반천수의 몸이 가늘게 경련했다. 그러자 목이 조금씩 벌어졌다.

목에서 한쪽 가슴까지가 그렇게 조금씩 벌어졌다. 그리고 반천수의 몸이 더욱 흔들렸다.

기어이 그가 무너져 내렸는데, 목과 가슴 한쪽이 비스듬히 미끄러져 먼저 땅에 떨어졌다. 핏물이 왈칵 번져 나왔다.

머리 위에서 웅웅거리는 소리가 났다. 그리고 하늘 높이 솟구쳐 올랐던 검 한 자루가 유성처럼 떨어져 언 땅위에 푹, 꽂혔다. 주인의 죽음을 아는 듯 부르르 떨며 더욱 높게 울었다.

제3장 표풍난운(飄風亂雲)

표풍난운(飄風亂雲)

"이건…… 이게 왜 네 손에 있지?"
왕백심이 품고 온 것이 반천수의 벽송검(碧松劍)이라는 것을 알아본 순간 머릿속이 텅 비어버렸다
"그, 그는…… 죽었…… 소, 내, 내 대신……."

"죽여야 합니다!"

늘 여유가 있던 육반산이 단호하게 말했다. 진사후의 얼굴에 곤혹스러워하는 기색이 더욱 짙어졌다.

"육 아우의 말이 옳을 것 같습니다."

냉정하기 짝이 없는 마조마저 그렇게 말하고 나섰다.

"제가 하겠습니다."

눈 깜짝할 사이에 당봉휴와 길운길을 잃고 혼자 남게 된 최선양이 원독이 가득한 눈길로 두위를 노려보며 이를 갈았다.

그의 뇌격도(雷擊刀)는 절세의 도법이다. 하지만 진사후는 안심할 수가 없었다. 두위의 칼을 상대해 보아서 그 무서움을 알았기 때문이다.

"서두를 일이 아니다."

"노야!"

최선양이 분개하여 소리쳤다. 진사후가 슬며시 그의 눈길을 피해 육반산을 바라보았다.

"자네는 나에게 살려주는 것도 한 방법이라고 하지 않았었나?"

육반산이 딱딱하게 굳은 얼굴을 들고 나섰다.

"죽이는 것 또한 할 수 있는 방법이라고 말했습니다. 조금 전까지만 해도 살려주고 싶은 마음이 있었지만 이제 형세를 보니 저놈을 여기서 죽이지 못하면 평생 후환이 될 것이 틀림없습니다. 다 큰 범은 오직 죽여서 가죽을 벗길 뿐, 사로잡아 길들일 수 없는 법입니다. 후환을 남기지 않으시려면 더 늦기 전에 속히 죽여야 합니다."

"개소리!"

두위가 아직도 살기가 가시지 않은 눈을 부릅뜨고 소리쳤다.

"듣고 있자니 배알이 꼴려서 참을 수가 없구나! 대체 누가 누구를 죽인단 말이냐? 내가 네놈의 말 한마디로 죽고 살 것처럼 보인단 말이냐? 이리 와봐라. 누가 죽고 누가 사는지 확실히 가르쳐 주마!"

칼을 움켜쥐고 성큼 나서며 눈을 부라리는 기세가 사납기 짝이 없어서 다들 할 말을 잊고 바라보기만 했다. 두위가 다시 으르렁거리듯 낮고 힘있게 말했다.

"이제부터 죽이고 살리는 건 내 뜻대로 한다. 자, 어떤 놈이 먼저 죽을 건지 그거나 잘 상의해서 결정해라."

"서두를 것 없다. 잠시만 더 기다려 봐라."

이를 갈며 나서려는 최선양을 붙잡아 말린 마조가 차가운 눈으로 진사후를 직시하며 천천히 말했다.

"저희들은 아직 노야의 의중을 잘 모르겠습니다. 가르쳐 주시겠습니까?"

진사후가 여전히 곤혹스러운 눈길로 마조를 물끄러미 바라보았다. 가슴속에 있는 말을 후련히 털어놓을 수 없어서 안타까워하는 기색이었다.

한참 만에야 한숨을 쉰 노인이 마지못한 듯 입을 열었다.

"나의 심중에는 오직 군웅성의 영광을 재현하고, 저 영웅비가 무너지는 일이 없도록 지키려는 생각밖에 없다."

진사후가 손가락으로 영웅비가 서 있을 저 먼 어둠 속을 가리키며 말했다. 마조가 그것만으로 부족하다는 듯 재차 다그쳤다.

"이미 군웅성은 무너지고 있고, 영웅비의 위엄도 그렇게 되었습니다. 그런데 아직도 무얼 기대하고 계신단 말입니까?"

"그렇지 않다. 네가 보고 있는 것은 군웅성의 표면에 흠이 나고 있는 것이고, 영웅비에 끼여 있던 이끼가 벗겨지는 것일 뿐이다."

"조금 더 자세히 말해 주십시오."

"너는 하도욱 그 아이가 군웅성의 모든 것이라고 생각하는가?"

"……."

"말해 보아라. 너는 영웅비에 새겨져 있는 이름들이 그것이 상징하는 영광의 전부라고 생각하는가?"

"……."

아무도 진사후의 물음에 쉽게 대답하지 못했다. 잠시 사이를 두었던 진사후가 타이르듯 나직하게 말했다.

"성은 무너지면 다시 쌓으면 되고, 비석의 이름은 얼마든지 지우고 새로 새길 수가 있다."

"그 말씀은……?"

문득 깨달아지는 게 있었던지, 육반산이 밝게 빛나는 얼굴로 진사후를 향해 한 걸음 나서며 물었다. 진사후가 희미하게 웃었다.

"영웅의 기상. 흔들리지도, 퇴색하지도 않는 그 정신과 마음이 우리가 지켜야 할 참된 가치라는 거다."

"……!"

"자, 보아라."

진사후가 다시 마조 등의 어깨 너머 어둠을 가리켰다. 모두 그곳을 바라보았다. 십여 명의 사람들이 이쪽을 향해 날듯이 달려오고 있었다.

다가온 사람들은 진사후를 따르기로 작정하고 움직이지 않던 초인들이었다. 열한 명이나 되었다.

모여든 자들이 두위 앞에 놓여 있는 두 구의 주검과 흰 눈을 적시고 있는 그 선연한 피와 무거운 침묵을 보고 느꼈다. 지금 무슨 일이 일어나고 있는 건지 짐작한 그들이 넓게 벌려선 채 두위를 노려보고 진사후를 바라보았다.

'제기랄, 때를 놓쳤다!'

두위가 그렇게 중얼거렸다. 눈빛이 불안하게 흔들렸다. 눈앞의 진사후를 포함해서 모두 열다섯 명이나 되는 초인들에게 둘러싸였으니 이제 무사히 빠져나간다는 것은 꿈도 꿀 수 없는 일이었다.

아직까지 나오지 않고 있는 섭월령이 원망스러워졌다. 조금 전에만 나왔더라도 함께 힘을 합쳐 진사후와 마조, 육반산, 최선양 등을 물리치고 달아날 수 있었기 때문이다.

두위가 눈을 굴리며 이 난국을 어떻게 수습할지 부지런히 생각하는데 진사후의 무거운 음성이 다시 들려왔다.

"이 사람들이 남아 있는 전부다. 이 사람들이 바로 군웅성이고 영웅비인 것이다."

작은 웅성거림이 무리들 속에서 들려왔다. 진사후가 개의치 않고 마저 말했다.

"그러니 우리는 무너지고 있는 성을 부축하기 위해 밖으로 달려갈 필요가 없고, 쓰러지는 영웅비를 부둥켜안기 위해 힘을 쏟을 필요도 없다."

두위는 진사후의 말을 들으며 지금 군웅성에 무언가 급하고 중요한 일이 벌어지고 있다는 것을 확신했다

'그렇다면 기회가 올지도 모르겠군.'

그런 생각이 한 가닥 희망을 가져다 주었다. 그러자 이제는, '대체 누가 있어서 군웅성을 이처럼 당황하게 할 수 있단 말인가?' 하는 의문이 들었다. 당장이라도 밖으로 뛰어나가 확인해 보고 싶은 충동을 참기 힘들었다.

"노야의 말씀은 우리가 새로이 성을 세우자는 것입니까?"

누군가가 그렇게 물었다. 진사후가 무거운 얼굴로 고개를 끄덕였다.

"굳이 옛것에 연연해할 이유가 있나? 굳이 군웅성이 영취봉에만 있어야 할 까닭이 있나? 나는 어디가 되었든 우리의 뜻과 의지가 살아 있는 그곳이 바로 진정한 군웅성이라고 생각한다."

모두는 진사후의 진정한 마음을 알았다. 성을 버리고 떠나 새로운

곳에 새롭게 군웅성을 세우려는 것이었다. 그리고 과거 대무광이 그랬던 것처럼 새로운 사람들을 이끌고 독패강호하려는 것이다.

'하지만?'

하는 의문이 모두에게 동시에 들었다.

그 일을 하기에 진사후는 너무 늙었던 것이다. 그는 팔십을 바라보고 있었다. 머지않아 천수가 다할 것이다.

"아—!"

육반산과 마조가 동시에 놀람의 외침을 터뜨렸다. 그들은 비로소 진사후가 무엇을 생각하고 있는지 같은 순간에 깨달은 것이다.

그들의 시선이 일제히 두위에게 향했다. 두위는 아직까지도 번쩍이는 칼을 굳게 움켜쥔 채 모옥 앞에 버티고 서 있었다. 부리부리한 눈이 어둠 속에서도 횃불처럼 빛나고 있었다.

"노야께서는 설마 저 야차 같은 놈을 내세울 작정이십니까?"

육반산과 마조가 다시 동시에 소리쳤다. 어이없고 놀라워하는 기색으로 얼굴이 핼쑥해진 채였다.

진사후가 희미하게 웃었다.

"너희가 말하지 않았더냐? 그를 길들일 수 없을 거라고. 나도 그렇게 생각한다."

"하오면……?"

"범이 담을 넘어 들어왔으되 잡아서 길들일 수 없으니 산으로 돌려보낼 수밖에."

"아닙니다. 죽여야 합니다!"

육반산이 다시 정색을 하고 나섰다. 진사후가 그를 물끄러미 바라보왔다.

육반산은 언제나 유들유들하고 마음이 넉넉한 사람이었다. 장사꾼답게 먼 곳에 이익이 있다면 눈앞의 손해는 모르는 척 감수하는 일에 익숙한 사람이었던 것이다.

그런 만큼 앞일을 바라보는 그의 계산은 언제나 정확해서 어긋난 적이 없었다. 그런 그가 지금은 왜 이렇게 강퍅해진 것인지 알 수 없었다.

그가 며칠 전과는 달리 한사코 두위를 죽이려고 하는 데에는 그 나름대로의 계산이 섰기 때문일 것이다. 하지만 그걸 알면서도 진사후는 육반산의 뜻에 따를 수가 없었다. 노인의 노회한 가슴속에는 다른 생각을 품고 있기 때문이다.

"장차 세상은 온갖 야수들로 어지러워질 것이다. 하지만 우리에게는 당장 사냥에 나설 만큼 충분한 힘이 없다."

진사후가 어느덧 근엄한 얼굴이 되어 위압하듯 말했다.

"악연도 인연이고, 인연이라는 것은 있는 것이 없는 것보다 낫다. 어떻게 대하느냐에 따라 달라질 뿐, 인연은 그 본질이 덕이고 선이기 때문이다. 나는 곰이나 사자, 늑대와는 인연이 없으되 한 마리 젊은 호랑이와는 어쨌든 인연의 끈을 나누어 줬었다. 그러니 장차는 내게 해가 될지 몰라도 당장은 그에게 운을 맡겨야 옳지 않을까?"

두위를 살려두면 장차 혼란스러워질 강호에 힘의 균형을 이루게 할 것이다. 그에게는 그럴 만한 충분한 능력이 있었다.

사마의 무리들이 서로를 견제하느라고 잠잠해져 있는 동안 진사후와 그를 따르는 무리들은 힘을 기를 수 있다. 그런 다음에는 다시 강호를 휩쓸어 천하를 평정하고 사마를 쓸어버린다. 비로소 군웅성이 새롭게 세워지는 것이다.

육반산도, 마조나 다른 초인들 모두 엄숙한 얼굴이 되어 침묵했다.

'원모심려(遠謀深慮)라더니, 역시 늙은 생강이 맵다는 게 헛말이 아니다.'

육반산의 얼굴 가득 놀라고 탄복하는 기색이 어렸다. 이곳에 있는 누구보다 진사후의 숨겨진 마음을 정확히 읽은 탓이었다.

그가 아무 말도 하지 않고 물러섰다. 진사후의 얼굴에 비로소 안도의 미소가 떠올랐다. 그가 두위를 향해 자애롭게 웃어 보였다.

"우리는 더 떠들지 않을 것이니 너는 이제 안심해도 좋다."

"흥!"

차갑게 코웃음 친 두위가 무리들을 한차례 위압적으로 흘겨보고 나서 칼을 거두었다.

"아, 진 사형. 당신은 과연 무서운 사람이오."

문득 그의 등 뒤에서 낯익은 음성이 들려왔다. 모두가 깜짝 놀라 바라본 곳에 무존 대무광이 초췌해진 얼굴로 서 있었다.

모옥의 방문이 활짝 열려 있었는데 유등이 희미하게 밝혀진 그곳에 섭월령이 가부좌를 틀고 앉아 운기삼매에 빠져 있는 모습도 보였다.

"오, 무존. 대공을 이루셨군요. 경하드립니다."

진사후가 누구보다 반가운 얼굴을 하고 다가가 무존의 꺼칠한 두 손을 움켜쥐었다. 무존의 얼굴에 씁쓸한 웃음이 떠올랐다.

무존은 자신을 핍박하고 유폐시키던 때의 그 진사후와 지금 진심으로 반가워하고 있는 눈앞의 진사후가 전혀 다른 사람으로 느껴졌다.

그때 진사후는 군웅성의 미래를 위해서 불가피한 일이라고 말했었다. 무존은 그의 말이 옳다고 여겼다. 그래서 웃으며 스스로의 내력을 폐하고 이 모옥으로 걸어 들어왔다.

그런데 지금 진사후는 무존이 다시 나온 것을 진심으로 기뻐하고 있었다. 역시 군웅성의 미래를 위해서라고 온몸으로 말하고 있었다.

진사후는 역시 알 수 없는 존재였다.

무존은 자신이 그와 함께해 온 세월이 어느덧 한 갑자가 다 되어간다는 것을 떠올렸다. 하지만 여전히 그에 대해서는 아는 것이 없다는 것도 생각했다.

늘 곁에 있었으면서 또한 어디에도 없었던 허깨비 같은 존재.

무존은 눈앞에서 웃고 있는 진사후가 바로 그런 존재였다는 것을 새삼 느꼈다. 그것이 진사후가 전혀 다른 사람으로 보인 이유였다.

무존이 진사후에게 웃음으로 대답해 주고 두위를 바라보았다.

"네게 신세를 졌다."

"빚을 갚았을 따름이니 신경 쓸 것 없소."

서둘러 말한 두위가 더 이상 상대하지 않겠다는 듯 모옥 안으로 뛰어들었다. 그는 오직 섭월령을 염려할 뿐이었다.

"어? 당신?"

급히 뛰어든 두위가 주춤 멈추어 서서 놀람의 외침을 터뜨렸다.

섭월령의 뒤쪽, 유등의 그늘이 져 어두운 구석에 유령처럼 서 있는 한 사람을 보았기 때문이다. 왼쪽 옷소매를 헐렁하게 늘어뜨리고 있는 사람. 독비천검(獨臂千劍) 고겸추(高兼秋)였다.

어둠 속에서 그가 소리없이 웃었다.

"언제 들어왔소?"

잔뜩 경계하며 다가간 두위가 섭월령을 가로막고 섰다. 진사후와 함께 방을 나올 때도 그는 없었다. 그런데 언제 기척도 없이 숨어들어 갔던 것인지 기이하기만 했다.

"너와 마찬가지로 호법을 섰을 뿐이다. 그러니 놀랄 것 없어."

고겸추가 긴장하고 있던 자세를 풀며 낮게 말했다. 두위는 그가 아무도 모르게 무존의 호법을 섰다는 것을 알았다. 혹시라도 섭월령이 무존에게 위해를 가할지도 모른다는 의심 때문이리라.

두위는 비로소 무존의 진정한 그림자가 누구인지를 알았다. 그것은 무존의 손과 발이라는 음양쌍극(陰陽雙極)도, 수석 장로이자 사형인 괴곽한 노승 공원(空元)도 아닌 바로 고겸추 그였던 것이다.

두위와 고겸추의 눈길이 어둠을 격하고 얽히고 있을 때 섭월령이 길게 숨을 내쉬고 천천히 눈을 떴다.

"그를 내버려 둬."

그녀가 속삭이듯 낮게 말했다.

"아, 누님. 괜찮소?"

두위가 급히 그녀의 손을 잡으며 물었다. 불빛 아래 창백해진 그녀의 얼굴이 요사스럽다고 해야 할 만큼 처연하게 아름다웠다.

깜짝 놀란 두위가 잡았던 손을 놓고 물러섰다. 섭월령이 흩어진 몇 가닥 머리카락을 쓸어 올리며 쓸쓸히 웃었다.

"괜찮지 않으면? 너는 내가 죽기를 바란단 말이냐?"

"누님, 그게 무슨 말이요? 또 트집을 잡아서 나를 골려줄 거라면 싫소."

"그러면 어째서 내 손을 잡았다가 갑자기 뿌리치고 물러선 거지?"

"그건, 그건……."

"홍! 내가 멀쩡하게 살아 있으니 징그러웠던 거지?"

섭월령이 눈을 흘기며 다그쳤다. 두위는 그녀의 이런 엉뚱한 트집에 한두 번 당해본 것이 아니지만 여전히 익숙하지 못했다. 그가 쩔쩔매자 섭월령이 배시시 웃었다.

바라보고 있던 고겸추가 웃으며 섭월령에게 허리를 숙여 인사했다.

"선자께서 무존을 위해 이처럼 큰 수고를 하셨으니 소생이 대신 감사를 드립니다."

"너는 그럴 거 없다. 앞으로 나를 위해서 수고해 줘야 하니 내가 오히려 감사해야겠지."

고겸추가 웃음으로 대답을 대신하고 물러났다. 두위는 섭월령과 고겸추 사이에 어떤 일이 있었다는 걸 알았다. 자신이 방을 나온 후일 것이다. 하지만 그녀가 굳이 말하지 않는데 따져 물어볼 수도 없었다.

섭월령이 손을 비벼 몇 차례 얼굴을 쓸고 나서 자리를 털고 일어났다.

"이제 네놈과의 약속을 지켰으니 더 볼 일이 없지?"

"그, 그렇소."

"됐다. 그럼 나는 이 지긋지긋한 곳에서 그만 떠나련다. 너는 가지 않을 거냐?"

"그럴 리가 있소? 나도 누님 못지 않게 이곳이 지긋지긋하다오. 우리 빨리 떠납시다."

그들이 모옥을 나오자 대무광이 웃으며 두 손을 내밀어 두위와 섭월령의 옷깃을 쥐었다.

"그대들이 이처럼 훌쩍 떠나면 언제 또 만나겠소? 그러니 이곳에서 한 사흘 머물며 못다 한 이야기들이나 나눕시다."

"흥!"

섭월령이 쌀쌀맞게 흘겨보며 코웃음을 쳤다. 두위는 그 모습에서 비로소 그녀가 정말 무사하다는 것을 실감하고 안도했다.

"고겸추는?"

대무광이 텅 빈 방 안을 기웃거리며 물었다. 어느새 떠났는지, 그곳에 있던 고겸추의 모습이 보이지 않았다.

두위는 진심으로 탄복하지 않을 수 없었다. 곤륜의 신법이 천하제일이라더니 과연 그렇다는 것을 또 한 번 확인한 것이다.

섭월령이 쌀쌀맞은 어투로 빠르게 말했다.

"나를 위해서 먼 길을 갔으니 한동안 보이지 않을 거예요. 왜, 불안한가요?"

"허허, 선자가 있고 두위가 있는데 내가 불안할 일이 뭐가 있겠소?"

"흥! 우리가 마치 당신의 몸종이라도 되기로 했다는 것처럼 말하는군요? 나는 더 이상 당신을 보지 않을 거예요."

대무광이 길게 탄식했다. 얼굴에 떠오른 서운해하는 기색을 감추려고도 하지 않았다.

"아깝소, 아까워. 내가 왜 진작 선자를 알지 못하고 이제야 알게 되었는지 정말 후회스러울 뿐이오. 조금 더 일찍 알았다면 정사(正邪)를 뛰어넘고, 나이와 남녀의 구분을 뛰어넘어 좋은 친구가 되었을 것이오."

대무광은 진심으로 안타까워하고 있었다. 그는 더 이상 섭월령을 음괴라고 하지 않았다. 오히려 공경하고 높이는 뜻이 담겨 있는 선자(仙子)라고 불렀다.

＊　　　　　＊　　　　　＊

"그에게 약속한 대로 살려준다. 가라. 다시는 내 앞에 나타나지 말라."

번풍이 턱으로 발 아래 참혹하게 죽어 있는 반천수를 가리키며 음산하게 말했다.

왕백심이 몸을 덜덜 떨며 이를 갈았다. 식어가는 반천수의 몸을 쓰다듬는 그의 손길이 와들와들 떨렸다.

그는 자신이 죽어서 사랑하는 아내와 반천수에게 자유를 주려고 했다. 하지만 반천수는 그것을 허락하지 않았다. 오히려 자신과 곡보옥을 위해서 스스로를 번풍의 칼 아래 내던졌다.

"반 형, 이게 무슨 바보 같은 짓이란 말이요. 가만히 보고만 있었더라면 모든 게 형의 뜻대로 다 되었을 것을."

그가 흐느끼면서 중얼거렸다.

싸움은 그대로 멈추어 버렸다. 두 명의 영주를 잃고, 왕백심마저 굴복해 버린 지금 군웅성의 무사들은 싸울 의욕을 상실한 채 멍하니 서 있을 뿐이다.

왕백심이 흐느끼면서, 여전히 와들와들 떨리는 손으로 번풍의 검을 들었다. 그것을 소중하게 품에 안은 그가 돌아서서 저 멀리 어둠 속에

괴괴하게 솟아 있는 성을 바라보고 터벅터벅 걸어갔다.

그 무렵, 영취봉 남쪽 기슭에서의 싸움은 막바지로 치닫고 있었다.

마석산의 거대한 몸이 끔찍할 만큼 엉망으로 망가졌다. 수십 군데나 심각한 검상을 입어 쩍쩍 벌어져 있었고, 그리로 피가 쉬지 않고 흘러내렸다.

벌써 두어 시진 가까이나 쉴 틈 없이 몸을 움직여 싸운 탓에 청동거령신공을 대성한 그도 지칠 대로 지쳐 있었다. 게다가 심각한 상처들은 갈수록 운신을 더디고 어렵게 했다.

다른 사람 같았으면 죽어도 열 번은 더 죽었을 상태였다. 그러나 마석산은 여전히 살아서 도끼를 휘두르고 있었다.

입마저 꾹 다물고 있다는 것이 그를 더욱 무섭게 보이도록 했다. 온몸에서 피를 철철 흘려가며 눈을 부릅뜨고 거친 숨을 씩씩거릴 뿐, 비명이나 신음 소리 하나 없이 오직 달려들 뿐이다.

그런 마석산의 모습을 보는 것만으로도 질릴 법하건만 하도욱은 그렇지 않았다.

"이건 정말 굉장한 놈이군."

그가 검격을 멈추고 훌쩍 뛰어 물러서며 감탄과 조롱이 뒤섞인 음성으로 말했다.

"너, 이, 이리…… 와, 와, 와…… 라."

마석산이 힘겹게 그를 가리키며 더욱 심하게 말을 더듬었다. 백인의 힘을 합한 것 같던 체력과 기력도 이제는 많이 쇠했다. 움직임을 멈추고 서 있자 다리가 풀린 듯 비틀거렸다.

"미련한 놈. 그 지경이 되어서도 항복을 하지 않다니. 정말 목이 잘리고 나서야 후회할 모양이구나?"

하도욱이 검에 묻어 있는 피를 털어 뿌리며 다시 조롱했다.

그는 마석산을 죽이고 싶지 않았다. 탐이 났기 때문이다. 저만한 놈을 수하로 거둘 수만 있다면 천하가 두렵지 않을 것이다. 어떻게든 굴복시켜서 내 것으로 만들고 싶었지만 마석산에게는 그럴 마음이 조금도 없었다.

"언니, 저렇게 놔둘 거예요?"

가마 안에서 바라보던 보보가 발을 굴렀다. 그러나 영경은 여전히 머리를 저었다.

"기다려 봐. 아직 급하지는 않다."

"저걸 좀 봐. 몇 번만 더 검에 찔리면 저 미련한 곰은 죽고 말 거야."

"아니, 그는 죽지 않아. 잊었니? 그는 본문의 청동거령신공을 십성 이루었다. 불사의 몸이 되었다고 해도 과언이 아니지. 그러니 급한 건 마석산이 아니다."

영경이 냉정한 눈길로 한곳을 가리켰다. 여 대랑과 교 노인 쪽이었다.

상황은 그쪽도 마석산 못지 않게 위험했다. 여 대랑을 맞아 싸우고 있는 웅교쌍곤(雄蛟雙棍) 이목균(李木鈞)의 용맹은 시간이 갈수록 사나워졌다.

거기에 비해 여 대랑은 점점 지쳐 가고 있었다. 기력의 확연한 차이가 드러났던 것이다. 내력의 고하는 가릴 수 없었지만, 생명의 원기가 넘쳐 나는 장년의 이목균과 그것이 소진되어 가고 있는 여 대랑 사이에는 무시할 수 없는 차이가 있었다.

장기전이 될수록 여래랑이 불리할 것은 처음부터 예고된 일이었다. 그리고 이제 그 우려가 현실이 되어 드러나고 있었다.

"하하, 늙은 할망구가 제법 버틴다!"

이목균이 우렁차게 외치며 한 쌍의 낭아곤을 도리깨처럼 휘둘러 더욱 맹렬하게 쳐들어왔다. 여 대랑이 이를 악물고 괴장을 들어 맞섰다.

쩡, 쩡, 쩡—!

듣는 이들의 가슴을 울렁거리게 하는 굉음이 거푸 터져 나왔다.

"우욱—!"

여 대랑이 기어이 더 견디지 못하고 물러서며 왈칵왈칵 피를 토해냈다. 팔다리가 후들후들 떨리는 것이 금방이라도 쓰러질 것만 같았다.

"이놈! 그만두지 못해!"

그들과 떨어진 곳에서 백의의 청년 검사들을 맞아 고전하고 있던 교 노인이 버럭 소리쳤다. 마음은 급했지만 파도처럼 쉴 새 없이 부딪쳐 오는 청년 검사들을 상대하느라 몸을 빼낼 틈을 낼 수 없었다.

그것이 교 노인을 불같이 화나게 했다.

"이놈들! 더 이상 사정을 봐주지 않겠다!"

사납게 소리친 노인이 여태까지와는 다르게 손발을 움직였다. 태풍이 휩쓸어오듯 거칠고 격한 장력과 권력이 사방으로 뿌려졌다.

펑, 펑, 펑—!

그의 장력이 폭발하는 곳마다 화포를 터뜨린 듯한 굉음이 치솟았다.

여 대랑 때문에 마음이 조급해진 교 노인은 자신의 원기가 상하는 것을 개의치 않고 모든 내력을 일시에 쏟아냈다.

그 위력이 거대한 돌개바람처럼 주위를 휩쓸었다. 날리던 눈발이 휘말려 올라갔고, 바닥에 쌓였던 눈들이 어지럽게 날려 하늘을 뒤덮었다.

그 속에 몇 마디의 처절한 비명이 울려 퍼졌다. 순식간에 세 명의 청년 검수들이 형체를 알아볼 수 없도록 으깨져 나뒹굴었다. 그러나 그것만으로 서른 명이나 되는 백의검대를 물리칠 수는 없었다.

"건목곤화(乾木坤火)!"

누군가가 다급하게 소리쳤다. 그 즉시 교 노인을 둘러쌌던 검진이 돌변하여 역오행(逆五行)의 반상진(反常陣)으로 바뀌었다.

공수의 변화가 더욱 기묘해졌고, 출수의 신속함이 벼락치듯 했다. 평소에 이런 일에 대비해서 합공과 검진의 훈련을 넘치도록 받은 것이 틀림없었다.

"허—!"

교 노인의 얼굴에 당황과 놀람의 기색이 가득했다. 마음속에 연민을 품고 손속을 느슨하게 했던 것이 후회되었다.

'범도 늙으면 개떼에게 물려 죽는다더니 자칫하다가는 그 꼴이 되겠다.'

그런 흉한 꼴을 보이기 전에 이놈들을 물리치고 여 대랑을 구해야 했다. 하지만 마음만 앞섰을 뿐, 눈앞의 검진을 깨뜨릴 방법이 떠오르지 않았다.

그러는 사이 여 대랑은 생사의 기로에 서서 허우적거리고 있었다. 이제 그녀는 자신의 철장을 들 힘마저 잃은 듯했다. 낙뢰처럼 퍼부어지는 이목균의 낭아곤을 가까스로 피하고 있을 뿐, 반격할 엄두도 내지 못하고 있었던 것이다.

"안 되겠다!"

지켜보던 보보가 휘장을 활짝 젖히고 쏘아낸 듯 튕겨져 나갔다.

만나면 늘 아웅다웅 으르렁거리고 싸웠지만 여 대랑은 어렸을 때부터 자신을 키우고 보살펴 준 유모였다. 부모가 누구인지도 모르는 그녀에게 여 대랑은 어머니나 마찬가지였다. 그녀가 죽어가도록 보고만 있을 수는 없었다.

"너, 거기 꼼짝하지 말아라!"

허공에 그녀의 뾰족한 외침이 걸렸다.

휙ㅡ!

한줄기 예리한 파공성이 귀를 찔렀다.

"어?"

깜짝 놀란 이목균이 여 대랑을 버려두고 홱, 돌아서기 무섭게 낭아곤을 휘둘러 가슴을 가렸다.

땅ㅡ!

강하게 쏘아진 쇠뇌가 철판에 부딪친 듯 강렬한 소리가 났다. 이목균이 부르르 떨리는 낭아곤을 움켜쥐고 눈을 부릅떴다.

"빙옥지!"

그가 크게 놀라 소리쳤다.

한 가닥 지력을 날려 그를 물리친 냉보보가 여 대랑을 부축했다.

"나한테 맡겨. 파파는 이제 쉴 때가 되었어."

"아가씨, 조심해야 하우."

여 대랑이 숨을 헐떡이며 겨우 말했다. 음성에 힘이 실려 있지 않았다.

폭열파파라고 불렸을 만큼 성미가 불 같은 여 대랑이었지만 지금은 풀이 죽어 가련해 보이기만 했다.

"네가 정한곡주냐?"

이목균이 잔뜩 긴장하여 소리쳤다.

"흥! 너, 미련한 돼지 한 마리를 때려잡는데 곡주님께서 나설 일이 있겠어?"

오늘 내 손에 죽어보라는 듯 옷소매를 둥둥 걷어붙이고 나서는 보보의 얼굴에 싸늘한 한기가 날렸다. 이목균이 잔뜩 낯을 찌푸렸다.

"생긴 것과는 달리 주둥아리가 거친 계집이로군."

"내 손은 더 거칠다!"

앙칼지게 외친 냉보보가 와락 달려들며 삼장(三掌) 오지(五指)를 한 꺼번에 쳐냈다. 윙윙거리는 바람 소리 속에 찍, 찍, 하는 날카로운 소성이 뒤섞여 어지럽게 이목균을 몰아쳤다.

보보의 지력이 천하제일지력으로 꼽히는 한정곡의 빙옥지라는 것을 안 이목균은 감히 경시하지 못했다. 그가 무거워진 안색으로 두 자루의 낭아곤을 휘둘러 침착하게 맞았다.

지력이 낭아곤을 때리는 소리가 요란하게 터졌다. 날카롭고 강렬한 그 소리는 밤하늘을 뚫고 멀리까지 울려 퍼졌다.

보보의 지력에 격중당할 때마다 서까래를 뽑아낸 것 같은 낭아곤이 윙윙거리며 울었다. 그 충격으로 이목균이 다섯 걸음이나 쿵쿵거리며 물러섰다.

보보의 빙옥지는 이미 십이성 대성하여 지력만 가지고 볼 때 천하에 그녀를 당할 사람이 없을 지경이었다. 이목균이 아무리 천력(天力)을 받고 태어난 장사라고 해도 그녀의 날카롭고 강맹한 지력 앞에서는 쩔쩔맬 수밖에 없었다.

많은 수하들이 지켜보는 앞에서 거푸 밀려나게 되자 이목균의 분노가 하늘에 닿았다.

그가 "어헝!" 하고 부르짖더니 그 큰 몸집으로 보보를 눌러 으깨 버리려는 듯 사납게 덮쳐 왔다.

머리 위에서 휙휙거리는 바람 소리가 끊이지 않았다.

두 자루의 낭아곤을 바람개비처럼 돌려대는 이목균의 완력은 그 어떤 초인들에게서도 볼 수 없었던 굉장한 것이었다.

보보가 천운팔보(天雲八步)의 신법으로 가볍고 우아하게 움직였다. 마치 한 마리 학이 춤을 추는 듯했고, 선녀가 옷자락을 나부끼며 안개 속에서 노니는 것 같았다.

그것은 빙옥지와 함께 정한곡의 이대 절기로 꼽히는 절정의 신법이었다. 향기로운 그림자가 몇 번 오락가락하는 사이에 이목균의 태산을 부술 듯한 풍뇌도천(風雷渡天)의 곤법은 무용지물이 되었다.

"좋다! 네가 과연 재주가 있는 계집이었구나!"

악에 치받친 이목균이 상처 입은 곰처럼 포효하며 다시 쌍곤을 어지럽게 휘둘러 내려치고 두들겨 왔다.

조금 전보다 더욱 무겁고 날카로운 파공성이 냉보보의 온몸을 덮어 눌렀다. 머릿속이 다 어지러워질 만큼 사나운 기세였다.

냉보보가 이를 악물고 팔비수타(八臂隨打)의 산격(散擊)으로 이리저리 때리고 후려쳤다. 그녀의 섬섬옥수가 허공을 때릴 때마다 은은한 뇌성이 일어서 이목균의 쌍곤에서 토해지는 바람 소리를 뚫었다.

퍽, 퍽, 퍽―!

눈 깜짝할 사이에 서너 번의 격타음이 터져 나왔다.

"으음―!"

이목균의 입에서 낮은 신음이 흘렀다. 그가 쌍곤을 끌며 훌쩍 뛰어 보보의 장력 밖으로 벗어났다. 신형이 두어 차례 휘청거리고 나서야 중심을 바로 잡고 설 수 있었다.

냉보보의 붉던 얼굴이 하얗게 탈색되어 있었다. 어깨 너머로 가쁜 숨을 몰아쉬면서 감히 쫓아 들어올 생각을 하지 못했다.

팔비수타는 빙옥지만큼이나 내력의 소모가 심한 장법이었다. 그만큼 위력적이기도 했으므로 단번에 이목균을 물리칠 수 있었다. 하지만 그녀 또한 지치지 않을 수 없었다.

"놀랍다! 말로만 들었던 정한곡의 무공이 과연 무섭구나!"

이목균이 울컥, 한 모금의 선혈을 토해내고 나서 소리쳤다.

이제 스무 살을 한두 해 넘겼을 만한 어린 소저가 맨손으로 자신의 쌍곤을 물리쳤다는 것이 믿어지지 않았다. 초인으로 불리며 위엄을 지켜왔던 자신의 명성이 오늘 진흙탕에 처박히게 되었다는 생각으로 눈앞이 깜깜해졌다.

"아아악―!"

저쪽에서 처절한 비명이 터져 나왔다. 놀라 돌아보는 이목균의 눈에 갈기갈기 찢겨져 허공에 뿌려지고 있는 육편(肉片)들이 보였다. 선혈이 어둠을 검붉게 물들이며 번져 갔다.

"허―!"

그가 눈을 부릅떴다. 한순간에 세 명의 백의검수가 온몸을 찢겨 형체를 알아볼 수 없도록 흩어졌고, 두 명의 검수는 가슴에 커다란 구멍이 뚫린 채 비틀거리고 있었다. 덩어리진 피가 뭉클뭉클 흘러나오고 있었다.

그 참혹한 현장의 한복판에 우뚝 서 있는 교 노인이 보였다. 온몸이 피로 붉게 물든 채 수염과 머리카락들이 철사처럼 빳빳하게 곤두서 있는 것이 악귀같이 흉악했다.

"와하하하─! 너희들이 오늘 노부의 살심을 크게 일으켰으니 후회하지 말아라!"

어두운 하늘을 향해 앙천광소(仰天狂笑)를 터뜨린 교 노인이 훌쩍 몸을 날렸다.

노인의 폭열장(爆熱掌)에 반오행진을 펼쳤던 다섯 명을 한꺼번에 잃은 백의검대는 혼비백산했다. 그들의 머리 위로 떨어져 내리는 교 노인의 두 눈에서 붉은 흉광이 번쩍였다.

"과연 천태산인(天台山人) 교중학(嶠中鶴)의 위명은 헛되지 않았도다!"

문득 한 소리 우렁찬 외침이 허공을 날아왔고, 공기를 찢는 날카로운 휘파람 소리가 뒤따랐다.

"헛!"

놀란 교 노인이 허공에서 막 쳐내려던 폭열장을 거두고 급히 몸을 뒤집었다. 그의 겨드랑이와 가랑이 사이로 아슬아슬하게 몇 가닥의 차고 날카로운 기운이 스쳐 지나갔다.

"네가 왔느냐!"

다시 한 번 몸을 틀어 삼장이나 떨어진 곳에 급히 내려선 교 노인이 어둠을 향해 버럭 소리쳤다.

"하하, 소제가 늦지 않게 왔으니 너무 꾸짖지 마시오!"

다시 우렁찬 웃음소리가 들려오더니, 어둠 속에서 한 무리의 수상한 자들이 천천히 모습을 드러냈다.

"장학우!"

여 대랑이 영경의 품에서 벌떡 몸을 일으키며 놀란 소리로 외쳤다.

영경은 어느덧 가마 밖으로 나와 있었는데, 지친 여 대랑을 품에 안고 진기를 흘려 넣어주고 있는 중이었다. 그녀의 서늘한 눈길이 어둠 속에서 나타난 자들에게 향했다.

"여 누이, 교 형, 건재하시니 반갑소."

장내로 들어선 풍진광선 장학우가 포권했다. 교 노인의 흥성은 아직 가라앉지 않았다. 그가 흉광이 이글거리는 눈으로 장학우를 노려보았는데, 평소의 인자해 보이던 모습은 찾아볼 수가 없었다.

"흐흐흐, 장 아우까지 나섰으니 이제야 노부의 흥이 고조되겠군."

"아, 누가 교 형을 이처럼 화나게 했단 말이오?"

교 노인의 모습을 보고 깜짝 놀란 장학우가 소리치며 주춤주춤 물러섰다. 그는 내심 큰일 났다고 부르짖고 있었다.

'저 교중학은 여간해서는 마성을 드러내지 않는 마중선(魔中仙) 같은 인물이다. 하지만 한 번 마성이 발작하면 천하를 피로 뒤덮을 만큼 흉악해지니 큰일이다. 대체 누가 이처럼 어리석은 짓을 했단 말인가?'

두리번거리는 그의 눈에 잔뜩 겁에 질린 얼굴을 하고 엉거주춤 서 있는 청의검대가 보였다. 스무 명이던 그들은 어느새 열 명 남짓으로 줄어 있었다.

그들을 본 장학우가 얼굴 가득 분노를 떠올리고 소리쳤다.

"너희들이 감히 교 형의 화를 건드렸단 말이냐? 정말 천참만륙(千斬萬戮)의 꼴이 되지 못해 안달이 났구나!"

그의 노구가 번쩍, 하는 것 같더니 어느새 청의검대를 이끌고 있던 유성검 호문량의 면전에 이르러 뺨을 후려쳤다.

짝! 하는 격타음과 함께 호문량이 피를 뿜어내며 훌훌 날려가 눈 쌓인 땅 위에 처박혔다. 공교롭게도 하도욱의 발 아래였다.

막 마석산을 향해 최후의 검격을 쳐내리던 하도욱이 흠칫, 놀라 물러섰다. 마석산 또한 의외의 일에 어리둥절하여 내려치려던 도끼를 엉거주춤 멈추어 세우고 핏발 선 눈을 뒤룩거렸다.

"하룻강아지 같은 것들이 감히 영웅을 옛날 사람이라고 얕보고 핍박하다니! 노부가 오늘은 용서하지 않겠다!"

장학우의 노한 외침이 쩌르릉 울려 퍼졌다. 모두가 어리둥절하여 그를 바라보았다. 노인은 자신의 본분을 잊고 정한곡의 사람이라도 된 듯했던 것이다.

그러는 동안 교 노인의 얼굴 가득하던 흥광이 서서히 가라앉아 갔다. 치솟았던 머리카락과 수염들도 차분해져서 원래의 모습을 되찾았다.

그가 한숨을 쉬고 나서 천천히 말했다.

"이보게, 장 아우. 그대가 적으로 찾아왔으니 오늘은 반드시 한바탕 험한 꼴을 면할 수 없겠군?"

교 노인이 탄식하고 머리를 저었다. 장학우가 거푸 한숨을 쉬고 나서 천천히 말했다.

"틀렸소. 틀렸어. 나는 군웅성을 구하기 위해 먼 길을 달려왔지만 어찌 교 형과 대랑을 적으로 삼아 싸울 수 있겠소? 그러니 나는 오지 말았어야 했는가 보오."

그 말속에는 군웅성을 치기 위해 온 교 노인과 여 대랑에 대한 원망도 깃들어 있었다. 당신들 또한 이곳에 오지 말았어야 한다는 말이기도 했던 것이다.

"아, 아무리 강호가 비정한 곳이라고 해도 옛 정을 버릴 수는 없는 법인데 어찌 우리 세 사람이 칼을 맞대고 서로 죽이기 위해 이를 갈 수 있으리오. 하지만 각기 속한 곳이 달라 마음대로 결정할 수도 없으니……. 이 일을 어찌하면 좋단 말인가……."

탄식하고 땅을 구르며 중얼거리던 장학우가 갑자기 손뼉을 치고 기뻐했다.

"아, 좋은 생각이 났소. 이렇게 하면 어떻겠소이까?"

"자네는 묘책이라도 찾아낸 모양이군?"

"별것 아니오. 나는 여기 있는 군웅성의 무리들을 설득하여 더 싸우지 않게 하겠소. 그러니 교 형은 곡주를 설득해 줄 수 있겠소?"

교 노인이 난색을 지었다. 군웅성을 쳐 무너뜨리기 위해 왔는데 더 이상 싸우지 말자는 건 아무리 생각해 보아도 어이없는 말이었다.

그가 역시 어떻게 해야 할지 갈피를 잡지 못하고 우물쭈물했다.

그들의 말을 가만히 듣고 있던 영경이 옷자락을 끌며 사뿐사뿐 걸어 앞으로 나섰다. 모든 사람의 시선이 그녀의 구름 위를 걷는 듯한 모습에 집중되었다.

군웅성의 무리들은 정한곡주의 모습을 처음 본다. 그들의 입에서 탄성이 흘러나왔다. 정한곡주가 이처럼 우아하고 아름다운 여인일 줄은 몰랐기 때문이다.

교 노인 곁에 선 영경이 작고 붉은 입술을 살짝 열어 조용히 말했다.

"나는 오늘 원한을 풀기 원해요. 그래서 이곳에 왔어요. 하지만 상관없는 생명들이 이처럼 아깝게 죽는 것은 원하지 않아요."

낮고 부드러운 음성이었지만 그것은 사람들의 마음을 사로잡기에 충분했다. 그들이 그녀의 붉은 입술과 홍조 띤 볼과 손짓 하나에까지도 온 신경을 모아 주시했다.

"그러므로 이곳에서의 의미없는 싸움을 그만두자는 것에는 동의해요. 하지만 조건이 있어요."

"오, 곡주. 과연 당신은 타고난 용모만큼이나 그 마음 또한 아름답구려. 무엇을 원하는지 들어보고 싶소."

장학우가 만면에 미소를 띠고 포권한 손을 흔들며 말했다. 영경이 그의 시선을 피하고 다시 말했다.

"나는 군웅성에 들어가 반드시 진사후를 만나야겠고, 무존을 만나야겠어요. 그것만 가능하다면 모든 걸 받아들이죠."

장학우가 어두운 얼굴이 되어 머리를 흔들고는 하도욱을 바라보았다. 영경을 대할 때와는 달리 그의 눈에서 엄격하고 차가운 빛이 줄기줄기 흘러나왔다.

"너는 이 일을 어떻게 처리할 셈이냐?"

"음……"

하도욱이 잔뜩 눈살을 찌푸렸다. 많은 사람들 앞에서 자신을 '너'라고 불렀기 때문이다. 그것은 장학우가 하도욱을 성주로 인정하지 않는다는 강한 표현이었다.

하도욱은 자신의 권위가 무너지는 것을 느꼈다. 피로 얼룩진 오늘 밤의 사태를 스스로의 힘으로 해결하지 못했으니 이제 무리들은 더 이상 자신을 신뢰하고 따르지 않을 것이다.

장학우는 하도욱에게 있어서 진사후만큼이나 대하기 어려운 인물이었다. 과거 그가 백의검대의 수장으로 있을 때 장학우는 성의 다섯 장로들 중 수석 장로라는 위치에 있었다. 하도욱으로서는 감히 바라볼 수도 없이 먼 사람이었던 것이다.

그때의 두려움과 공경심이 아직 그의 마음속 깊은 곳에 남아 있었다. 때문에 하도욱은 분개하여 얼굴을 붉히면서도 선뜻 장학우를 꾸짖지 못했다.

가슴속에 응어리진 뜨거운 무엇을 토해내듯 길게 탄식을 뱉어낸 그가 무리들을 돌아보았다.

처절한 격전의 현장이 눈앞에 있었다.

퍽퍽 쏟아지고 있는 눈에 덮여 그 끔찍하고 참혹한 주검들이 조금씩 사라져 가고 있기는 해도, 흰 눈을 녹이며 스며 나오고 있는 선혈과 피 비린내와 주검의 냉랭한 냄새는 사라지지 않았다.

하도욱의 시선이 이목균의 그것과 마주쳤다. 쏟아지는 눈을 뚫고 두 사람의 시선이 짧은 시간 동안 수많은 감정을 주고받았다.

하도욱은 냉정하게 생각하지 않을 수 없었다.

자신이 백의검대와 호위대를 이끌고 내려왔고, 이목균이 정예의 수하들을 이끌고 왔지만 그것만으로는 정한곡의 무리들을 물리칠 수 없었다.

피를 철철 흘리면서도 한쪽에 태연히 앉아 운기조식하고 있는 마석산을 보았다.

괴물 같은 놈이었다. 끔찍하게 보였다.

자신이 직접 나서서 마석산을 맞아 싸웠으나 끝내 죽이지 못했다. 그를 죽이려면 더 많은 시간과 힘이 필요할 것이다.

이목균 또한 마찬가지였다. 그는 여 대랑을 물리쳤을지 몰라도 뒤이어 뛰어나온 보보를 맞아 고전할 기미가 보였다.

정한곡 쪽에는 아직 나서지도 않은 곡주가 있었고, 교 노인이 있었다. 다시 부딪쳐 싸운다면 결과가 어찌 될지는 보지 않아도 확연했다.

게다가 믿고 있는 이목균은 지금 눈길 둘 곳을 찾지 못한 채 불안해하고 있었다. 장학우의 등장 때문이었다.

하도욱은 생사의 결정권을 장학우가 쥐고 있다는 것을 알았다. 그가 데리고 온 호금위의 고수들을 이끌고 싸움에 뛰어든다면 전세가 역전되겠지만, 지금으로서는 그럴 기미가 보이지 않았다.

장학우는 정한곡의 두 노인을 상대해서 싸우려고 하지 않을 것이다. 그렇다면 선택할 수 있는 길은 이미 정해진 거나 같았다.

영예롭게 죽을 것인가, 살아서 후일을 도모할 것인가. 무엇이 진정으로 나를 위하고, 내가 걷고자 하는 영웅지로(英雄之路)에 합당한 길인가.

하도욱은 눈앞에 놓여 있는 그 두 갈래의 길을 두고 생각에 생각을 거듭했다. 그리고 한참 만에야 다시 길게 탄식하고 얼굴을 들었다.

"노야의 말대로 따르지요. 무엇을 원하시는 겁니까?"

*　　　　　*　　　　　*

　"너희들은 이제 나를 잊었군?"

　대무광이 쓸쓸한 얼굴이 되어 모옥 앞에 운집해 있는 초인들을 바라 보았다.

　모두가 낯익은 얼굴들이다.

　한때 생사고락을 함께하던 동지들이고, 함께 강호를 호령하던 지기 들인 것이다. 하지만 그들은 지금 낯선 사람들이 되어 있었다.

　대무광의 말을 들은 초인들이 동시에 어깨를 움찔 떨었다. 하지만 아무도 무릎을 꿇지 않았고, 아무도 무존을 대하는 예를 갖추지 않았 다. 그들은 단지 목상처럼 버티고 서서 어깨와 머리에 쌓여가는 눈조 차 털어낼 생각을 잊고 있을 뿐이다.

　그들의 시선은 오직 진사후에게 멎어 있었다.

　그들은 이미 무존을 버리고 진사후를 택한 사람들이었던 것이다.

　지금 그들은 눈앞에 부활해 있는 무존이라는 존재가 주는 압박감을 뿌리치려고 필사적인 노력을 하고 있었다. 그리고 진사후가 그것을 해 주었다.

　"무존."

　무거운 침묵을 지키던 진사후가 조용한 음성으로 불렀다.

　"이들은 이미 무존을 떠났소. 옛 정은 추억 속에 남아 있을 뿐이외 다."

　"그렇군. 진 형, 당신도 그랬지."

　무존이 흰 눈밭 저 너머의 어둠 속으로 허망한 시선을 던졌다. 두위의 몸에서 천마신공의 마기를 제거해 주기 위해 힘쓰던 그 동굴 안에서의 일들을 하나씩 떠올려 보았다.

"우리가 시작한 일이었으니 우리가 끝까지 책임을 져야 할 것이오. 사마는 어떠한 경우에도 용납될 수 없소. 십년정벌을 다시 시작하는 한이 있더라도, 그래서 강호를 또 한 번 피로 씻어야 하는 경우가 생기더라도 필요하다면 그렇게 할 것이오."

그날 동굴 안에서 진사후는 그렇게 외치고 대무광을 성주의 자리에서 끌어내렸다. 그리고 그를 유폐시켰다.

그것이 진사후가 내세운 유일한 명분이었다. 하지만 지금 그의 얼굴에는 그때의 패기가 남아 있지 않았다.

돌이켜 생각해 보면 그동안 형제처럼 깊은 정을 나누며 늘 붙어 있던 사람이었다. 강호의 험난한 여정을 헤쳐 나가며 유일하게 믿고 의지해 온 사람인 것이다.

대무광은 그런 진사후가 자신을 배신했을 때에는 그만한 사정이 있을 것이라고 이해했다. 그게 스스로 군림하려는 것이 아니라고 확신했기 때문에 아무 미련 없이 보좌에서 내려왔다.

그런데 지금 진사후는 초췌해져 있었다. 대의를 부르짖던 그때의 의연함은 온데간데없고 다만 늙고 지친 한 노인의 모습을 하고 있을 뿐이다.

탄식한 대무광이 진사후의 주름진 손을 잡았다.

"그래 원하던 것은 이루었소?"

"......."

진사후가 아무 말도 하지 못하고 어깨를 가늘게 떨었다.

"진 형은 아직도 그때의 열정을 가지고 계시오?"

"......."

역시 말이 없었다. 대무광이 희미하게 미소 지었다.

"그 열정을 버리지 마시오. 나는 진 형이 다시 한 번 옛 영광을 재현하고, 백도의 정기를 드높여 강호의 질서를 잡아주는 것을 꼭 보고 싶소."

"무존, 당신은……."

진사후가 감격한 얼굴로 대무광의 손을 마주 쥐었다. 손아귀에 힘이 들어가 있었다.

대무광은 진사후가 처해 있는 상황을 짐작할 수 있었다. 위험했다. 진사후가 그의 신념마저 잃어서는 안 된다는 것을 느꼈다. 지금 그의 노구를 지탱해 주는 것은 바로 그 신념이었다. 그것을 포기한다면 진사후는 죽고 말 것이다.

대무광이 온화한 얼굴로 웃어주었다.

"강호는 흐르는 물처럼 제 스스로 흘러가도록 그렇게 놓아두는 것이 최선이라고 했던 내 말을 기억하시오?"

진사후가 말없이 머리를 끄덕였다.

"군웅성이 군림해서는 안 된다는 내 말을 지금이라도 이해했으면 좋겠소."

"그 뜻은……?"

진사후가 곤혹스런 얼굴로 대무광을 마주 보았다. 조금 전에는 백도의 영광을 재현하라고 부탁하더니 이제는 또 군림해서는 안 된다는 옛말을 상기시키는 의도가 이해되지 않았다.

대무광이 여전히 부드러운 웃음을 띤 채 말했다.

"백도의 영광은 사마를 견제하는 역할을 충실히 수행하는 것으로 완성되는 것이오. 그것들을 철저히 짓밟고 정복하여 우뚝 서는 것은 스스로 화를 불러들이는 일에 불과하오. 그렇게 한다면 결국 백도는 모든 것을 잃고 지리멸렬하게 될 것이오. 그때는 흑도의 천하가 되어 강호가 어지러워지겠지."

진사후의 얼굴에 문득 부끄러워하는 기색이 떠올랐다. 대무광이 지금의 상황을 빗대어 말했기 때문이다.

그동안 군웅성은 철저히 군림했다. 그 발 아래 짓밟혔던 흑도의 무리들은 숨조차 제대로 쉬지 못하고 음지로 숨어들었다. 하지만 그것은 평화가 아니었다. 불씨를 짚으로 덮어놓은 것 같은 위태로움이었을 뿐이다.

당장은 불씨가 눈에 보이지 않지만 한줄기 바람만 불어와도 그것은 활활 되살아나 짚을 태우면서 더욱 커져 마을과 산을 집어삼키게 된다.

지금의 상황이 그 좋은 예였다. 결국 군웅성은 그들의 침입을 받아 무너져 가고 있지 않은가.

강호란 활과 같다. 시위를 당겨 잔뜩 굽혀놓으면 탄력이 더욱 커진다. 하지만 누구도 언제까지나 그렇게 시위를 당기고만 있을 수는 없다. 결국 활은 더 커진 탄력으로 원래대로 되돌아간다. 그렇게 해서 쏘아진 화살이 표적을 꿰뚫는다.

당기면 당길수록 탄력 또한 커지기 마련인 것. 흑도와 백도의 본질은 그와 같았다.

어느 한쪽이 한쪽을 짓밟으면 그것은 반발할 기회만 노린다. 그러다가 드디어 짓밟았던 힘이 쇠진해졌을 때 튕겨져 일어나 모든 것을 뒤엎어 버린다. 그 혼란은 강호를 피와 탄식과 원망으로 젖게 한다.

백도가 그렇게 했을 때에도, 흑도가 그렇게 했을 때에도 마찬가지다. 그런 점에서 흑도와 백도의 구분은 무의미하기도 했다. 그들의 본질은 군림하고 싶어하는 것이라는 점에서 같기 때문이다.

대무광은 그래서 군림이라는 것을 강호에서 뽑아내 버리고 싶어했다. 공존하는 것만이 오래도록 평화를 가져다 주는 길임을 알았기 때문이다.

그가 피 흘려 세운 군웅성을 스스로 무너뜨리려고 했던 이유가 거기 있었다.

흑도와 백도는 힘의 균형을 유지하면서 서로를 견제하고 공존해야 했다. 그렇게 견제하는 것은 또한 서로를 격려한다는 이면의 의미도 가지고 있다. 서로가 뒤떨어지지 않기 위하여 더욱 스스로를 단련하게 되기 때문이다.

작은 분란과 싸움이 끊이지 않겠지만 그것이 강호 전체가 피바다에 잠기게 되는 큰 싸움을 막아주는 제방이 된다.

그것을 조율하고 균형을 유지하기 위해 힘쓰는 사람이나 단체는 필요하다. 이제 대무광은 진사후에게 그 역할을 해줄 것을 당부하고 있었다. 군림이 아니라 조화를 이끌어낼 수 있는 사람.

대무광은 두위와 진사후를 양쪽 끝에서 힘을 조절해 주는 조정자로 삼고자 했다.

"이제 나에게 남은 힘은 이것뿐이오."

진사후가 한숨을 쉬고 어깨 위에 잔뜩 눈을 이고 서 있는 사람들을 가리켰다. 대무광의 얼굴이 더욱 밝아졌다. 그는 진사후가 비로소 자신의 뜻을 이해했다는 것을 알았다.

"저 열네 사람이면 충분하오. 천하를 가질 수는 없겠으나 한부분을 지키기에는 족하지. 진 형이 그처럼 중심을 잡아주면 천하는 어느 한 쪽으로도 기울어지지 않을 것이오. 그러면 충분하지 않소?"

"충분하오."

대답하는 진사후의 음성이 풀 죽어 있었다. 그는 다시 한 번 자신과 무존의 차이에 대해서 절실히 느꼈다. 그릇의 차이였고, 됨됨이의 차이였다.

한 사람이 무거운 걸음으로 비틀거리며 다가오고 있었다.

어둠을 흔들고, 눈 쌓인 땅을 거칠게 밟아오는 그 발자국 소리가 모두를 깜짝 놀라게 했다.

왕백심이었다.

그가 술 취한 사람처럼 흔들리면서, 아무 표정도 없이, 꺼려함도 없이 그렇게 다가오고 있었다.

둘러섰던 초인들이 길을 열어주었다. 그의 넋이 나간 듯한 얼굴에서 심상치 않음을 느꼈다. 긴장이 물결처럼 번져 갔다.

"무슨 일이냐!"

마조가 앞을 가로막고 낮게 꾸짖었다.

"무존과 진 노야가 계신 곳이다!"

너 따위가 함부로 접근할 수 있는 곳이 아니라는 경고의 말이기도 했다. 하지만 왕백심은 아무것도 듣지 못한 사람처럼 멍한 얼굴로 마조를 바라보고 서 있을 뿐이었다. 아니, 그의 시선은 마조를 지나쳐 두위에게 향하고 있었다.

"보내라."

진사후가 대무광의 손을 놓고 낮게 말했다. 다시 비틀거리며 다가온 마조가 털썩 무릎을 꿇었다.

그의 품에서 고검(古劍) 한 자루가 떨어져 굴렀다.

"엇?"

그것을 본 두위가 깜짝 놀라 달려갔다. 왕백심이 떨어뜨린 검을 주워드는 그의 손이 덜덜 떨렸다.

"이건…… 이게 왜 네 손에 있지?"

그가 날카롭게 소리쳤다. 문득 불길한 생각이 등줄기를 싸늘하게 하며 달려갔다. 왕백심이 품고 온 것이 반천수의 벽송검(碧松劍)이라는 것을 알아본 순간 머릿속이 텅 비어버렸다.

"말하지 못해! 그는 지금 어디에 있지?"

두위가 왕백심의 목을 틀어쥐었다. 금방이라도 목뼈를 부러뜨릴 것처럼 험악했다.

"그, 그는…… 죽었…… 소. 내, 내 대신……."

"어허―!"

반천수의 검을 움켜쥐고 비틀비틀 물러서는 두위의 얼굴이 창백해졌다.

그가 죽었다는 말을 믿을 수 없었다. 누가 그를 죽일 수 있단 말인가? 내가 여기 이렇게 시퍼렇게 살아 있는데 그가 왜 죽는단 말인가?

"이놈아, 나는 네놈이 늙어 죽을 때까지 따라다니면서 귀찮게 할 테다. 흥!
제발 꺼져 달라고 애원해도 소용없을걸? 왜냐고? 그야 내 맘이니까."

장난스럽게 히히, 웃으며 지껄이던 그 말이 생각났다. 발로 옆구리
를 툭툭 차면서 놀리듯 말할 때 두위는 행복했다. 그러면서도 버럭 짜
증을 냈다. 그것이 그가 기껏 할 수 있는 가슴 벅차오르는 행복의 표현
이었다.
그런데 반천수가 죽었다. 믿고 싶지 않았다.
보름 전, 섭월령과 함께 외성에 기거하고 있을 때 불쑥 찾아온 그와
술을 나누어 마시던 일이 생생하게 떠올랐다. 폐부를 토해낼 듯이 심
한 기침을 하면서도 석 잔의 술을 마셔주던 그의 모습이 눈에 밟혔다.

"이게 마지막 술이다. 다시는 네놈과 대작할 일이 없을 거다."

쓸쓸하게 중얼거리던 말이 귓전을 울렸다. 그리고 그는 휘청거리는
걸음으로 다락을 내려갔다.
그 뒷모습이 결국 마지막 모습이 되고 말았다.
"북쪽 성문이 깨졌습니다. 그놈은 짐승입니다. 어찌해 볼 수 없는
야차입니다. 저는 두려웠습니다. 죽으려고 했지만 죽을 수도 없었습니
다. 그, 그 친구 때문입니다. 그는, 그는, 저에게 보옥을 떠맡기고, 저
를 대신해서…… 죽었습니다. 아……."

왕백심이 여전히 넋이 나간 사람처럼 중얼거렸다. 두위의 창백한 얼굴이 경련을 일으켰다.

두위는 왕백심이 누구인지 알고 있었다. 반천수가 그를 대신해서 죽었다는 말이 이해되었다. 아직도 잊지 못하고 있는 여인 곡보옥을 위해서였을 것이다.

"못난 놈. 얼빠진 놈. 고작 뒈질 곳을 찾아서 이곳에 왔다니……."

이제는 두위마저 넋이 나간 사람처럼 멍하니 서서 중얼거렸다.

두위는 반천수가 이 겨울을 넘기지 못하고 죽을 운명이라는 것을 알지 못했다. 양괴 하후곤으로부터 내력을 전해받을 수 없기 때문이다.

반천수는 다시 무기력한 옛날의 그 모습으로 돌아갈 수밖에 없었다. 검은 더 이상 그의 동반자가 되지 못한다. 들고 있기에도 버거운 짐이 될 뿐이다.

검을 버려야 한다는 것. 그건 무림인이 되었고, 천하제일의 검객을 꿈꾸었던 반천수에게 있어서 죽음보다 더 가혹한 형벌이었다. 그러므로 그는 차라리 죽음을 택하는 게 낫다고 여겼으리라. 하지만 두위는 그런 반천수의 마음을 이해할 수 없었다. 모르고 있기 때문이다.

그것을 이해할 수 있는 사람은 오직 섭월령뿐이었다. 그날, 두위와 술을 마시던 반천수가 심하게 발작을 하였을 때 그의 기혈에 이상이 있다는 것을 눈치 챘던 것이다.

반천수의 맥문을 쥐었던 섭월령은 그의 몸 안에 돌고 있는 것이 양괴의 본신진기라는 것을 알았다. 그리고 그것이 급속히 사라져 가고 있다는 것도 알았다. 하지만 반천수의 간절한 부탁 때문에 두위에게 말해 주지 못했다.

섭월령이 조심스럽게 다가와 두위의 손을 잡았다. 덜덜 떨리는 그 투박한 손이 애처로움으로 전해져 그녀의 가슴을 아프게 했다. 그녀가 두위의 귓가에 가만히 속삭였다.

"반천수는 죽으면서도 마음이 편했을 거다. 그러니 너무 슬퍼할 것 없어."

"나는 슬퍼하지 않소. 화가 날 뿐이오."

두위가 초점이 잡히지 않는 눈길로 그녀를 바라본 채 그렇게 중얼거렸다.

"한 여자 때문에 사문에서 버림을 받고, 몸이 망가진 채 십 년 동안을 어둡게 살아온 불쌍한 놈이오. 스스로를 학대하는 것으로 마음속의 고통을 견뎌왔소."

두위의 볼이 푸들푸들 경련을 일으켰다. 한줄기 뜨거운 눈물이 흘러내렸다. 섭월령이 가만히 그의 눈물을 닦아주었다.

"하지만 그로서는 가치있는 죽음을 택한 거다. 아, 그가 사랑했던 그 여자는 얼마나 행복할까. 자신을 위해서 죽어주는 사람이 있었으니 말이다. 하지만 나는, 나는……."

섭월령이 말끝을 흐렸다. 그녀의 얼굴에 쓸쓸한 기색이 가득했다.

"그이는 나를 위해 죽어주지 못했지. 나 또한 그이를 위해 죽어줄 수 없었다."

물끄러미 그녀를 바라보던 두위가 주먹으로 눈물을 훔쳐 냈다.

무거운 침묵이 찾아들었다.

왕백심의 말은 두위에게 뿐만 아니라 그곳에 모여 있는 모든 사람들에게도 충격적인 것이었다.

그들에게 반천수의 죽음은 아무 관심거리도 되지 못했다. 하지만 군웅성의 성문이 깨뜨려졌다는 것은 일시에 모두의 머릿속을 텅 비게 할 만큼 놀라운 일이 아닐 수 없었다.

"대체 누가……."

"어떻게 하실 겁니까?"

두 사람이 동시에 소리쳤다. 냉염판관 마조와 금왕 육반산이었다.

그들은 진사후의 결단을 재촉하고 있었다. 마음은 이미 군웅성을 떠나 있었지만, 그래도 외인의 침입으로 성이 무너지는 것을 보자니 울화가 치밀었던 것이다.

진사후가 침울해진 얼굴로 무존을 돌아보았다. 대무광은 담담하기만 했다.

"말해 봐! 대체 어떤 놈이 반천수를 죽였지?"

두위가 거칠게 소리쳤다. 그를 멍하니 바라보던 왕백심이 부르르 몸을 떨고 나서 두려운 듯 떠듬떠듬 말했다.

"번…… 풍……."

"무엇이?"

두위가 크게 놀란 얼굴로 주춤 물러섰다. 하필이면 번풍이라니, 하는 안타까움이 머리를 때렸다.

"번풍이라고?"

진사후도 놀라서 육반산을 바라보았다. 그의 얼굴에 한줄기 노여움과 허탈함이 동시에 떠올랐다.

"그놈이 기어이 마각을 드러내고 말았구나."

진사후가 탄식했다.

그는 한때 번풍을 회유하기 위해 노력한 적이 있었다. 진사후의 마음속에는 두위와 번풍이 동시에 들어 있었던 것이다.

그 두 사람 중 한 명만 얻을 수 있다면 군웅성을 지키고 옛 영광을 되살린다는 자신의 꿈이 이루어질 것이라고 믿었다.

하지만 결국 그는 아무것도 얻지 못했다.

번풍은 야망이 너무 컸고, 두위는…….

'이놈은 너무 단순하다. 욕심이 없다.'

진사후가 내심 혀를 차며 중얼거렸다.

두위에게는 번풍과 같은 야심이 없었다. 그는 다만 은원을 해결하고 싶어할 뿐이다. 군림한다는 것을 귀찮게 여기고, 강호 일통의 대업을 이룬다는 것을 비웃었다.

그는 오직 자유롭고 싶어할 뿐이다. 누구의 간섭도, 멸시도 받지 않고 나 하고 싶은 대로 하며 유유자적한 삶을 살고 싶어하는 것이다.

두위는 벌써 욕망으로부터 자유로워져 있었다. 그게 타고난 그의 천성인지도 몰랐고, 처음부터 그렇게 만들어진 그릇인지도 몰랐다.

그렇다면 두위가 타고난 그릇은 대무광의 그것보다 오히려 클지도 모른다는 생각이 진사후로 하여금 초라함을 느끼게 했다.

그런 점에서 두위는 대무광과 닮아 있었다.

정과 사마의 구분 따위에는 관심조차 없다. 강호의 패권과 질서에도 관심이 없다. 그렇다면 두위도 대무광처럼 순리에 따르고, 물이 흐르듯 흘러가는 조화에 스스로를 맡긴 채 가만히 바라보고 즐기려는 것인지도 모른다.

진사후는 지금에 이르러서야 그런 대무광의 깨달음에 동화되어 갔다.

그는 지금은 오직 천하의 균형이 어느 한쪽으로 쏠리지 않도록 잘 잡아두는 게 중요하다고 생각했다. 그리고 두위야말로 그 역할에 꼭 필요한 사람이었다. 두위는 자신과 함께 천하의 한 귀퉁이에서 힘의 균형을 잡아줄 사람이었던 것이다.

진사후는 대무광이야말로 자신보다 앞서서 세상을 바라보고 대비할 줄 아는 현자라는 것을 다시 한 번 인정하지 않을 수 없었다.

'나는 영영 그를 따라갈 수 없다.'

그런 절망감이 진사후를 더욱 의기소침하게 했다.

기껏 비난과 불명예를 무릅쓰고 반란을 일으켜 군웅성을 장악했지만 지금 그것은 이처럼 비참한 결과로 돌아왔을 뿐이다.

많은 시행착오를 거치고 나서야 도달한 결론이 결국은 대무광이 오래전부터 생각해 오고 있었던 그것.

'천하에 세력을 분산시키고, 정과 사마가 공존함으로써 균형을 유지하게 한다' 는 그것이라는 데에는 스스로 부끄러움마저 느끼지 않을 수 없었다.

진사후가 묵묵히 그런 자괴감에 빠져 침묵하고 있을 때 어둠 속에서 몇 사람이 급히 달려왔다.

"무존! 진 전주!"

아직 형체가 드러나지도 않았는데 크게 소리쳐 부르는 소리가 들렸다. 진사후가 눈살을 찌푸렸다. 음성만으로도 그가 노수권왕 제형적이라는 것을 알았기 때문이다.

제형적이 두 명의 수하만을 거느린 채 급히 달려왔다. 그의 검은 얼굴에 초조함이 가득했다.

예를 올려야 한다는 것마저도 잊은 그가 숨을 헐떡이며 외쳤다.

"무존! 진 전주! 성이 붕괴 직전에 이르렀소이다!"

"그래서?"

진사후가 싸늘하게 말했다.

"엇?"

제형적이 뜻밖이라는 듯 움찔하고 놀랐다. 그가 핏발 선 눈으로 진사후를 노려보고 무존을 바라보았다. 곁에 있는 두위와 섭월령에게 시선이 이르러서는 화급함이 절망으로 점점 바뀌어갔다.

"권왕, 당신의 꼴이 말이 아니군."

무존이 안타깝다는 듯 말했다. 제형적이 피로 얼룩진 자신의 몰골을 내려다보고 부끄러운 얼굴을 했다.

"서쪽에 동건유의 흑천이 있소이다."

더 말하지 않아도 그가 수하들을 이끌고 흑천의 살수들과 한바탕 격전을 치렀다는 걸 알 수 있었다. 그리고 낭패를 보았으리라.

"풍해산은? 그도 왔던가?"

진사후가 급히 물었다. 물끄러미 그를 바라보던 제형적이 한줄기 비웃음을 떠올렸다.

"설마 그 늙은 마귀와 진 전주께서 내통하신 건 아니겠지요? 안타깝게도 그 마귀가 있는 곳은 알아내지 못했으니 저를 벌해주시오."

"쓸데없는 소리!"

곁에서 듣고 있던 마조가 분노하여 소리쳤다. 제형적이 그를 싸늘히 노려보고 다시 이죽거렸다.

"그렇지 않다면 성이 위급한데 다들 이곳에 모여서 친교나 쌓고 있을 이유가 없지 않겠나? 서쪽에서는 동건유가 살육을 펼치고, 남쪽에서는 정한곡의 무리들이 날뛰고 있다. 왕백심이 이곳에 와 있는 걸 보니 북쪽으로 갔던 자들 역시 모두 죽은 모양이군."

"음……."

제형적의 비웃음에 발끈하여 나섰던 마조가 침음성을 흘리고 물러났다. 그의 차갑기만 하던 얼굴에도 어느덧 초조해하는 기색이 가득했다.

"머지않아 그자들은 이곳까지 쳐들어올 것이오. 그때를 기다리고 이처럼 모여 있는 건 아니겠지요?"

제형적이 다시 진사후에게 핏발 선 눈을 들이밀며 비아냥거렸다. 그리고는 무존에게 무례한 시선을 던졌다.

"호금위를 소집하셨으면서도 어째서 그들로 하여금 적도의 무리들을 무찌르게 하지 않으시는 겁니까?"

"장 도우가 왔던가?"

무존이 희미하게 웃고 되물었다. 제형적의 얼굴에 노골적인 불쾌감이 떠올랐다.

"좌우 호금위를 모두 거느리고 왔답니다. 하지만 그들은 칼에 피 한 방울 묻히지 않았다더군요. 오히려 정한곡도들의 앞잡이가 되어서 그들을 성으로 인도해 들이고 있는 중이랍니다. 설마 무존께서 그렇게 하라고 시키신 건 아니겠지요?"

마조와 육반산, 그리고 진사후를 따르기로 맹약한 열두 명 초인들의 얼굴에 긴장이 번져 갔다. 그들이 낮게 웅성거렸다.

제형적의 말대로 장학우가 좌우 호금위들을 이끌고 왔다면 충분히 오늘의 전세를 좌우할 만했다.

그들의 전력이 어떤지는 모두가 잘 안다. 장학우가 어느 쪽에 가세하느냐에 따라서 주도권이 넘어가기에 충분했다.

사람들이 일제히 무존을 바라보았다. 이제는 무존의 말 한마디에 달려 있는 일이었다. 그가 장학우에게 명하여 군웅성을 구하도록 한다면 그렇게 될 것이다.

"어떻게 하시겠습니까?"

진사후도 그것을 생각하고 긴장하여 물었다. 대무광은 묵묵히 입을 다물고 있을 뿐, 무엇을 생각하는지 알 수 없었다.

제4장 천지분할(天地分割)

천지분할(天地分割)

단 일격
단 한 번에 삶과 죽음을 건다
그리고 번갯불이 번쩍이는 듯한 찰나의 순간에 정말 그렇게 갈려 버렸다

"봐라, 저것이 영웅비다."

번풍이 오만하게 턱을 치켜들어 어둠 속에 우뚝 솟아 있는 거대한 석비를 가리켰다.

이제 눈은 내리지 않았다. 떠돌던 피 냄새도 맡아지지 않았다.

군웅성은 그 자체로써 거대한 무덤이 되어버린 듯 괴괴한 적막에 싸여 있을 뿐, 인기척 하나 느껴지지 않았다.

북쪽 성문을 활짝 열고 느긋하게 걸어 들어왔다. 결코 서두르지도, 긴장하지도 않았다. 아침에 떠났던 내 집에 저녁이 되어서 돌아온 것처럼 유유하게 두 팔을 떨치며 들어섰을 뿐이다.

더 이상 가로막는 자도 없었다. 있다고 해도 두려워할 번풍이 아니었지만, 쓸데없이 힘을 빼고 피를 보는 것보다 지금처럼 고요한 게 훨

씬 좋았다.

"나는 저것을 허물고 그 위에 나의 침전(寢殿)을 세울 것이다. 그리고 그 안에서 열 명의 첩을 거느리고 살겠다."

번풍이 희미하게 웃으며 그렇게 말하고 동의를 구하듯 주위를 두리번거렸다. 하지만 늘 빈정거리그 쏘아대던 막고성도, 호두개도 없었다.

'그렇지, 그놈들은 죽었지.'

눈앞에서 왕백심의 검에 찔려 죽었다.

번풍은 문득 가슴이 싸늘해지는 걸 느꼈다. 시시하게 죽어간 고향친구 곽구(郭九)의 소식을 들었을 때도 이런 느낌이었다는 것을 기억했다.

세상에 오직 한 명 남았을 뿐인 그 불알친구는 두위의 칼에 맞아 죽었다. 돈 몇 푼에 팔려서 강서성(江西省) 의황현(宜黃縣)까지 가 서문룡(徐紋龍)의 서가장(徐家莊)에 고용되더니, 며칠 지나지 않아 양가장(楊家莊)에 고용되어 온 두위의 칼에 맞아 죽었던 것이다.

이름을 남기지도 못했고, 대를 이어갈 자식도 남기지 못했다. 손에 쥐었던 은자 몇 푼도 저승으로 가져가지 못했다.

'어리석은 놈.'

번풍은 혀를 차면서 그런 곽구를 다시 못마땅해했다. 자신을 따르라고 했더니 눈앞의 굶주림과 외로움을 참지 못하고 뛰쳐나가서 그렇게 돼져 버렸다는 서운함 때문이었다.

'두위……'

번풍의 얄팍한 입술에 한줄기 따뜻한 웃음이 스쳐 갔다.

생각해 보면 참 엉뚱한 인연으로 맺어진 놈이었다. 처음에는 곽구의 복수를 해주기 위해서 만났다. 그리고 졌다. 다음에는 사지(死地)에 떨어졌다가 생각지도 않았던 그놈에게 구해져 목숨을 빚지게 되었다. 그리고 몇 번 그가 청풍채로 찾아왔다. 넉살이 좋은 놈이었다.

만났을 때마다 으르렁거리고 다퉜다. 두위의 거침없는 빈정거림과 당당함이 못마땅해서였다. 그렇게 싸우면서도 끝내 칼을 들이밀지는 못했다. 그건 두위 또한 마찬가지였다.

번풍은 어느새 자신의 가슴속에 그에 대한 미움과 우정이 함께 생겨버렸다는 걸 느꼈다.

미우면서 한편으로는 보고 싶어지고, 죽이고 싶다가도 그가 곤경에 처해 있다는 말을 들으면 멍청한 놈이라고 욕하면서 달려가 도와줘야만 했다.

그 야릇한 감정은 지금도 마찬가지였다.

두위를 생각하면 미움이 솟구쳤지만, 그 속에는 또한 따뜻한 그리움도 깃들어 있었다. 그동안의 만남으로 인해서 자신도 모르게 동료애를 느꼈기 때문일 것이다.

'그놈의 묘한 매력에 빠졌던 거다.'

번풍은 그렇게 자신의 생각을 정정했다.

되짚어보면 두위에게는 확실히 묘한 매력이 있었다. 거칠고 투박하며 때로는 멍청할 만큼 단순한 놈이라고 여겨졌다. 그러나 그 이면에는 사람들을 깜짝 놀라게 할 만큼 지나치게 교활한 면도 함께 가지고 있었다.

묘한 놈이었다.

번풍은 그게 바로 두위의 매력이라는 것을 깨달았다. 그러자 그놈도 이곳에 와 있을까? 하는 궁금증이 불길처럼 일었다.

만약 와 있다면 무존을 만나기 위해서일 것이다. 그놈이 진흙탕 같은 이런 싸움에 발을 담글 리 없었기 때문이다.

오직 무존에게 복수하는 것을 최대의 목표로 삼고 있는 멍청한 놈. 그것이 또한 번풍이 두위에 대해서 알고 있는 바이기도 했다.

"어디라고 했느냐?"

문득 상념에서 깨어난 번풍이 그렇게 물었다. 뒤에 시립하고 서 있던 수하들 중 천인색혈(千人索血) 공두요(孔斗繞)라는 자가 나서서 조심스럽게 말했다.

"왼쪽으로 두 마장쯤 떨어진 곳에 죽림이 있고, 그곳을 지나면 도화림(桃花林)이 나오는데 거기가 대무광의 거처라고 했습니다."

"그래?"

턱을 끄덕인 번풍이 왼쪽의 짙은 어둠을 바라보았다. 이쪽에서는 잘 보이지 않았다.

                    *   *   *

파웃—!

차가운 빛마저도 감춘 검인(劍刃)이 어둠을 찢었다.

"헉—!"

다급한 신음이 그 어둠 속에서 흘러나왔다. 그리고 흑무(黑霧) 한 덩어리가 바람에 쓸리듯 흩어졌다. 점점이 검붉은 선혈이 뿌려져 어둠을 적셨다.

눈 깜짝할 동안의 흔들림 뒤에 귀기(鬼氣)와 음산한 침묵이 다시 밀려들었다.

보이는 건 아무것도 없었다.

뻗어 나왔던 검도, 흔들리던 흑무도 처음부터 존재하지 않았던 것처럼 사라졌다.

쐐아아아―

독 오른 뱀이 풀숲을 헤치고 빠르게 나아가는 것처럼 바람이 흔들렸다. 그리고 희게 덮여 있는 창백한 눈 위에 점점이 혈화(血花)를 뿌리며 한줄기 흔적이 뻗어 나갔다.

피 냄새를 실은 바람이 희게 변해 버린 자작나무 둥치를 스쳐 지나갈 때였다.

쉬잇―!

그것을 끊는 쇳소리가 사방에서 들려왔다. 나무껍질들이 일제히 벗겨지고 있다는 착각이 들었다. 그 속에서 불쑥 튀어나온 네 개의 창백한 검인(劍刃)이 허공을 끊고 베어냈다.

"욱―!"

다시 짧고 격한 신음 소리가 흘렀다. 그리고 조금 전보다 더 많은 선혈이 허공에서 뚝뚝 떨어졌다.

안개가 옷을 벗었다.

그렇게 여겨질 수밖에 없는 갑작스러움으로 그가 모습을 드러내고 말았다. 몸에 달라붙는 흑의에 얼굴빛마저 검은 깡마른 자였다. 아직도 다 벗겨지지 않은 검은 기운이 은은히 몸을 감싸고 있어서 형체가 흐릿해 보였다.

그는 피를 흘리고 있었다. 깊은 검상(劍傷)이 대여섯 군데나 나 있어서 언뜻언뜻 붉은 속살 사이로 허연 뼈가 드러나 보였다.

"과연 허명이 아니었다."

한 겹 안개를 두른 흑의인이 악문 이 사이로 스산하게 말했다. 돌을
비벼대듯 건조하게 갈라져 나오는 음성이었다.

스스스슷—!

그를 에워싸고 빠르게 움직이던 바람이 뚝 멈추었다. 그리고 검을
등 뒤로 감추고 있는 네 명의 사내들이 모습을 드러냈다. 역시 검은 옷
을 입었고, 얼굴마저 검은 두건으로 가려서 두 눈만 번쩍이는 어둠의
화신 같은 사내들이었다.

세상이 흑천의 살수라고 불러주는 사신(死神)들. 그들이 끝내 한 올
의 감정도 드러내지 않는 눈으로 비틀거리고 있는 안개인간을 노려보
았다.

사령천(邪靈天)의 수호자라는 사령(邪靈)들 중 한 명이다.

흑사대제 구양적이 손수 키워낸 그들은 네 명이었으나 지난 여름 흑
호장에서 두위에게 한 명을 잃고 세 명이 남았다. 그들 중 한 명이 지
금 흑천의 살수들 앞에서 죽어가고 있었다.

삼사령(三邪靈)을 두르고 있는 안개가 점점 엷어져 갔다. 그의 기력
이 급격히 떨어지고 있다는 증거였다.

"흐흐흐……"

죽어가는 자의 입에서 음산한 괴소가 낮게 흘러나왔다. 그를 에워싸
고 있던 네 명의 살수들이 빠르게 눈짓을 교환했다. 무언가 불길한 느
낌이 갑자기 밀려들었던 것이다.

"나는 이곳에서 죽는다. 하지만 원통하지 않다. 네놈들을 지옥까지

동무 삼아 갈 테니까 말이다."

안개는 완전히 벗겨졌고, 해골처럼 깡마르고 흉악한 몰골을 드러낸 삼사령이 핏빛으로 번들거리는 눈을 부릅뜬 채 주문을 외듯 중얼거렸다.

이곳까지 오는 동안 야수처럼 흑천의 살수 일곱 명을 찢어 죽인 자였다. 네 명의 흑의인들은 내심 이를 갈았다. 여태까지 한 놈을 잡기 위해서 그처럼 많은 동료를 잃어본 적이 없었던 것이다.

겨우 이곳에서 잡았는데, 갈기갈기 찢어서 나뭇가지에 걸어놓아 분풀이를 하려는 순간에 밀려드는 이 불길함은 뭐란 말인가?

눈짓을 나눈 네 명의 살수들이 일제히 몸을 날렸다. 그들의 그림자가 꺼지듯 사라지더니 삼사령의 몸 위로 내리꽂혔다.

창백한 빛마저 감춘 네 자루의 검이 낙뢰처럼 뻗어 나갔다. 그리고 삼사령의 몸이 사시나무처럼 마구 떨리기 시작했다.

우우웅―!

주위의 기류가 음산하게 울며 소용돌이쳤다.

네 명의 살수들은 눈앞에서 지옥의 문이 활짝 열리는 것을 보았다. 이제는 비껴갈 수도 없다.

푹―!

네 자루의 검이 동시에 삼사령의 몸을 꿰뚫었다. 그리고 기다렸다는 듯 그것이 엄청난 폭발을 일으켰다.

꽝―!

삼사령은 그 자체가 커다란 폭약덩어리였는지도 모른다. 몸이 일시에 터지며 수천, 수만 조각의 살점과 뼛조각들이 하늘과 땅을 가득 덮고 쏟아져 나갔다.

그의 몸에 검을 박아 넣고 있던 네 명의 흑의인들은 벌집으로 화해 버리고 말았다. 머리부터 발끝까지. 온몸에 셀 수도 없을 만큼 수많은 구멍이 뚫린 채 무너져 내렸다.

"지독한 놈이다!"

멀리서 경악에 찬 고함 소리가 들려왔다.

한줄기 돌풍처럼 쏘아져 온 사내가 그 처참한 죽음 한복판에 우뚝 섰다. 삼사령이 있던 자리다. 하지만 지금 그곳에는 아무것도 없었다.

삼사령은 모래처럼 부서져 존재의 흔적마저 남기지 않고 사라져 버린 것이다.

팽호의 얼굴에 가득한 경악은 쉽게 가시지 않았다.

"파천멸폭(破天滅爆)이라고 해요."

뒤에서 그늘진 음성이 낮게 말해 주었다.

그것은 흑사대제만이 가지고 있는 저주였다. 최후의 순간에 자신의 몸을 터뜨려서 방원 십장 안에 있는 모든 생명체를 한꺼번에 죽음으로 끌고 가는 악랄한 수법인 것이다.

돌아보는 팽호의 눈앞에 규화가 서 있었다. 치렁한 흑발이, 검은 치맛자락이 아직도 남아 있는 음사(陰邪)한 기류의 요동을 타고 물결처럼 출렁였다.

"당신은 귀신 같군."

팽호의 눈 속에 또 다른 놀라움이 깃들었다. 규화가 이처럼 기척없이 다가와 있을 줄 몰랐기 때문이다. 팽호는 비로소 규화 역시 그 깊이를 짐작할 수 없는 고수라는 것을 확인했다.

그녀는 여태까지 한 번도 자신의 본래 모습을 드러내 보인 적이 없었다. 다만 모두들 어쩌면 그럴지도 모른다고 짐작하고 있었을 뿐이다. 그런데 그런 규화가 지금은 더 이상 자신을 감추지 못할 만큼 다급해하고 있었다.

"어서 가요."

규화가 팽호의 옷자락을 끌었다. 하지만 팽호는 서두르지 않았다.

"나와는 상관없는 일이오."

"당신은 여기까지 와서 돌아서겠다는 건가요? 여태까지 나누었던 정리와 노력이 아깝지 않나요?"

규화의 얼굴에 은은한 노여움과 간절함이 깃들었다.

차가운 눈길로 그녀를 뚫어지게 바라보던 팽호가 눈앞에 우뚝 솟아 하늘과 맞닿아 있는 영취봉을 가리켰다.

"나는 더 늦기 전에 저곳에 가야 하오. 바로 오늘 같은 날이 오기를 기다리며 지난 십여 년을 죽은 듯 살아왔소."

"알아요, 당신이 사부의 복수를 하고 귀문을 다시 일으키려 한다는 걸."

"그럼 어서 가보시오."

더 말하지 않고 돌아서는 팽호의 옷자락을 규화가 다시 붙잡았다.

"당신이 있어야 해요. 시간이 없어요."

"……."

"두위를 생각하세요. 그가 기뻐할 거예요. 당신께 신세를 졌다고 여길 거예요."

그녀의 음성은 더할 수 없이 간절했다. 발을 구르며 어쩔 줄 몰라 했다. 그러나 팽호는 움직이지 않았다.

지금 규화의 마음속에는 풍 노인에 대한 염려로 가득했다. 동건유가 심한 부상을 입었다는 소식을 들었을 때부터였다.

풍 노인 곁에는 흑천의 살수 스무 명이 있었다. 나머지는 동건유를 따라 군웅성에 들어갔다가 모두 죽고 대여섯 명이 빠져나왔을 뿐인데, 심한 부상을 입고 있었으므로 더 싸울 수 없었다.

그러므로 성한 자는 풍 노인을 지키고 있던 스무 명이 전부다. 그런데 그 중 열한 명이 삼사령에 의해 죽었다. 흑천의 살수들 중 풍 노인을 지켜줄 사람은 이제 열 명도 채 남지 않은 것이다.

그곳에는 장가구와 장 노대, 양사명이 있었고, 이제는 절정의 고수들로 변한 귀역의 무리 서른 명도 함께 있었다. 하지만 그들은 나머지 두 명의 사령들을 잡을 수 없다. 그자들이 지금처럼 은밀히 움직인다면 장 노대 등은 그저 멍청히 서 있을 수밖에 없기 때문이다.

결국 그 귀신같은 자들을 상대해야 할 사람은 역시 귀신같이 되어 있는 흑천의 살수들밖에 없었다. 그러나 열 명도 채 되지 않는 그들로는 두 명의 사령을 막을 수 없다.

더욱이 눈앞에서 파천멸폭의 악랄한 수단을 펼치는 삼사령을 보았다. 나머지 두 놈도 이와 같은 수법을 펼친다면 누구도 살아남지 못할 것이다.

"좋아요!"

꿈쩍도 하지 않는 팽호를 노려보던 규화가 빽, 소리쳤다. 더 머뭇거리고 있을 시간이 없었다.

"나 혼자서 가겠어요! 가서 파천멸폭을 몸으로 막겠어요! 당신은 군웅성에 들어가서 두위를 만나거든 말해 줘요! 규화가 풍 노인의 은혜를 갚기 위해 죽었다고. 사령들의 파천멸폭에 당해 형체마저 남기지 못했으니 좋은 사람 만나 잘 먹고 잘살라고!"

단숨에 악을 쓰듯 말하고 난 규화가 더 이상 팽호에게 매달리지 않고 급히 몸을 날렸다. 그녀의 신형이 눈 깜짝할 사이에 어둠에 묻혀 버렸다.

*　　　　*　　　　*

폭 넓은 승포에 몸을 가리고, 방갓을 눌러쓴 비구니(比丘尼) 한 사람이 눈 덮인 벌판을 허위허위 걸어가고 있었다.

조금 전까지도 함박눈을 퍼부으며 잔뜩 흐렸던 하늘이 조금씩 걷혀 갔다. 무릎 어림까지 푹푹 빠져드는 설원(雪原)을 힘겹게 걸어가던 비구니가 문득 방갓을 들어 올리고 저 먼 하늘 끝을 바라보았다.

막 구름을 살짝 빠져나온 달빛이 휘영청 밝았다.

장인이 정성스럽게 깎아놓은 조각인 듯 단정하고 아름다운 비구니였다.

눈가의 잔주름마저도 흠이 되지 못하고 장식처럼 돋보이는 얼굴.

보살의 현신인 듯, 세월을 멈추게 한 꽃다운 얼굴의 그녀는 유옥령(劉玉鈴)이었다.

한때 소상검(素霜劍)으로 불리며 천하를 오시하던 초인이었고, 군웅성에서 수라부(修羅府)의 부주로 위명을 떨치기도 했던 그녀.

그녀가 지금은 초라한 행색의 비구니가 되어 적막한 설원에 우뚝 서 있었다. 보검 대신 빛 바랜 목탁을 소중히 품에 안고 목에는 한 알 한

알마다 마음속의 번뇌와 애증을 새겨 담은 백팔 염주를 걸었다.

그녀의 눈은 저 먼 하늘가에 우뚝 솟아 있는 영취봉을 바라보고 있었다. 멀리서 새벽이 다가오고 있는 새벽빛을 받아 아득한 하늘 깊이 뿌옇게 드러나 보이는 낯익은 봉우리였다.

그곳이 지금 혈풍에 잠기고 있다는 것을 알았다. 무존이 내력을 잃은 채 유폐되었다는 소식을 들은 지는 오래전이다.

충직했던 수하들, 수라부의 낯익은 젊은 고수들은 어찌 되었을까.

함께 강호를 말 달리던 그 많은 초인들은 다 어떻게 되었을까.

나의 젊음과 열정을 바쳐 쌓아올렸던 그 성이 무너진다면?

그런 생각들이 그녀의 마음을 도려냈다.

저물녘부터 쉴 새 없이 주먹만한 눈송이를 퍼부어대던 하늘은 바람 한 점 없이 고요했다. 어둡게 그것을 가렸던 검은 구름들이 뭉치고 흩어지기를 거듭하며 빠르게 흘러갔다.

구름장이 흩어질 때마다 기울어가는 흰 달이 창백하도록 깨끗한 모습을 드러냈고, 그 빛을 받은 세상이 은은하게 반짝이며 빛났다.

"아미타불……."

유옥령이 흰 눈에 덮인 세상의 한가운데에서, 저 멀리 보이는 영취봉을 향하여 합장하고 불호를 외웠다.

바랄 수 있는 것은 부처님의 자비이고, 기원할 수 있는 것은 역시 부처님의 대자대비일 뿐 이제 그녀가 할 수 있는 것은 없었다.

그녀의 창백한 볼을 타고 뜨거운 눈물이 흘러내렸다.

무존의 근엄한 중에 인자한 얼굴이 스쳐 지나갔고, 장조상의 불타는 듯한 눈빛이 떠올랐다.

애정의 끈을 그처럼 집요하게 붙잡고 몸부림치던 그는 죽었다.

그것이 자기 때문이라는 자책감이 유옥령을 다시 괴롭혔다.

"아미타불……."

장조상은 불쌍한 희생자였다. 유옥령은 그것이 자기 때문이라는 죄책감에서 자유로울 수 없었다.

그는 매영영(梅榮影)에게 깊이 빠져 있었다. 그래서 그는 그녀에게 모든 것을 내주었다.

그 철혈의 사내가 그처럼 쉽게 한 여자에게 마음을 빼앗긴 것은 유옥령 때문이었다. 그녀에게서 받은 실연의 쓰라림을 그렇게 잊으려 했던 것이고, 가슴속에 들끓는 분노를 그렇게 달래려 했던 것이다.

그리고 그 여자의 손에 의해 죽었다.

유옥령이 매영영의 본색에 대해서 알게 된 것은 얼마 전이었다. 그것은 두위의 품에서 나온 한 장의 봉서 때문이었다.

몇 년 전, 두위가 운남에서 돌아왔을 때다.

그녀는 그 겨울에 귀역을 토벌하기 위해 수라부의 수하들을 이끌고 군웅성에서 나왔었다. 그리고 텅 비어버린 귀역에서 두위와 장 노대, 양사명을 만났다.

유옥령은 그때 자신의 일장을 등에 맞고 달아나던 두위의 모습을 지금도 잊지 않고 있었다. 사납고 모질기가 야차 같은 자였다.

"대자대비…… 나무관세음보살……."

문득 그때의 일을 떠올린 유옥령이 손을 더욱 굳게 합장하고 관세음보살을 외웠다. 그녀의 손이 그 음성처럼 가늘게 떨리고 있었다.

생각해 보면 두위 때문에 모든 것을 잃었다. 명예도, 사랑도, 미래에 대한 꿈도 모두 잃었다. 그날 그를 죽이지 못했기 때문이다.

청옥장(青玉掌)을 등에 맞고도 그는 죽지 않았다. 다만 품에서 봉서가 떨어진 것도 모르고 정신없이 달아났을 뿐이다. 그리고 얼마 후에는 그녀를 위협하는 존재가 되어서 다시 나타났다.

유옥령은 그런 두위에 대한 미움과 증오가 새삼 솟구쳐 몸을 떨었다. 이제는 다 부질없는 일이었지만, 그래도 그때의 수치심을 잊을 수는 없었다.

그녀는 봉서를 뜯어보았다. 그것은 풍해산이 두위를 운남으로 보내면서 위급한 지경에 처했을 때 뜯어보라는 말과 함께 건네준 봉서였다.

〈매영영을 찾아가라. 한 번은 구해줄 것이다.〉

봉서에는 그 한 구절이 암호처럼 적혀 있었다.

유옥령은 그게 무슨 의미인지 알지 못했다. 당시 그녀는 매영영이 누구인지, 풍해산이 왜 두위에게 그녀를 찾아가라고 한 것인지 알 수 없었던 것이다. 그러므로 그 봉서 한 장은 그녀에게도 역시 필요없는 물건에 지나지 않았다.

그녀는 곧 그것을 잊었다. 그러나 얼마 전 다시 기억 속에서 끄집어냈다. 그럴 수밖에 없었다. 장조상의 소식을 들었기 때문이다.

"그놈은 그새 마음이 변했더군. 대영영이라던가? 천하절색의 미인에게 푹 빠져 있다더라. 그러니 미안해할 것 없다. 어차피 속세의 인연을 끊기로 했으니 이제는 마음 편하게 부처님만 의지해라."

동건유의 손에서 자신을 구해내 삭발시켜 주고 승복을 입게 한 노화
상 일운(一雲)의 말이 그녀의 마음에 불을 질렀다.

그는 석 달 가까이나 암자를 비우고 어딘가에 다녀왔는데, 다녀와서
는 다짜고짜 묻지도 않은 말을 꺼냈던 것이다.

평소 유옥령이 장조상에 대해서 일말의 동정심과 안타까움과 미안
한 마음을 지니고 있다는 걸 잘 알고 있었기에 꺼낸 말일 것이다.

화상은 유옥령을 위로하기 위해 꺼낸 말이었지만 그것은 그녀를 더
할 수 없이 놀라게 했다.

"매영영이라, 매영영……."

낯선 이름이 아니었다.

유옥령은 한동안 어디에서 그 이름을 들었던가? 하고 생각한 끝에
두위가 떨어뜨리고 갔던 그 봉서를 생각해 냈다.

갑자기 온몸에 소름이 돋았다. 비로소 매영영의 정체에 대하여 알게
된 것이다.

그녀는 장조상의 애인이면서 동시에 풍해산이 그의 곁에 심어둔 첩
자였다. 그러므로 풍해산이 두위에게 위급한 순간에 그녀를 찾아가라
고 했던 것은 결국 장조상을 이용하라는 말이기도 했다. 그는 매영영
에게 푹 빠져 있으니 그녀의 부탁을 거절하지 못할 것이기 때문이다.

'그렇다면 장조상이 위험하다!'

그에 대한 염려로 마음이 불같이 달아올랐다.

한때는 오라비처럼 의지하고 따랐던 사람이다. 유옥령은 장조상이

오직 자기만을 사랑하여 모든 것을 거기에 걸었던 사람이라는 것을 잊지 않았다.

그는 초인으로서의 명예마저도 다 버리고 무존을 배신하여 군웅성을 떠났다. 사랑에 대한 배신감이 그를 그렇게 한 것이다.

'그가 죽는다면 나에게도 책임이 있다.'

그 생각이 유옥령을 더 이상 부처님 앞에 앉아 있지 못하게 했다. 그녀는 일운 노승의 손을 뿌리치고 도망치듯 유운암에서 나왔다.

"기다려라, 이것아! 너 혼자서 뭘 어쩌겠다는 거냐!"

날듯이 달려가는 그녀의 뒤에서 일운 화상이 소리치며 따라왔다.

서호(西湖)의 청봉장(靑鳳莊)이 내려다보이는 북쪽 언덕에 이르렀을 때는 이미 늦어서 불길과 비명이 하늘 높이 치솟고 있었다.

그곳은 장조상의 비문(秘門)이 숨어 있는 곳이다. 장조상은 많은 날을 그곳에 은신한 채 움직이지 않았다.

비문의 정보력을 한껏 활용하여 세상의 움직임을 읽으면서 때를 기다리고 있었던 것이다. 하지만 천하의 모든 것을 알고 있던 그도 자기 곁에 있는 한 명의 첩자에 대해서는 까맣게 몰랐다.

넋을 잃고 있는 유옥령 곁에서 헛기침만 하고 서 있던 일운 화상이 타이르듯 말했다.

"저 아비규환의 지옥은 더 이상 네가 있던 곳이 아니다. 너는 이미 부처님의 청정계(淸靜界)에 들었으니 중생들의 업보에 더 상관할 필요 없다. 암자로 돌아가자."

그러나 유옥령은 걸음을 떼어놓을 수 없었다. 그곳에서 장학우를 본 때문이다.

비문을 멸하고 있는 자들은 장학우가 이끌고 있는 호금위(護禁衛)의 고수들이었다.

그들은 마치 잔혹한 살수들로 화하기라도 한 것 같았다. 죽이고 또 죽이는 일에 조금의 망설임도 없었다.

유옥령은 장학우를 보았고, 군웅성 내에서도 좀체 볼 수가 없었던 호금위의 세 위장 중 두 명을 보았다. 정호금위장(正護禁衛將)인 태악천검(太岳天劍) 철위영(鐵尉煐)과 좌호금위장(左護禁衛將)인 만승극(萬勝戟) 당교엽(唐喬燁)이었다.

그녀는 절망했다. 철위영과 당교엽은 군웅성 내에서도 손에 꼽히는 고수들이고, 초인들 중에서도 초인으로 불리는 자들이었다.

그들이 이곳에 왔다는 건 장학우가 장조상을 얼마나 미워했던 건지를 짐작하게 해주었다.

장학우는 군웅성이 오늘날 이처럼 몰락하게 된 원흉으로 장조상을 꼽고 있었다.

질투에 눈이 먼 장조상이 암계를 써서 무존 대무광을 묘독(猫毒)에 중독되게 했기 때문이고, 한낱 계집에게 홀려서 군웅성을 배신하고 나갔기 때문이다.

그때 빠져나간 초인들이 거의 반이나 되었다. 그 후로 군웅성은 걷잡을 수 없이 흔들렸다.

그런 원한 때문에 장학우에게는 한 점의 자비심도 남아 있지 않았다. 그는 오직 장조상과 그의 심복 세력을 토벌할 뿐이다.

'그런데 저 풍진광선 장 노인이 어떻게 이곳을 알았을까?'

유옥령에게 그런 의문이 불쑥 일었다.

자신을 제외하고 청봉장이 비문이라는 것을 아는 사람은 아무도 없다고 믿었기 때문이다.

"언제라도 나의 도움이 필요해지면 그곳으로 찾아와라."

그녀를 포기하고 떠나면서 장조상은 그렇게 말했었다. 증오하고 미워하면서도 아직 마음 깊은 곳에 미련을 남겨두고 있었던 것이다.

장조상은 생긴 것과는 어울리지 않게 섬세하고 조심성이 많은 사람이었다.

유옥령은 그런 그가 함부로 다른 사람에게 자신의 거처를 발설했을 리가 없다고 믿었다. 그렇다면 매영영일 것이다. 그 앙큼한 것이 장학우를 끌어들인 게 틀림없었다.

그녀가 생각에 잠겨 있을 때, 언덕 아래에서 벌어지고 있는 일방적인 도살을 바라보던 일운 화상이 눈살을 찌푸렸다.

"장학우 저놈은 겉만 도사지 속은 야차나 다름없다. 도대체 저놈은 나이를 처먹은 지금이나, 새파랗게 젊었을 때나 웃으며 뒤통수치고, 주둥아리 나불거리며 등을 쑤셔대는 고약한 심보는 변함이 없다. 정말 싫은 놈이야. 정말 무서운 놈이기도 하고."

번쩍 정신을 차린 유옥령이 놀란 얼굴로 화상을 돌아보았다.

그가 풍진광선 장학우를 잘 아는 듯했기 때문이기도 했지만, 장학우 같은 절대자를 두고 함부로 말하는 데에 놀랐던 것이다.

지금의 무림에서 장학우에 필적할 만한 초절정고수라고는 다섯 명도 채 되지 않을 것이다.

그녀는 아직도 곁에 있는 노화상의 정체를 알지 못하고 있었다. 다만 그가 전대의 고수이자 기인이라는 것만 짐작할 뿐이다.

"사부님은 대체 누구신가요?"

그녀가 물었다. 일운은 웃기만 했다.

"이것아, 살아 있는 부처님이라고 몇 번이나 얘기해 줬느냐. 그새 또 잊어버렸으니 너도 참……."

노화상이 불쌍하다는 얼굴로 혀만 찼다.

유옥령은 죽음의 문턱에서 일운에게 구해진 후 그를 불법(佛法)의 스승으로 삼고 불가에 귀의했다.

'하긴, 속세에서의 신분 따위가 이제 다 무슨 소용이랴.'

문득 허탈한 생각도 들었지만 그것은 조급함으로 다시 바뀌었다.

장학우가 두 명의 위장을 거느리고 직접 왔으니 장조상은 몸에 날개가 있다고 해도 살아서 달아날 수 없을 것이다.

이렇게 구경만 하고 있을 수는 없다고 여긴 그녀가 구르듯 언덕을 달려 내려가 장학우 앞에 섰다.

"어? 유매 아닌가?"

장학우가 놀란 눈을 부릅뜨고 그녀를 보고 또 보았다. 철위영과 당교엽도 믿어지지 않는다는 듯 그녀에게서 눈을 떼지 못했다.

소상검 유옥령을 조금이라도 아는 사람이라면 그녀가 이처럼 낡은 승포를 걸치고 머리를 박박 밀어버렸다는 것을 믿을 수 없는 게 당연했다.

유옥령은 넋이 빠질 만큼 놀라 할 말을 잊고 있는 그들에게 당당하게 요구했다.

"장조상을 죽이지 마세요. 그를 저에게 주세요."

장학우가 눈살을 찌푸렸다. 비로소 그녀가 이 참극의 현장에 불쑥 찾아온 이유를 알았기 때문이다.

"너는 늦었다."

"벌써 죽었단 말인가요?"

유옥령이 파랗게 질린 얼굴로 소리쳤다. 장학우가 가볍게 탄식했다.

"믿었던 계집에게 목숨을 바쳤으니 그로서는 한스럽겠지."

"아─!"

유옥령이 제 이마를 짚고 휘청거렸다. 매영영의 정체를 조금만 더 일찍 알았더라면, 하는 안타까움이 그녀의 눈시울을 젖게 했다.

"아미타불, 아미타불……."

그녀가 떨리는 음성으로 불호를 외웠다. 그러나 마음의 아픔과 죄책감이 다 사라지지는 않았다.

이제는 분명해졌다. 매영영이 결정적인 순간에 장조상을 배신하고 그의 목숨을 빼앗은 것이다. 그것으로도 부족해 장학우를 끌어들여 비문을 아예 멸문시켰다.

유옥령은 그녀의 모질고 악착같은 심성에 몸서리를 쳤다.

"그녀는, 그녀는 어디 있죠?"

"허, 네가 그 독한 년을 알고 있었더냐?"

장학우가 눈을 부릅떴다.

"죽였나요?"

"생각 중이다. 공이 있으니 죽이기가 좀 그렇고, 살려두자니 소행이 괘씸한 데다가 후환이 있을까 염려스럽고……."

장학우가 머리를 갸웃거렸다. 그의 늙은 얼굴을 물끄러미 바라보던 유옥령이 탄식을 했다.

"장 노사께서도 변하셨군요."

"허허, 세상이 이처럼 어지러워져서 정신을 바짝 차리지 않으면 언제 누구의 손에 죽을지 알 수 없게 되지 않았느냐. 그러니 조심스러워질 수밖에."

웃음으로 얼버무린 장학우가 매영영을 데려오도록 명하자 호금위의 무사 두 명이 매영영을 끌고 와 무릎을 꿇렸다.

멍하니 바라보는 그 얼굴에서, 눈빛에서 묘한 매력이 풍겨 나오는 여인이었다. 땀과 피와 흙으로 더럽혀진 옷이었고 얼굴이었지만 그녀의 빼어난 미모를 감추지는 못했다.

어지럽게 얼굴에 달라붙어 있는 머리카락을 쓸어 넘기는 손목이 눈처럼 희었다.

그런 매영영을 바라보는 유옥령의 얼굴에 갈등이 물결치듯 했다.

"네가 정말 장 문주를 죽였느냐?"

유옥령의 음성이 날카로워졌다.

그녀를 올려다보는 매영영의 얼굴에는 표정이 없었다. 어찌 보면 넋이 나가 있는 것 같기도 했고, 어찌 보면 원래 바보스러웠던 것도 같았다. 또 어찌 보면 사심이라고는 알지 못하는 천진스런 아이의 얼굴이기도 했다.

매영영이 멍하니 유옥령을 바라보다가 배시시 웃었다. 그 소리없는 웃음이 끔찍한 느낌을 가져다 주어서 유옥령은 부르르 몸을 떨고 한 걸음 물러섰다.

"부모님의 원수를 갚았을 뿐이랍니다. 그러니 이제는 한이 없어요."

매영영이 들릴 듯 말 듯 낮은 음성으로 말했다. 건조한 음성이었다.

"원수라고? 네 부모가 누구이기에 장 문주에게 해를 입었단 말이냐?"

"악양 뇌음문의 매송정이라면 아시겠어요?"

"뇌음문!"

유옥령이 다시 흠칫 놀라 어깨를 움츠렸다.

악양의 뇌음문(雷音門)이라면 강남 무림에서 제법 세력을 뻗치고 있던 문파였다.

뇌정팔검(雷精八劍) 매송정(梅松叕)의 검법은 강남의 일절로 꼽힐 만큼 자자한 명성을 누리고 있었는데, 그는 부러질지언정 굽히지 않는 성격으로도 유명했다.

당시 대무광이 강호 정벌에 나섰을 때 매송정은 불같이 노하여 그를 욕했다. 내가 있는 한 한 걸음도 강남땅에 발을 들이지 못할 것이라고 소리치며 검을 빼 들었던 것이다.

강남 무림에서 그가 대무광의 뜻에 반대하여 일어서자 기다렸다는 듯 많은 무림 명가, 명숙들이 매송정을 지지했다.

그들이 하나로 뭉쳐 거대한 세력을 형성할 기미가 엿보였다. 대무광으로서는 처음 맞게 되는 시련이었다. 그것을 극복하지 못한다면 질풍처럼 강북 무림을 휩쓸어왔던 지난 몇 년간의 위업마저 수포로 돌아갈 것이었다.

크게 노한 대무광은 뇌음문의 멸문을 명했다.

스무 명의 초인들이 그 일에 나섰다. 장학우가 그들을 통솔했고, 장조상이 다섯 명의 초인들과 함께 선봉에 섰다.

말 위에서 먹고 자며 질풍이 쇄도하듯 이틀 사이에 천 리를 달려 내려온 그들 앞에서 뇌음문은 허망하다고 해야 할 만큼 무기력하게 무너졌다.

선봉에 선 다섯 명의 초인들은 뇌음문의 문을 박차고 뛰어들어 곧장 매송정에게로 달려갔다.

수많은 문도들을 대나무 쪼개듯 가르고 나간 그들의 번개 같은 내습 앞에 당황하던 매송정은 마침내 장조상의 손에 의해 처참하게 죽고 말았다.

그리고 나머지 일은 열다섯 명의 초인들을 이끌고 온 장학우에 의해 마무리 지어졌다. 이십 년 전의 일이었다.

강남 무림에 우뚝 섰던 뇌음문이 그렇게 덧없이 사라져 버린 것이다. 그것을 본 자들은 모두 기가 꺾였고, 겁에 질렸다. 더 이상 대무광의 앞길을 가로막으려는 자들이 없어졌다.

"네가 정말 뇌정팔검 매송정의 여식이란 말이냐?"

그래도 믿어지지 않았던지, 아니, 믿고 싶지 않았던지 유옥령이 다시 물었다. 그녀도 그때의 일을 소상히 알고 있었던 것이다.

매영영이 다시 배시시 웃었다. 그 처연하고 싸늘한 웃음이 유옥령에게 두려움을 가져다 주었다.

눈살을 찌푸리고 있던 장학우가 나섰다.

"이 일을 어떻게 처리했으면 좋을지 네가 말해 보아라."

"저는, 저는……."

유옥령은 뭐라고 할 말이 없었다.

장조상의 덧없는 죽음이 안쓰럽기는 하지만 매영영의 입장에서 본다면 가문의 복수를 통쾌하게 해낸 것에 지나지 않았다.

이제 그녀의 마음속에는 매영영에 대한 미움보다 끊이지 않고 되풀이되는 은원의 굴레에 대한 두려움이 더 크게 자리 잡았다.

"저는 모르겠어요."

유옥령이 한숨과 함께 탄식하듯 말하고 물러섰다. 장학우의 입가에 한줄기 싸늘한 미소가 스쳐 지나갔다.

"너는 변했구나."

조금 전 그녀가 했던 말을 고스란히 되돌려 주었다.

군웅성에 있을 때의 소상검 유옥령이라면 두말 할 것도 없이 매영영의 가슴에 검을 찔러 넣었을 것이다. 그녀는 독하면서도 과단성있기가 여느 남자에 못지 않았다. 그러나 이제는 그렇지 않다는 걸 알 수 있었다. 그녀는 섬세하고 부드러운 여자의 본래 모습을 되찾아가고 있었던 것이다.

장학우는 그것이 무복을 입었을 때와 승복을 입었을 때의 차이인지도 모른다고 생각했다.

이제 유옥령은 한 사람의 뛰어난 여협이 아니라 평범한 비구니에 지나지 않았다. 그렇다면 이번 일에는 전혀 쓸모가 없는 존재에 불과했다.

"돌아가라. 이 일은 내가 알아서 처리하마."

노인이 단호하게 말했다. 유옥령의 얼굴에 처연한 기색이 떠올랐다. 그녀 또한 자기 자신의 변화에 대해서 깊이 자각한 것이다. 하지만 후회나 미련 따위는 없었다.

보검을 손에 들고 있을 때보다 지금처럼 목탁을 들고 있는 것이 훨

썬 마음 편하고 평화롭다. 유옥령은 자신도 모르는 사이에 속인의 탈을 벗어가고 있었던 것이다.

"어떻게 처리할 작정인데?"

문득 허공에 창노한 음성이 걸렸다. 생각지 못했던 일이라 유옥령은 물론 장학우도 크게 놀라 안색이 변했다.

"누구냐!"

장학우 곁에 있던 태악천검 철위영이 버럭 소리쳤다.

대전(大殿)의 용마루 위에 한 사람이 우뚝 서 있었는데, 잿빛 승포(僧袍) 자락이 바람에 펄럭였다. 일운 화상이었다.

화상이 던지듯 허공에 몸을 띄웠다. 나무토막처럼 떨어져야 당연한 일이었지만 화상의 몸은 떨어지지 않았다.

몸을 꼿꼿이 세운 노화상이 바람에 옷자락을 표표히 날리며 가랑잎처럼 가볍게, 천천히 허공을 더듬어 다가왔다.

"상천제!"

그 놀라운 경공신법을 본 철위영이 안색이 변해서 소리쳤다.

제운종(踏雲踪)이나 허공답보(虛空踏步)보다 오히려 뛰어난 것이 바로 지금 노화상이 보여주고 있는 상천제(上天梯)라는 절정의 경신법이었다.

"하상선, 정녕 당신이란 말이오?"

장학우가 침중해진 얼굴로 물었다. 유유히 허공을 접어 다가온 노화상이 유옥령 곁에 내려섰다. 티끌 하나 날리지 않는 가벼움이 마치 솜털 같았다.

"아직 그 이름을 잊지 않았으니 과분하군."

일운이 주름 가득한 얼굴에 희미한 웃음을 띠고 합장했다.

"나무 관세음보살, 그간 평안하셨는가?"

"허, 믿지 못할 일이군. 동악선인(東岳仙人) 하상선(河祥琁)이 아직도 살아 있었다니 말이오. 게다가 중이라니? 허!"

장학우가 거푸 탄성을 발했다. 부릅뜬 눈으로 이리저리 노화상을 뜯어보는 것이 믿을 수 없다는 기색이 역력했다.

그는 일마(一魔) 이괴(二怪) 삼비(三秘) 등과 어깨를 견줄 만큼 대단했던 선대의 고인(高人)이다. 한때 강호가 좁다 하고 휘젓고 다녔지만 누구도 그의 괴팍한 성정을 나무라지 못했다. 이미 절정의 신공을 지녀 절대자의 반열에 든 자였기 때문이다.

소림과 무당을 가리지 않고 들어가고 싶으면 들어갔고, 나오고 싶으면 나왔다. 아무도 그를 가로막지 못했다. 일마로 불리던 풍해산은 물론 음양쌍괴와 삼비들마저 그의 이름을 들으면 머리를 설레설레 흔들었다. 상대하고 싶지 않은 골칫덩어리였기 때문이다.

그러던 그가 강호를 떠난 건 대무광과 초인들이 일통강호를 부르짖으며 질풍노도처럼 대강남북을 휩쓸어갈 때였다.

대무광은 장학우를 보내 풍진광선 하상선에게 동참할 것을 청했다. 하지만 하상선은 일언지하에 거절했다. 그리고 곧 강호를 떠나 모습을 감추었다.

대무광의 뜻을 거절한 선대의 고인들이 그렇게 강호를 등지거나, 사마외도의 무리로 몰려 죽어갔던 바로 그 무렵이었다.

그런 하상선이 오늘 다시 이곳에 나타났다는 것이, 득도한 고승처럼 점잖은 꼴을 하고 있다는 것이 장학우를 어리둥절하게 했다.

하상선이 미움이 담긴 눈길로 그런 장학우를 흘겨보며 핀잔을 주듯 말했다.

"너희들의 꼴이 보기 싫어서 속세를 등졌다만 이번 한 번만은 간섭을 하지 않을 수 없겠다."

장학우가 한숨을 쉬고 공손히 포권했다.

"하 형이 나선다면 이 아우는 공손히 명을 따를 수밖에 도리가 있겠소?"

"허허, 풍진광선 장학우가 언제부터 이처럼 공손해졌는지 모르겠군."

비웃고 난 노화상이 불쑥 손을 내밀었다.

"그 아이를 내게 다오. 그럼 예전의 빚을 받은 걸로 해주마."

"정말이시오?"

장학우가 반색을 했다. 매영영에 대한 처리를 놓고 고심하고 있었는데 눈앞의 늙은 화상에게 줘버린다면 짐을 하나 덜 수 있다. 게다가 예전에 졌던 빚마저 그걸로 갚은 셈 치겠다니 더욱 반갑지 않을 수 없었다.

장학우는 젊은 시절 태산에 갔다가 그곳에서 당시 악명 높았던 구지신마 풍해산을 만났고, 그와의 싸움에서 패해 죽을 지경에까지 몰린 적이 있었다. 그때 불쑥 나타나 구지신마의 손에서 구해준 사람이 바로 눈앞의 노화상이었다.

"그럼 하 형의 명에 따르겠소."

그가 눈짓하여 수하들을 물리치고 매영영을 내놓자 화상이 냉큼 그녀의 손을 낚아챘다.

"히히, 저 음흉한 도사 놈을 따라가는 것보다 이 부처님을 따라가는 게 훨씬 나을 거다. 너도 전생에 부처님과 인연이 있었으니 축하할 일이다."

진귀한 물건을 얻은 아이처럼 좋아하던 화상이 장학우를 돌아보고 근엄한 얼굴이 되었다.

"그래도 인연이 있으니 한마디 충고를 해주지 않을 수 없지. 너는 부디 본연의 마음을 찾아서 이제라도 이 풍진 세상을 떠나 신선의 도를 닦는 일에 매진함이 옳을 것이다. 명리의 헛됨을 깨닫는다면 돌아서서 즉시 해탈을 얻지 못할 것도 없느니라."

"하 형의 가르쳐 주심을 깊이 마음에 새기겠습니다."

장학우가 진지한 얼굴이 되어 포권하고 허리를 숙여 노화상의 말을 받았다.

눈앞에 그의 그림자가 어른거린 것 같았는데, 매영영을 옆구리에 긴 화상의 모습이 벌써 담장을 훌쩍 뛰어넘어 사라지고 있었다.

"이것아, 언제까지 거기 그렇게 서 있을 거냐? 암자로 돌아가야지."

멀리서 유옥령을 부르는 음성이 은은히 들려왔다.

"아까운 일이다. 그는 오히려 예전보다 공력이 크게 좋아진 것 같으니 말이다. 그와 같은 사람이 우리를 도와준다면 일이 훨씬 수월해질 텐데……."

"사부님은 다시는 강호의 일에 나서지 않을 거예요."

"사부?"

유옥령의 말에 의아해서 바라보던 장학우가 그녀의 승복과 머리를 보고 웃었다.

"하하, 그렇지, 그래. 너는 불제자가 되었으니 또한 영영 강호에서는 떠날 작정이구나?"

"얻은 것은 끝없는 은원의 굴레이고, 내가 누린 작은 명성 속에는 음흉한 악귀가 숨어서 항상 피를 갈구했답니다. 그러니 돌이켜 보면 강호가 곧 지옥이었지요. 늘 싸우고 또 싸워왔을 뿐, 마음의 평화를 잃고 살았으니 공명이 다 무슨 소용인가요? 저 또한 사부님과 같이 이제 다시는 강호의 일에 관여치 않으렵니다. 아미타불······."

고개 숙이고 불호를 외는 그녀의 얼굴이 환하게 빛나는 것 같았다. 장학우가 아쉬운 얼굴로 떠나가는 그녀의 뒷모습을 오래도록 바라보았다.

"휴— 나는 과연 언제나 이 악연의 사슬을 끊을 수 있을까······. 이 나이가 되어서도 그녀보다 못하니 과연 헛살았다고 하지 않을 수 없구나."

그의 입에서 처연한 탄식이 흘러나왔다.

학살은 이미 멎어 있었다.

청봉장에 있던 비문의 문도들이 몇 명이나 되는지는 모른다. 하지만 그들은 한 명도 살아나지 못하고 몰살당해 버린 것이다.

장학우 곁으로 모여들고 있는 젊은 고수들의 얼굴에 아직 흥분과 살기가 남아 있었고, 그들의 옷과 검에는 마르지 않은 선혈이 선명하게 박혀 있었다.

그들을 돌아본 장학우가 다시 한 번 탄식하고 힘겹게 걸음을 떼어놓았다.

"가자, 군웅성이 적도들에게 유린당하기 전에 도착해야 한다."

*   *   *

"저건 이상한 놈들이잖아?"

경신법의 절기를 대성하여 특이한 경지에까지 오른 견후비서(犬嗅飛鼠) 당취(唐驟)가 콧구멍을 쑤시다 말고 불쑥 말했다.

"뭐가?"

"이놈이 또 자고 있었나 보다. 그러기에 꿈을 꾼 게지. 참 말 같은 놈일세그려……."

곁에 있던 마응귀소(魔鷹鬼笑) 도한유(都瀚裕)가 면박을 주었다.

당취는 가끔 서서 자는 묘한 버릇이 있었다. 길을 가다가도 갑자기 우뚝 서서 멍하니 있곤 했는데 처음에 사람들은 그걸 의아하게 여겼다. 하지만 이제는 당취가 그렇게 서서 드르렁, 드르렁 코를 골며 잘 수 있다는 걸 누구나 다 알았다.

선길령(仙吉嶺) 비탈의 운모촌(雲耗村)은 외지고도 외진 화전마을이다. 일년 내내 찾아오는 외지인이라고는 손가락으로 꼽을 만했고, 그들 모두 땅꾼이거나 사냥꾼, 약초 채집인들이었다.

여덟 호(戶), 스물다섯 명의 촌민들은 모두 궁색하고 고단해 보였다. 외지로 나갈 일도 없이 자급자족하며 살았으므로 밖에서는 험한 선길령 비탈에 그런 화전민촌이 있다는 것조차 몰랐다.

그 적막한 운모촌이 십여 일 전부터 외지인들로 북적거리고 있었다. 모두가 곰 같은 덩치를 한 장한들이었고, 인상들마저 험악했으므로 운모촌의 남녀노소는 그들이 차지하고 있는 산신당 근처로는 얼씬도 하지 않았다.

산신당 안에는 과거 구지신마(九指神魔)로 불렸던 노인, 풍해산이 있었다.

장 노대와 장가구를 비롯한 서른다섯 명의 사내들이 번갈아 신당을 수호하고 있었는데, 지금은 귀안효 왕곤과 마응귀소 도한유가 당취와 교대하기 위해 와 있는 중이었다.

곽삼과 함께 번을 서고 있던 당취가 쥐 같은 눈을 반짝이며 다시 중얼거렸다.

"염병할. 내가 꿈을 꾸고 있는 거라면 저놈들은 대체 뭐란 말이지? 네놈들 눈에는 저게 안 보여?"

세 사람이 일제히 당취가 가리키는 곳을 바라보았다. 커다란 참나무 한 그루가 거기 있을 뿐 어떤 사람도 보이지 않았다.

"아무래도 네가 요즘 너무 심심해서 미쳤나 보다. 그러기에 헛것이 보이는 게지."

"그래? 그렇다면 여기서 조금만 기다려 봐. 내가 가서 끌고 오지."

당취가 붉은 혀를 내밀어 입술을 핥았다. 여전히 참나무를 노려보는 것이 그의 눈에는 과연 무언가가 보이는 모양이었다.

하지만 다른 사람들은 알아볼 수도, 느낄 수도 없었다. 이상하다고 머리를 갸웃거리는데 당취가 재빨리 달려나갔다.

그의 경신술은 최고의 경지에 달해 있었다. 한번 몸이 번쩍, 하는 것 같았는데 이미 참나무 아래로 달려들고 있었다.

마치 이마부터 아름드리 나무둥치에 처박으려는 것처럼 보였으므로 모두가 앗! 하고 놀람의 외침을 터뜨렸다.

그렇게 멈출 기색도 없이 무작정 달려나가던 당취가 갑자기 홱, 몸을 틀었다.

꽝—!

동시에 귀를 먹먹하게 하는 폭음이 터져 나왔다.

도한유 등은 비로소 무엇인가 거기에 있다는 것을 알았다. 그건 나무에 달라붙어 있는 그늘 같기도 했고, 한 덩어리의 엷은 안개 같기도 한 것이었다.

당취가 부딪쳐 오자 그것이 껍질처럼 벗겨졌다. 그리고 가공할 잠력이 쏘아졌다.

가까스로 비낀 당취가 십여 장이나 더 물러서고 나서야 겨우 몸을 바로 세우고 놀란 소리를 내질렀다.

"우와! 정말 귀신이 있었구나!"

그때는 이미 도한유와 곽삼이 참나무를 향해 달려들고 있었다. 왕곤은 한 쌍의 단극을 가슴 앞에 엇갈리게 세워든 채 눈을 부릅뜨고 산신당을 가로막아 섰다.

침입자가 명백했다. 그리고 사술에 능한 고수라는 것도 분명해졌다.

한 덩어리이던 안개와 그림자가 둘로 쪼개지더니 흐르듯 천천히 다가왔다.

"기다려 봐! 내가 먼저 봤으니까 이 장난감들은 내 거다. 그러니 넘보면 안 돼!"

당취가 성난 황소처럼 달려들고 있는 도한유와 곽삼에게 소리쳤다. 손을 흔들고 있는데 쥐를 닮은 교활한 얼굴 가득 재미있어 죽겠다는 표정이 떠올라 있었다.

"어쩌겠다는 거야?"

"위험할 거 같은데?"

"히히, 내가 어떻게 가지고 노는지 잘 봐."

도한유와 곽삼의 걱정 따위는 당취의 귀에 들어오지도 않았다. 그는 지난 십여 일 동안 꾹꾹 눌러 참아왔던 무료함을 떨쳐 버릴 것만 생각할 뿐이다.

"귀신들아, 한번 놀아보자!"

외친 당취가 입을 잡아 늘이고 혀를 쑥 빼물며 짐짓 무서운 얼굴을 해 보였다.

십여 보 앞까지 밀려와 있던 두 개의 구름덩어리가 주춤거리며 멈추었다.

'이상한 놈들이다.'

이사령(二邪靈)의 생각이 대사령(大邪靈)에게 전해졌다. 대사령 또한 같은 생각을 갖고 있었다.

'구지신마에게는 흑천의 실수 놈들만 있는 게 아니었다.'

'대체 이놈들은 어떻게 된 놈들이지?'

그들은 귀역의 무리들이 어떻게 변해 있는지 알지 못했다. 풍해산 곁에는 그를 지켜주는 흑천과 동건유가 있을 뿐이라고 믿고 느긋해했던 마음이 조금씩 흔들렸다.

'어쩌면 천주님의 소망이 어려워질지도……'

문득 대사령의 우울한 생각이 이사령의 머릿속으로 가득 밀려들었다.

"귀신들아! 뭘 그렇게 쑥덕거리고 있는 거야? 어서 내 피를 빨아야지. 설마 단식 중인 건 아니겠지?"

그들 두 명의 사령을 가만히 바라보고 있던 당취가 짜증이 난다는 듯 버럭 소리쳤다. 대사령과 이사령의 몸이 사정없이 흔들렸다.

'이놈은 우리의 심령음(心靈音)마저 엿듣고 있다!'

이사령이 경악에 가까운 외침을 터뜨렸다. 머리에서 머릿속으로 전해지는 소리없는 아우성이었다.

"혜혜, 이놈들이 벌써 본좌의 정체를 눈치 챘구나. 귀신치고는 꽤 감이 빠른데?"

당취가 장난스럽게 웃으며 품에서 누런 종이 한 장을 꺼내 흔들었다. 부적이었다.

"본좌는 말이다, 바로 너희들 같은 귀신들을 전문적으로 잡는 술법을 익혔지. 명왕부(冥王府)의 광명보좌왕(光明寶座王)이 바로 본좌거든. 그러니 내 앞에서는 그 어떤 귀신 나부랭이도 귀여운 개새끼들일 뿐이지. 자, 이리 와봐라. 이것 한 장씩 처먹으면 한 많은 이승을 떠나서 무저갱의 지옥으로 편히 들어갈 수 있을 거다."

당취가 여전히 장난스럽게 웃고 말하며 두려움없이 다가왔다. 두 명의 사령들은 본능적으로 위기를 느꼈다. 당취의 장난스런 말이 사실이라는 것을 그들의 영성(靈性)이 경고해 주고 있었던 것이다.

그들은 눈앞의 쥐새끼 같은 당취가 자신들의 천적이라는 것을 깨달았다. 술법(術法)의 문제가 아니었다. 당취에게는 기환술(奇幻術)을 꿰뚫어 보고 격파할 수 있는 특이한 체질이 있거나, 아니면 전문적인 무공을 지니고 있는 게 분명했다.

눈속임이 헛되다는 것을 안 두 명의 사령이 천천히 현환기(玄幻氣)를 걷어들였다.

그들의 모습이 드러나기 시작했다. 멀찍이 떨어진 곳에서 바라보고 있던 도한유와 곽삼이 엇! 하고 놀란 소리를 내질렀다.

강시처럼 깡마르고 칙칙한 기운을 지닌 괴인들. 음사한 기운의 정령들이었고, 죽음의 화신들인 듯한 두려운 분위기가 그들의 몸을 감싸고 있었다.

"사령천의 수호령들이다!"

그들의 모습에서 문득 기억을 떠올린 도한유와 곽삼이 동시에 놀람의 외침을 터뜨렸다.

한 명, 한 명이 흑사대제 구양적의 정화를 몸에 나누어 지니고 있다는 괴물들. 그들이 두 명씩이나 이곳에 나타났다는 것이 긴장과 공포를 가져왔다.

"건드리지 마라!"

멀리서 뇌성 같은 외침이 들려왔다. 날이 번쩍이는 박도를 움켜쥔 장가구와 장 노대가 바람처럼 달려오고 있었다. 그 뒤를 열댓 명의 무리들이 따랐다.

"그놈들은 내가 상대한다!"

득달같이 닥친 장가구가 박도를 휘두르며 버럭 소리쳤다. 그러나 이 좋은 기회를 양보할 당취가 아니었다.

"웃기는 소리!"

코웃음을 친 그가 번쩍, 몸을 날렸다. 동시에 대사령과 이사령이 좌우로 갈라서며 쇠갈퀴 같은 손을 불쑥 내뻗었다.

꽈꽝—!

두 줄기의 음사한 장력이 먹물을 뿜어낸 것처럼 짙게 퍼져 나갔다.

"욱!"

눈에 보이지도 않을 만큼 빠르게 쳐들어갔던 당취가 튕겨지듯 물러서며 짧고 격한 신음을 흘렸다.

공포스럽다고 해야 할 만큼 강렬하고 사악한 장력이었다. 호신지기를 운용해 몸을 보호했으나 장력의 여파마저 다 뿌리칠 수는 없었다. 당취가 가슴을 움켜쥐고 위태롭게 비틀거렸다.

"괜찮아?"

다가온 장가구가 그런 당취를 부축하며 걱정스럽게 물었다. 왈칵, 선혈을 뿜어낸 당취가 히히, 웃었다. 얼굴은 백지장 같아졌지만 쥐새끼의 그것 같은 두 눈에는 아직도 장난기가 남아 반짝이고 있었다.

"장 돼지야, 그 말은 나보다 저 귀신들한테 물어봐라."

"제기랄 놈."

장가구가 얼굴을 일그러뜨리고 투덜댔다. 당취가 손가락으로 두 명의 사령들을 가리키며 깔깔거리고 웃었다.

"강시들아, 맛이 어때? 나에게는 아직도 부적이 많은데 입맛에 맞는 걸로 골라볼래?"

대사령과 이사령은 서로를 바라보았다. 언제 그렇게 했던 건지, 그들의 이마에는 부적 한 장이 찰싹 달라붙어 있었다.

바람처럼 들이닥쳐서 이마에 부적을 붙여놓고 물러난 당취의 경신술에 놀란 입이 다물어지지 않았다. 게다가 자신들의 기환술마저 통하지 않는 자라는 것이 더 꺼림칙했다. 당취 앞에서는 숨을 수도 없기 때문이다.

'잘못 찾아왔나 보다.'

'돌아가기도 늦었다.'

'그렇다면 할 수 없지. 한 놈이라도 더 저승으로 데려가는 수밖에.'

그들 두 명의 사령은 자신들의 최후를 직감했다. 허망한 일이었다.

하지만 그런 그들의 생각은 이루어질 수 없었다. 날듯이 비탈을 달려 올라오는 두 사람 때문이었다.

"모두 물러서!"

규화가 뾰족한 음성으로 소리쳤다. 말의 여운이 아직 귓가에 남아 있는데 그녀는 벌써 당취와 장가구의 앞을 막아서고 있었다. 그리고 그 곁에 그림자처럼 팽호가 붙어섰다.

"어? 너는 아직 안 가고 뭐 하고 있는 거냐? 왜 다시 돌아왔지?"

장가구가 팽호의 등짝을 때리며 소리쳤다. 군웅성에 혼자 있을 두위를 돕기 위해 떠났던 팽호가 다시 돌아왔으니 마음이 급해져서였다.

"아프다."

눈살을 찌푸린 팽호가 낮게 투덜거렸다. 하지만 그의 눈은 두 명의 사령들로부터 한시도 떠나지 않았다.

"내가 한다. 다들 비켜서."

팽호가 규화의 가는 손목을 잡아 끌어냈다. 잠자코 물러난 그녀가 당취와 장가구의 뒷덜미를 끌고 멀찍이 달아났다.

이제 두 명의 사령 앞에는 팽호 혼자서 우뚝 서 있을 뿐, 사방 십여 장 안에는 다른 사람이 없었다. 모두들 멀찍이 떨어진 곳에서 의아한 얼굴로, 또는 불만스럽거나 재미있어하는 얼굴로 지켜보고 있을 뿐이다.

'그것도 틀렸다.'

대사령이 이사령에게 심령음을 전했다. 이 알 수 없는 자들, 하나 하나가가 군웅성의 초인들에 버금가는 실력을 지닌 게 분명한 괴이한 자들 속으로 뛰어들어 파천멸폭(破天滅爆)의 악독한 수법으로 모두 함께 저승으로 데려가 버리려고 했다. 그런데 가로막고 선 팽호를 본 순간 그것마저 불가능해졌다는 걸 알았다.

'천존이 위험해……'

이사령의 사령음이 사뭇 떨렸다. 풍해산에게 이와 같은 자들이 있는 이상 번풍과 그에 의해 거듭난 사령천은 결코 천하를 재패할 수 없다는 암담한 생각이 들었다.

군웅성보다 더 시급한 것이 바로 풍해산을 제거하는 일이었다는 걸 그들은 너무 늦게 깨달았다.

"다 지껄인 거냐?"

그들의 흔들리는 눈빛을 읽은 팽호가 두어 걸음 나섰다.

사령이 서로 눈을 마주쳤다.

'내가 이놈을 상대한다.'

'좋아, 그 순간 나는 저놈들 속으로 뛰어들어 폭발하지.'

그들의 뜻이 서로 통했다. 그리고 동시에 움직였다.

슈우우—

대사령의 마라혈장(魔羅血掌)이 지척에서 밀려들었고, 이사령의 그림자가 팽호를 뛰어넘었다. 그리고 감은 듯 가늘게 떠져 있던 팽호의 눈이 번쩍, 하고 번갯불을 토해냈다.

핏—!

그의 허리춤에서 불길이 쏘아진 듯했다. 그것이 곧장 저주의 마장(魔掌)을 뚫고 쐐기처럼 박혔다.

막 마라혈강기(魔羅血罡氣)를 발출하려던 대사령의 미간에 작은 혈점(血點)이 찍혔다.

파앙—!

그의 장력이 허공을 격하고 폭발했다. 붉은 노을이 갑자기 쏟아진 것처럼 주위가 황홀하게 물들었다. 그 폭풍 같은 장력의 흐름을 타고 팽호가 허깨비처럼 움직여 날려갔다.

장력은 아직 위력을 발휘하기 전이었고, 강기가 섞여들지 못했으므로 팽호에게 큰 충격을 주지 못했다.

팽호는 급류의 흐름에 몸을 맡기고 자유롭게 헤엄치는 작은 물고기처럼 떠 있었다. 그가 서너 바퀴 맴돌아 몸을 밀어내는 장력의 여력을 흩치고 사뿐히 내려섰다.

"수, 수라…… 칠절……."

대사령의 동공이 점점 열렸다. 말을 하는 동안 그의 이마 한복판에 찍혔던 혈점이 조금씩 넓어지더니, 말을 끝냈을 때는 손가락 서너 개가 들락거릴 만큼 벌어졌다.

"아아악—!"

대사령의 입에서 비로소 처참한 비명이 터져 나왔다.

천하에서 가장 빠른 검법인 귀문의 수라칠절. 그 마지막 초식인 제칠절 뇌정천(雷精天)에서 무사할 수 있는 자는 아무도 없을 것이다.

대사령이 그렇게 덧없이 죽어갈 때 이사령 또한 최후를 맞고 있었다.

그가 한껏 파천멸폭의 사악한 공력을 부풀려 자신의 몸을 커다란 폭탄처럼 만들고 신당 앞에 모여서 있는 귀역의 무리들을 향해 달려갈 때였다.

장가구 곁에 서 있던 규화가 싸늘한 얼굴로 달려나왔다.

"흥!"

으흐흐흐, 하고 음소를 흘리며 덮쳐들고 있는 이사령을 향해 진기가 충만하게 실린 코웃음을 날린 그녀가 중지를 말아 쥐었다.

십여 장의 먼 거리를 두고 있었지만, 그녀의 모습은 마치 눈앞에 있는 이사령의 이마를 때리려는 것 같았다. 흡! 하고 숨을 멈춘 규화가 단단히 말아 쥐었던 중지를 가볍게 퉁겼다.

잔뜩 웅축되었던 한줄기 진기가 씨이익—! 하는 날카로운 휘파람 소리를 끌며 이사령의 미간 속으로 빨려 들어갔다.

"흡!"

이사령이 눈을 부릅뜨고 급한 숨을 들이켰다. 급히 달려오던 기세를 갑자기 멈추지 못한 그가 비틀거리며 대여섯 걸음이나 더 내딛고 나서 우뚝 섰다.

'염라지력(閻羅指力)!'

그의 머릿속에 언뜻 그 한 가지 생각이 바람처럼 스쳐 지나갔다. 그리고 하얗게 비어버렸다.

그는 의식이 사라지는 그 찰나의 순간에 규화야말로 풍해산의 후신(後身)이라는 것을 알았다. 절망이 죽음보다 빠르게 그를 쓰러뜨렸다.

꽈아앙—!

이사령의 몸이 폭죽처럼 터져 하늘을 뒤덮었다. 강렬한 피 냄새와 함께 수천, 수만 조각의 육편(肉片)들이 방원 사오 장 주위를 운무(雲霧)처럼 뒤덮었다. 이어서 힘이 다한 그것들이 소나기처럼 후두둑거리며 떨어졌고, 폭발한 기(氣)의 여풍(餘風)이 회오리치며 휩쓸고 지나갔다.

비릿한 바람이 몰려들어 놀라고 있는 사람들의 수염과 머리카락을
뒤흔들고 옷자락을 깃발처럼 펄럭이게 했다.

"지독하다."

장 노대와 장가구가 동시에 한숨과 함께 탄식하듯 말하고 머리를 설
레설레 저었다. 만약 규화가 제때에 막지 못했다면 저 엄청난 기의 폭
발 앞에서 모두 함께 죽고 말았을 거라는 끔찍한 생각이 그들을 몸서
리치게 했다.

                    *   *   *

'사령이 죽었다!'

감회 서린 얼굴로 눈앞에 우뚝 솟아 있는 영웅비를 바라보던 번풍의
낯이 참혹하게 일그러졌다.

심령(心靈)의 감응이 그들의 죽음을 전해왔다. 사사령이야말로 사령
천의 기둥이라고 해도 과하지 않은 자들이다.

흑사대제의 진전을 나누어 받고 있는 그들 개개인의 무위는 이미 초
인지경을 뛰어넘는 바가 있었다. 그래서 번풍은 그들에게 의지하는 마
음이 컸다. 그런데 죽은 것이다.

보지 않아도 느낄 수 있다는 건 그들과 번풍의 심령이 이미 한 줄로
꿰어져 있었기 때문이다. 그들이 흑사대제 구양적의 심령을 나누어 갖
고 있었기 때문이다.

"고작 구지신마 따위에게……."

번풍이 부드득, 이를 갈았다.

폐인이 되었다는 구지신마 풍해산쯤은 안중에도 없었다. 그에게 어떤 조력자들이 있는지 모르지만, 사령이 세 명 씩이나 가서 모두 죽었다는 건 믿고 싶지 않은 일이기도 했다.

풍해산의 무리 중 가장 강한 자는 흑천의 살수들도, 그들을 이끌고 있는 동건유도 아닌 두위라고 믿고 있었다. 그 두위는 지금 이곳에 있다. 그럼 대체 누가 있어서 사령들을 죽일 수 있었단 말인가 하는 의문이 번풍을 괴롭혔다.

'다음은 풍해산이다.'

번풍은 내심 그렇게 작정했다. 군웅성을 무너뜨리고 난 다음에는 풍해산을 만나 결판을 지을 것이다. 그래야 천하가 손아귀에 들어온다.

"가자."

가슴을 쭉 편 그가 무존이 있다는 도화림 쪽을 향하여 성큼성큼 걸어가기 시작했다.

도대체 얼마나 많은 사람들이 오늘 이곳에 모여든 건가? 하는 생각이 진사후를 어리둥절하게 했다.

노수권왕 제형적의 말처럼 장학우가 군웅성의 정예 중 정예인 호금위들을 거느리고 왔다. 그리고 정한곡의 무리들이 그 뒤를 따라 하나 둘 모습을 드러냈다.

그들을 살펴보던 진사후의 얼굴이 문득 어두워졌다. 어둠 속에서도 밝게 빛나는 아름다운 여인. 냉보보를 보았을 때였다.

"진사후!"

한쪽에서 날카로운 외침이 터져 나왔다. 사람들의 시선이 가 닿은 곳에 여 대랑이 괴장을 짚고 우뚝 서서 노려보고 있었다. 진사후에게 향한 그녀의 주름진 얼굴이 씻을 수 없는 증오와 원한을 싣고 푸들푸들 경련을 일으키고 있었다.

쓴웃음을 지은 진사후가 그녀의 시선을 외면하고 냉보보를 바라보았다.

"소저는?"

"냉보보라고 해요. 사부님의 원한을 갚기 위해 왔어요."

쌀쌀맞은 그녀의 말을 듣는 동안 진사후의 얼굴이 더욱 어두워졌다. 그가 무엇을 생각하는지 한동안 보보의 얼굴만 물끄러미 바라보았는데 안색이 수시로 변하는 것이 마음의 격동을 눌러 참느라고 애쓰는 기색이 역력했다.

진사후가 한참 만에야 그 답지 않은 어눌함으로 입을 열었다.

"소저의 사부가 누구인지 물어도 되겠소?"

"흥! 그대에게 한을 품고 돌아가신 채옥선자(彩玉仙子) 이수련(李水蓮)이라고 하면 아시겠어요?"

"아!"

창백해진 얼굴로 비틀거린 진사후가 처연한 웃음을 띠고 무존을 바라보았다.

"무존, 업보라는 것은 이처럼 무서운 것인가 보오. 사람이 아무리 애를 써도 그 화살을 피할 수 없으니 결국 내게서 나간 것이 내게로 돌아온다는 말이 꼭 맞소."

"진 형은 잠시 쉬면서 마음을 가라앉히시오. 내가 몇 가지 물어볼 게 있소이다."

무존이 엄숙한 얼굴로 이르고 앞으로 나섰다. 그가 제일 먼저 지목한 사람은 여 대랑이었다.

"정한곡주가 아직 살아 있느냐?"

대무광의 얼굴과 어조에는 예전의 위엄이 되살아나 있었다. 정기가 번쩍이는 그 부리부리한 눈과 근엄한 자태만으로도 대하고 있는 사람들을 주눅 들게 하기에 충분했다.

움찔했던 여 대랑의 얼굴에 표독스런 한이 실렸다. 그녀가 날카롭게 소리쳤다.

"왜? 곡주님이 살아 계시면 찾아가서 다시 죽이려고?"

"허허……."

무존이 허탈한 웃음을 흘렸다. 여 대랑이 더욱 분노하여 다시 소리쳤다. 악에 바친 그녀에게는 무존의 위엄마저도 통하지 않았다.

"무존이라고? 흥! 무고한 사람들을 그처럼 핍박해 죽이고 얻은 이름이라면 한 푼의 가치도 없다. 지금이라도 돼지에게나 던져 줘버려!"

"저런 노망 든 할망구를 보았나!"

"가만둘 수 없다!"

"감히 이곳이 어디라고 함부로 씨부렁거린단 말이냐!"

여 대랑의 악에 바친 소리를 들은 제형적 등이 이를 갈며 고함쳤다.

무존을 따르든 그렇지 않든 간에 무존이라는 그 이름은 여전히 그들에게 있어서 절대적인 권위이고, 그들 자신을 지탱해 주는 자부심이었다. 그것이 여 대랑에 의해 짓밟히자 솟구치는 분노를 참을 수 없었던 것이다.

그러나 무존은 개의치 않았다. 그가 여 대랑을 엄숙하게 바라보았다.

"중요한 일이다. 똑바로 대답해라."

"돌아가셨다. 바로 네가 한 짓이지. 잊었느냐? 태양신력(太陽神力)이 실린 오뢰결(五雷抉)로 네가 곡주님의 가슴을 때렸던 일을. 곡주님은 그날 입은 상처를 끝내 이겨내지 못하고 십여 년 동안을 고생하시다가 결국 한을 품고 돌아가시고 말았다. 이 년 전이다."

"음."

정한곡을 정벌하기 위해 달려갔던 일이 새롭게 떠올랐다. 무존의 얼굴이 어두워졌다. 그가 이번에는 진사후를 향해 엄하게 말했다.

"진 형, 그때 형은 나를 정한곡으로 가도록 부추겼소. 과연 진 형 당신이 몸소 구지신마를 잡기 위해서 그렇게 한 것이오?"

"그 일은……."

진사후가 감히 대무광을 마주 바라보지 못하고 우물쭈물했다.

정한곡을 정벌할 때 그는 확실히 무존이 직접 그 일을 해야 한다고 주장했었다. 자신은 구지신마를 쫓아야 하므로 할 수 없다는 핑계를 댔던 것이다. 대무광은 그 말을 믿고 몸소 정한곡으로 향했다.

말을 잇지 못하고 한숨만 내쉬고 있는 진사후를 바라보던 대무광이 탄식했다. 그가 이번에는 이상하게 돌아가는 일에 얼떨떨해져 있는 냉보보에게 눈길을 주었다.

"소저는 확실히 채옥선자의 제자인가? 다른 인연은 없는가?"

"다른 인연이라니?"

냉보보가 더욱 어리둥절해져서 대무광을 마주 보았다.

"쓸데없는 소리!"

여 대랑이 발끈해서 악을 썼다.

"너는 더 말할 것 없다! 이렇게 모두 모였으니 어서 묵은 원한이나 풀자!"

한쪽에서 두위와 함께 그들이 하는 양을 지켜보고 있던 섭월령이 머리를 갸웃거렸다.

"이상한걸? 이건 확실히 이상해."

"이상하다니, 뭐가 말이요?"

그녀의 중얼거림을 들은 두위가 묻자 섭월령이 턱으로 냉보보를 가리켰다.

"저 아이를 자세히 봐라. 뭔가 이상하지 않니?"

"쳇, 아무리 봐도 달라진 게 하나도 없는데 이상하긴 뭐가 이상해?"

두위의 볼을 꼬집은 섭월령이 무어라고 말을 하려는 순간, 새벽 숲이 술렁거리며 한 무리의 사람들이 다시 모습을 드러냈다.

한 채의 가마를 호위하여 나타난 자들은 역시 정한곡의 무리들이었다. 가마 곁에 서 있는 마석산을 본 두위가 억! 하고 놀람의 외침을 터뜨렸다.

마석산의 온몸에서는 피가 흘러내려 발등을 적시고 있었다. 저 지경이 되고서도 어떻게 살아 있을 수 있는지 의심스러울 지경인데 정작 마석산은 태연하기만 했다.

가마를 호위하며 뚜벅뚜벅 걸어나온 그도 두위와 섭월령을 보았다. 마석산의 얼굴이 산 너머에서 떠오르는 아침 해처럼 환해졌다.

"어, 어!"

그가 피딱지가 말라붙은 손을 들어 두위를 가리키며 괴성을 터뜨렸다.

"저놈이!"

반가움을 참지 못하고 달려나가려는 두위의 뒷덜미를 섭월령이 낚아챘다.

"눈치없는 놈. 분위기를 깰 셈이냐?"

"눈치고 뭐고 그런 건 상관없소. 이 자리에 내가 끼어들 여지가 어디 있소? 그러니 나는 내 마음대로 하려오."

"쓸데없는 소리. 모든 일에 네가 관련되어 있다. 그러니 잠자코 일이 돌아가는 꼴이나 지켜봐라."

섭월령의 말이 두위를 주저하게 했다. 그는 과연 내가 언제부터 이 모든 일에 관련이 되어 있었던가? 하고 생각해 보았다.

역시 흑룡보에서부터였다. 그곳에서 보주인 열화천도 채군걸과 인연을 맺었고, 그것이 발단이 되어서 다시 구지신마 풍해산과 맺어지게 된 게 그 출발인 것이다. 그렇지 않았다면 지금 내가 왜 이곳에 와 있을 것인가, 하는 생각이 두위를 잠자코 있게 했다.

마석산 또한 몸이 달아서 어깨를 움찔거리고 다리를 들썩일 뿐, 제 마음대로 두위에게 달려오지 못했다. 그는 교 노인과 함께 가마를 지키는 일에 더 큰 가치를 두고 있었던 것이다.

가마의 주렴이 걷히더니 면사로 얼굴을 가린 영경이 조심스럽게 내려섰다. 그녀를 본 섭월령이 음, 하고 신음을 흘렸다.

두위는 눈을 부릅뜬 채 영경의 얼굴에서 시선을 떼지 못했다.

바로 그녀였던 것이다. 면사로 얼굴을 가리고 있었지만 알아보지 못할 리 없었다. 십 리 밖에서 그녀를 보았다고 해도 당장 알아보았을 것이다. 지난 십 몇 년 동안을 오직 그녀에 대한 애타는 생각을 품고 살아오지 않았던가.

"음……."

섭월령과 마찬가지로 두위 또한 깊은 침음성을 흘렸다. 그의 얼굴 가득 고뇌와 희열이 범벅이 되어 떠올라 있었다.

대무광이 무거운 얼굴로 교 노인을 보았다.

"교형, 오랜만에 보는구려. 그간 강녕하셨소?"

"보다시피."

교 노인이 차갑게 응수하고 대무광의 시선을 무시해 버렸다. 대무광의 얼굴에 쓸쓸해하는 기색이 어렸다.

그가 이번에는 영경을 물끄러미 바라보았는데, 눈빛에 만감이 교차하고 있었다.

"소저가 정한곡주인가?"

"그래요."

영경의 음성이 낮게 가라앉았다. 대무광이 어색한 얼굴로 잠시 뜸을 들이다가 한숨과 함께 입을 열었다.

"전대 곡주의 일은 무어라고 할 말이 없네. 내 생각이 짧았고 수양이 덜 되어서 미처 멀리 내다보지 못했으니 다 내 탓일세."

"아니오!"

대무광의 뒤에서 창백해진 얼굴을 푹 숙이고 있던 진사후가 소리치며 나섰다.

"이 모든 일은 나의 잘못이요. 그러니 무존께서는 스스로 짐을 지려 할 필요 없소. 내가 다 해결하겠소이다."

"옳은 말이다. 나는 네가 과연 어떻게 해결하는지 지켜보겠다!"

여 대랑이 괴장을 휘둘러 땅을 치며 소리쳤다. 그녀는 오직 당장 달려들어 진사후를 쳐 죽이지 못하는 걸 원통해하는 것 같았다.

무존을 제치고 나선 진사후가 싸늘한 눈으로 그런 여 대랑을 한번 노려보고 나서 냉보보에게 시선을 주었다.

"네 나이가 몇이냐?"

그는 전혀 다른 사람이 된 듯했다. 보보에게 하대하는 것이 엄하고 차갑기 짝이 없어서 풀풀 한기마저 날렸다.

냉보보가 흥! 하고 코웃음을 치고 나서 역시 쌀쌀맞게 대꾸했다.

"내 나이 스물셋이니 당신에게 비하자면 한참 어리죠."

"음⋯⋯."

침음한 진사후가 심각한 얼굴로 한동안 무엇을 생각하더니 껄껄 웃었다.

"과연 그녀의 말이 사실이었구나. 사실이었어. 나는 믿지 않았다만 이제 너를 보니 그것이 사실이었음을 알겠다."

"당신은 대체 무슨 말을 하는 거지요? 쓸데없는 말로 시간을 끌 것 없어요. 사부님은 오직 당신을 죽여 복수를 해달라고 하셨으니 나는 그렇게 할 거예요. 그러니 이리 썩 나서요!"

"하하하하─! 좋지, 좋아! 내가 네 손에 의해 죽는다면 과연 누구를 탓할 수 있겠느냐. 좋다. 그동안 통쾌하게 살아왔으니 오늘 통쾌하게 죽어보자꾸나. 하하하─!"

"진 형⋯⋯."

진사후의 웃음과 말속에는 자조(自嘲)와 함께 광기마저 어른거리고 있었다. 그것을 본 대무광이 걱정스럽게 그를 불렀다. 그러나 진사후는 들은 척도 하지 않고 미친 듯 웃기만 할 뿐이었다. 그의 충만한 내력이 실린 웃음소리가 새벽 하늘 멀리 퍼져 나갔다.

"좋다. 내가 오늘은 저 염치없는 늙은이를 죽여서 반드시 사부님의 한을 풀어드리고 말 테다!"

화가 잔뜩 나서 소리친 냉보보가 옷소매를 걷어붙이고 나섰다. 그것을 본 여 대랑이 새파랗게 질린 얼굴로 급히 냉보보의 옷자락을 틀어쥐었다.

"아가씨, 지금은 아가씨가 나설 때가 아닙니다. 그러니 참으세요. 아가씨보다는 노신이 먼저 저 늙은이를 꾸짖는 게 좋겠어요."

"파파?"

보보가 어리둥절하여 여 대랑을 바라보았다. 그녀의 늙은 눈에는 눈물마저 어른거리는 것이 심상치 않았다.

"저 교활한 늙은이는, 늙은이는 바로 아가씨의……."

"말하지 말아라!"

진사후가 급히 소리쳐서 여 대랑의 입을 막고는 간곡하게 당부했다.

"대랑, 더 말하지 않는 게 좋겠소. 그렇지 않다면 당신은 정말 나와 저 아이에게 너무 잔인한 일을 하는 것이오."

"대체 무슨 말이죠? 어디 파파가 확실하게 말해 주세요."

여 대랑과 진사후의 기색이 심상치 않음을 느낀 냉보보가 물었다. 그러나 여 대랑은 굵은 눈물을 뚝뚝 떨어뜨릴 뿐 도리질만 했다.

잠자코 지켜보던 교 노인이 한숨을 쉬고 말했다.

"대랑, 차라리 이 자리에서 모든 것을 속 시원하게 털어놓는 게 좋겠네. 감추어두는 것만이 능사는 아닐세. 오히려 그쪽이 한이 되어 아가씨를 영원히 괴롭힐 수도 있어."

"안 돼!"

교 노인의 말을 듣던 진사후가 더욱 창백해진 얼굴로 버럭 소리쳤
다. 그의 눈길에 흉흉한 살기마저 실려서 번쩍거렸다.

"누구든지 그 일에 대해서 입을 여는 자가 있다면 당장 죽어 버리고
말 테다!"

정말 그렇게 하려는 듯, 그가 숨을 들이쉬어 기를 끌어 모았다. 주위
의 공기가 웅웅— 하고 떨리는 소리를 내며 소용돌이치는 것이 진사후
는 필생의 공력을 운집하고 있는 게 틀림없었다.

대무광이 무엇을 눈치 챈 듯 핼쑥한 얼굴이 되어 물러섰다.

"아, 진 형, 당신이, 당신이……."

"말하지 마시오!"

진사후가 충혈된 눈으로 홱 돌아보며 소리쳤다. 그의 그런 모습이란
상상할 수도 없던 것이어서 대무광도 흠칫 놀라 입을 다물었다.

그때까지 조용히 서 있기만 하던 영경이 천천히 말했다.

"진사후, 나는 당신의 그 일과는 아무 상관도 없어요. 하지만 이대
정한곡주로서 나는 당신을 죽여서 전대 곡주님의 한을 풀어드려야겠어
요."

말하는 동안 천천히 손을 내밀었다. 곁에 있던 수하 한 명이 비단보
로 감싼 검을 공손히 그 손 위에 올려놓았다.

영경이 천천히 비단보를 풀었다. 고색 창연한 보검 한 자루가 모습
을 드러냈는데, 전대 곡주인 채옥선자 이수련이 늘 지니고 있던 검이었
다. 그것을 본 진사후가 더욱 창백해진 얼굴로 주춤 물러섰다.

"당신이 검신으로 불렸으니 당연히 검학의 조예가 신통한 경지에 이르렀겠지요? 나 또한 검으로 당신을 상대하겠어요. 자, 이리 나오세요."

차분한 말속에 결연한 의지가 담겨 있었다. 그녀는 진사후의 존재에 대해서 조금의 두려움도 가지고 있지 않은 듯했다. 진사후가 붉게 충혈된 눈을 번쩍이며 껄껄 웃었다.

"좋다, 좋아! 오늘 노부가 너희들의 안목을 넓혀주마. 어느 놈이든지 상관없다. 노부에게 받을 게 있는 자는 다 나서라. 모조리 상대해 주겠다!"

외친 그가 한 손으로 허리띠를 쓰는가 했는데, 창! 하는 경쾌한 소리와 함께 어느새 낭창거리는 연검이 손에 들려 있었다.

떠오르는 아침 햇빛을 받아 찬연하게 빛나는 검신이 부르르 떨렸다.

누구도 진사후가 연검을 두르고 있다는 것을 알지 못했는데, 이제 그의 손에 들린 검을 보자 그 예리함과 우아한 기품에 감탄을 금치 못했다.

*　　　　*　　　　*

"거기, 잠깐 서봐라!"

오직 앞만 보고 걷던 번풍이 문득 걸음을 멈추고 돌아보았다.

숲속에서 한 무리의 사람들이 우르르 몰려나오고 있었다. 한눈에 군웅성의 고수들이라는 것을 알 수 있었다. 번풍을 호위하던 사령천의 무리들이 재빨리 병장기를 꺼내 들고 넓게 벌려서서 그들을 맞을 준비를 했다.

불쑥 나타난 자들을 눈여겨보던 번풍의 무표정한 얼굴에 한줄기 차가운 웃음이 스쳐 지나갔다.

그가 손을 번쩍 들어 수하들을 물러나게 하고 늠름하게 버티고 섰다. 후리후리한 큰 키에 턱을 치켜들고 내려다보는 기세가 오만하기 짝이 없었다.

허리에 두 손을 척 얹은 채 다가오는 자들을 지그시 내려다보던 번풍의 얇은 입술이 살짝 비틀렸다.

"누군가 했더니 너, 애송이였구나. 아직까지 살아 있다니 명이 길다."

"음……."

하도욱의 입에서 깊은 탄성이 흘러나왔다.

그는 눈앞에 버티고 서 있는 괴이한 자를 잊을 수 없었다. 자신에게 뼈아픈 패배의 아픔을 남겨준 자였던 것이다. 이제 그자마저 군웅성에 들어와 제 집처럼 마음대로 활보하고 있다는 것이 하도욱을 분노하게 했다.

"이곳은 군웅성이다. 너 같은 하찮은 것들이 함부로 돌아다녀서는 안 되는 곳이란 말이다. 당장 물러가라."

하도욱이 애써 가슴속의 분노를 눌러 참고 근엄하게 꾸짖었다. 번풍이 피식, 웃었다.

"그래? 무엇이 하찮고 무엇이 고귀하단 말이냐?"

하도욱의 눈에 살기가 짙어졌다. 그것을 눈치 챈 웅교쌍곤 이목균이 우람한 덩치를 흔들며 나섰다.

"제가 먼저……."

"물러서라!"

그런 이목균을 단호하게 꾸짖어 물리친 하도욱이 성큼성큼 걸어 번 풍과 십여 보를 두고 마주 섰다. 조각처럼 잘 다듬어져 있는 그의 하얀 얼굴에 싸늘한 노여움이 떠올라 있었다.

"이번에야말로 너를 죽여서 지난번의 빚을 갚고 말 테다."

"그래? 좋지. 하지만 역시 조심해야 될 거야, 꼬마."

"천한 놈."

이죽거리는 번풍의 말에 하도욱이 증오를 담은 말을 낮게 뱉어내고 백룡검(白龍劍)을 뽑아 들었다. 창! 하는 낭랑한 소리가 오래도록 귓가 에 남아 머릿속을 시원하게 해주었다.

번풍도 천천히 그의 쌍수도를 뽑아 들었다. 두 손으로 굳게 움켜쥐 고 가슴을 가로질러 세우자 금강야차가 버티고 선 듯 장엄한 기운이 넘쳐 났다.

"네가 군웅성의 이대 성주가 되었다고? 그렇다면 당연히 내 손에 죽 어야지. 너를 죽이는 자가 군웅성을 무너뜨리는 자가 될 테니까 말이 다."

번풍의 말은 그 뜻이 분명했다. 그의 눈에도 살기가 어려 번쩍이기 시작했다. 어둡고 칙칙한 기운이 천천히 밀려들어 하도욱을 압박했다.

결코 지고 싶지 않은 하도욱이 입술을 굳게 물었다.

두 사람 사이에 아침 햇빛이 찬란하게 꽂혀들었다. 번쩍이는 검과 장도(長刀)가 그것을 퉁겨내며 이글거렸다.

찰나가 억겁인 듯 여겨지는 시간이 물 흐르듯 흘러갔다. 그러던 어 느 한순간, 두 사람의 입에서 우렁찬 기합성이 터져 나왔다. 누가 먼저

인지는 분간할 수 없었다.

"으합!"

"찻!"

맹렬하게 부딪쳐 가는 두 개의 그림자가 햇빛을 가렸다. 마치 갑작스럽게 쏘아진 강전(强箭) 두 대가 허공에서 부딪치는 것 같았다.

그리고 폭죽이 터지듯 작열하는 눈부신 검광.

꽝―!

부딪친 기와 기의 폭발이 거대한 화염처럼 사방을 뜨겁게 달구고 달려나갔다. 그 복판으로 한 가닥의 뇌전이 내리꽂혔다.

단 일격.

번풍은 물론 하도욱도 머릿속에 오직 그것을 생각했을 뿐이다.

단 한 번에 삶과 죽음을 건다.

그리고 번갯불이 번쩍이는 듯한 찰나의 순간에 정말 그렇게 갈려 버렸다.

하도욱은 눈을 부릅뜨고 입술을 악문 채 우뚝 서 있었다. 내뻗은 검이 아침 햇빛에 밀려난 저만큼의 어둠을 가리키고 있었다.

그 곁에서 다섯 걸음 떨어진 곳에 번풍이 서 있었다. 어느 순간에 부딪치고, 어느 순간에 서로 방위를 바꾸어 선 건지 똑똑히 본 사람이 아무도 없었다.

번풍은 왼손에 칼을 쥐고 있었다. 칼끝이 땅에 닿을 듯 늘어져 있었고, 가슴을 가리고 있는 오른손에는 한 움큼의 햇빛이 쥐어져 있었다.

꿀꺽.

그것을 지켜보던 자들이 일제히 마른침을 삼켰다. 대체 어떻게 된 건지 판단이 서지 않았다.

하도욱을 바라보던 그들의 눈길이 천천히 번풍에게로 옮겨갔다. 그리고 반짝이는 칼몸을 타고 흘러내리는 가느다란 핏줄기 한 올을 보았다.

똑—!

칼끝에 방울져 맺혔던 그것이 땅에 떨어지는 소리가 쿵! 하고 크게 들렸다. 커다란 바위 하나가 떨어진 것 같았다.

움찔, 몸을 떤 번풍이 천천히 돌아섰다. 왼쪽 어깨의 옷이 길게 찢겼고, 벌어진 상처에서 뭉클뭉클 선혈이 솟아나오기 시작했다.

"아—!"

누군가의 입에서 경악에 찬 탄성이 터져 나왔다. 사람들이 일제히 돌아보았다. 그곳에 천천히 무릎을 꿇고 있는 하도욱이 있었다.

쿵—!

그의 두 무릎이 꺾여 땅을 찍었다. 백룡검이 덧없이 떨어져 날카로운 소리를 내고 뒹굴었다. 절을 하듯 천천히 머리와 가슴을 숙이고 있는 하도욱의 등이 조금씩 벌어졌다.

붉은 살 속과 그 안의 창백한 뼈들이 언뜻 보인 것 같았다. 그리고 뿜어지듯 뜨거운 선혈이 솟구쳐 나와 허공을 물들였다.

"아—!"

이제는 모두가 경악의 탄성을 터뜨렸다.

하도욱의 상체가 비스듬히 벌어지더니, 그의 이마가 땅에 닿았을 때는 완전히 쪼개져서 두 개로 나뉘어 좌우로 떨어졌다.

제5장 은원(恩怨)의 끝

은원(恩怨)의 끝

"착하구나, 구지신마야. 이제 또 달아나면 안 돼
그러면 다리몽둥이를 꺾어놓고 이빨을 다 뽑아버릴 테야."
웅패가 사랑스럽게 다람쥐를 쓰다듬으며 중얼거렸다

"어서 말해 봐요! 여태까지 나한테 뭘 숨기고 있었던 거지요?"

냉보보의 날카로운 외침이 모두의 귀를 찔렀다.

그녀는 잡아 뽑을 기세로 여 대랑의 어깨를 붙잡고 마구 흔들어대고
있었다.

"아가씨, 할미는, 할미는……."

여 대랑이 차마 보보를 마주 보지 못하고 교 노인을 바라보았다. 그
녀의 눈 가득 도와달라는 간절함이 담겨 있었다. 교 노인이 굳어진 얼
굴로 가만히 턱을 끄덕였다. 말해 주라는 의미였다.

휴, 하고 한숨을 쉰 여 대랑이 질끈 눈을 감고 소리쳐 버렸다.

"저 늙은이가 바로 아가씨의 친부(親父)랍니다! 이십사 년 전의 일이
지요! 그는 곡주님과 정을 통해 놓고서는 달아나 다시는 돌아보지 않

있답니다! 곡주님이 울며 애원해도 듣지 않았으니 무정하다 못해 비정한 놈입니다! 그리고는 결국 뒤에서 무존을 사주해 곡주님을 해치고 정한곡을 짓밟아 버렸답니다! 자신의 치부가 드러나는 걸 꺼려해서였겠지요! 하지만 하늘이 어찌 그런 불의를 보고만 있겠습니까? 오늘 드디어 그 원한을 풀게 된 것입니다. 그러나 아가씨가 해서는 안 됩니다. 아무리 밉다고 해도 천륜을 끊을 수는 없는 거니까요."

"아!"

영경이 짧게 비명을 터뜨리고 비틀거리며 물러섰다.

그래서 곡의 이름을 정한곡이라고 했고, 사부님이 늘 진사후가 원수라고 했던 것이구나 하고 깨달아졌다.

이제야 사부님이 어린 자신을 끌어안고 수시로 눈물을 흘리곤 했던 것이 이해되었다. 그녀는 단지 사부가 아니라 자신의 어머니이기도 했던 것이다.

모두가 그런 사실을 알고 있었다. 그러면서도 자기에게는 감쪽같이 속여왔다. 친언니처럼 믿고 의지했던 영경마저 그 일에 대해서는 끝까지 자신을 속이고 있었다는 것이 절망으로 부딪쳤다.

그런 사실을 까맣게 모른 채 여태까지 살아왔다는 것이 분하고 억울했다. 커다란 충격이 보보의 머릿속을 텅 비게 했다.

이런 날이 올 때를 대비해서 사부가 자신이 아닌 영경을 택해 정한곡을 물려주었구나 하는 생각이 불쑥 떠올랐다. 그녀에게 대신 복수해달라는 유지를 남긴 사부의 마음이 비로소 이해되었다.

"네가 기어이 말하고 말았구나!"

진사후의 입에서 괴성이 터져 나왔다. 동시에 그의 몸이 퍽, 하고 꺼지듯 사라졌다.

"앗!"

교 노인과 영경이 놀람의 외침을 터뜨리며 튕겨진 듯 몸을 날렸다. 하지만 그들의 머리 위에서 번쩍이는 섬광을 따라잡을 수는 없었다.

"염치없는 것!"

교 노인의 일장이 멀리서부터 진사후의 등을 노리고 뻗어 나갔다.

온 힘을 다해 쳐낸 노인의 무시무시한 벽력장(霹靂掌)이 진사후의 등에 작열할 순간이었다.

"와하하하하―!"

미친 듯한 웃음을 터뜨린 진사후가 좌장으로 여 대랑의 가슴을 쳐서 검을 뽑아 들고 획, 돌아섰다.

쉬이이익―!

그의 연검이 날카로운 파공성을 말아 올리며 허공을 어지럽게 그어 댔다. 한 마리의 용이 꿈틀거리는 것처럼 푸른 검기가 뻗어 사방을 휩쓸었다.

팡, 팡, 팡, 팡! 하고 장력이 터지는 소리가 잇달아 터져 나왔다. 진사후의 검기에 부딪친 교 노인의 장력이 불꽃처럼 반짝이는 기파를 사방으로 비산시켰다.

"우하하하― 모두 죽여 버리겠다!"

진사후가 미친 듯 부르짖으며 검을 휘둘러 난도질하듯 사방을 가리지 않고 찍고 쳐댔다.

그는 냉보보를 보고 그녀가 자신의 혈육이라는 것을 확인한 순간부터 지나친 죄책감과 안타까움으로 인해 한바탕 기혈의 역류를 겪은 뒤였다. 비록 가라앉았다고는 하나 아직도 가슴 저 깊은 곳에서 뒤흔들리는 혼란을 다 다스릴 수는 없었다. 게다가 여 대랑이 아픈 과거의 기억들을 말해 버리자 더욱 미칠 것만 같았다.

진사후가 이제는 꼭 누구를 노린다기보다 허공에 흩어져 있는 자신의 과거를 베어가듯이 마구 검을 휘두르며 소리쳤다.

"옳고 그름을 누가 판별한단 말이냐! 내가 틀렸다고 말하는 자가 옳은 것이냐? 내가 옳다고 말하는 자가 틀린 것이냐? 어제는 옳았던 것이 오늘은 그릇되고, 어제 사랑했던 사람이 오늘은 원수가 되는 것이 세상일이 아니더냐? 내 마음이 진실하지 못했다고 오늘 누가 감히 단정할 수 있단 말이냐? 내 행동이 정의롭지 못했다고 오늘 말하는 자는 과거의 나를 알지 못하면서 그렇게 비난할 수 있단 말이냐? 나는 인정할 수 없다! 인정할 수 없어!"

미친 듯 검을 휘두르는 그의 눈에서 피에 젖은 눈물이 줄줄 흘러내려 흰 수염을 붉게 물들였다.

연이어 십여 장을 때려낸 교 노인이 훌쩍 뛰어 물러서더니 품에서 한 자루의 금척(金尺)을 꺼내 들고 악을 썼다.

"다 개똥 같은 소리다! 네가 아무리 잘했어도 지난 일이다. 잘잘못을 오늘에 와서 따지는 게 옳지 않다고 치자. 하지만 원한은 시간이 지났다고 해서 사라지는 게 아니다!"

"좋다! 네 말이 마음에 꼭 든다. 그렇다면 와서 나를 죽여 원한을 풀어라!"

진사후가 정신이 혼미해진 중에도 그렇게 소리쳤다.

교 노인이 에잇! 하고 외치고 번쩍, 몸을 날려 진사후의 검기 속으로 뛰어들었다.

그의 손에 들린 금척이 누런 빛을 안개처럼 뿜어냈다. 진사후의 푸른 검기와 교 노인의 금척이 뒤섞여 사방으로 어지럽게 흩어지고 날았다. 그 속에서 쨍강거리는 소리가 끊이지 않고 터져 나왔다.

교 노인과 함께 도착한 영경은 좀체 끼어들 틈을 찾지 못하고 멍하니 두 사람의 치열한 싸움을 지켜볼 수밖에 없었다.

진사후의 광기에 찬 웃음소리와 교 노인의 낮고 날카로운 기합 소리가 끊이지 않고 들려왔다. 저대로 둔다면 어쩌면 두 사람 모두 죽거나 심각한 부상을 입고 말 것 같았다.

말려야 한다는 위기감이 두위의 어깨를 움찔거리게 했다. 그건 멀리서 지켜보고 있는 장학우나 무존 역시 마찬가지였다. 그들 세 사람의 눈길이 허공을 격하고 마주쳤다. 이심전심. 서로의 뜻을 확인한 세 사람이 무릎을 살짝 굽혔을 때였다.

"뭐야, 아직 내가 도착하지도 않았는데 너희들끼리 먼저 시작했단 말이냐?"

기력이 충만하게 실려 있는 무거운 외침이 불쑥 터져 나왔다.

씨이잉—!

동시에 한 줄기 차가운 빛이 곧장 날아들어 교 노인과 진사후를 노리고 뻗어 나갔다.

번풍이었다.

그가 숲을 박차고 뛰어나오기 무섭게 몸을 날리며 한 가닥 도기(刀氣)를 쳐낸 것이다.

거칠 것 없는 기세로 뻗어 나온 그것에 실린 강맹하고 날카로운 기운이 모두를 놀라게 했다.

쨍―!

강한 쇳소리가 귀를 찔렀다.

"흐엇!"

"음!"

진사후와 교 노인이 외마디 신음을 흘리며 재빠르게 갈라섰다. 그들 사이를 뚫고 나간 번풍의 도기가 씻은 듯 사라져 버렸다. 마치 꿈을 꾼 듯한 멍함이 장내를 휩쓸었다.

"핫하하―! 주인공이 등장해야 비로소 잔치가 벌어지는 법이다."

번풍이 통쾌하다는 듯 크게 웃으며 머리 위에서 칼을 휘둘러 등 뒤의 칼집에 멋지게 꽂아 넣었다.

그의 위풍당당함이 한순간에 모두를 압도하는 듯했다.

번풍의 등장에 제일 먼저 반응한 사람은 두위였다. 그가 우르르 달려나와 번풍을 막아섰다.

"네가 반천수를 죽였다던데 사실이냐?"

번풍이 차가운 눈을 번뜩이며 한동안 두위를 물끄러미 바라보다가 피식 웃었다.

"과연 너라는 놈은 끼어들지 않는 곳이 없군. 낯이 두꺼운 놈이다."

"말해! 사실이냐, 아니냐!"

"내가 죽였다."

"그렇다면 너를 죽여 그의 복수를 해주지 않을 수 없다."

"핫! 복수?"

번풍이 코를 벌름거리더니 세찬 코웃음을 날렸다.

"도대체 너희들은 그 말밖에 할 줄 아는 게 없는 거냐? 이놈도 복수, 저놈도 복수. 죄다 복수라고 말할 뿐이니 원한이 없는 나 같은 놈은 끼어들 자리가 없다."

그의 말은 이곳에 모여든 모든 사람들을 비웃고 조롱하는 것이었다. 하지만 묵묵히 듣기만 할 뿐, 누구도 그 말에 대꾸하지 못했다.

조소가 가득 담긴 눈을 번쩍이며 무리를 둘러본 번풍이 입가에 싸늘한 비웃음을 달고 다시 이죽거렸다.

"마치 복수하기 위해 세상에 태어났고, 복수를 끝마치면 곧 죽어도 한이 없는 복수귀들을 보는 것 같다."

"그래도 하지 않을 수 없다. 은원이 분명하지 않으면 호한이라 할 수 없고, 죽음이 두려워 피한다면 사내가 아니지."

두위가 이를 악물고 스산하게 말했다. 번풍이 그를 한심하다는 듯 바라보다가 다시 피식 웃었다.

"벌써 잊은 거냐? 너는 몇 해 전에 나의 오랜 친구인 곽구를 죽였다. 그렇게 따진다면 나야말로 너에게 벌써 복수를 했어야 하지."

"음……."

번풍의 말에 두위가 아무 대꾸도 하지 못했다. 그렇게 자꾸 과거를 더듬어 올라가서 원한을 따지기 시작한다면 세상에 친구는 하나도 없고 원수들만 남게 될지 모른다는 생각이 불쑥 들었던 것이다.

"영웅호한을 자처하는 자가 쩨쩨하게 구는 것처럼 가소로운 게 없다. 정 싸우겠다면 뭔가 더 그럴듯한 명분을 내세워야 하지 않겠어? 적어도 천하제일을 다툴 만한 자들이 모두 모여 있는 이런 자리에서는 말이다. 안 그래?"

"그 말도 맞다."

두위도 번풍을 닮은 듯 피식 웃고 머리를 끄덕였다.

"하지만 말이다, 네 말이 아무리 그럴듯해도 나는 역시 반천수의 복수를 해주지 않을 수 없다. 그게 가장 사랑한 친구에 대해서 내가 보여줄 수 있는 마지막 우정이거든. 그러니 나는 영웅이 되기보다 쪼잔한 소인배가 되더라도 복수를 해주지 않을 수 없어."

"흠, 그렇다면 좋다. 조금만 기다려라. 비겁하게 달아나지 않을 테니까."

빙긋 웃어준 번풍이 두위를 외면하고 돌아서서 손가락으로 대무광을 가리켰다.

"당신이 무존인가? 나는 번풍이라고 한다. 사령천의 주인이지. 당신이 사령천을 피로 씻은 일을 가지고 이제 와서 따질 생각은 없다. 왜냐하면 그건 계집애 같은 짓이거든."

그가 말을 하면서 은연중에 두위와 영경 등을 곁눈질했다.

"나는 말이야, 언제 죽어도 상관없어. 시시하게 나를 죽인 놈에게 원한 따위는 갖지 않겠단 말이다. 그게 칼 한 자루 들고 강호에 나온 사내가 가져야 할 마음가짐이다. 나보다 강한 놈이라면 당연히 나를 죽일 수 있지. 그렇다면 내가 약한 것을 원망해야 할 뿐, 그놈을 원망하지 않겠다."

번풍의 느물거리는 듯, 비웃는 듯한 말속에는 비정한 강호의 생리가 절절히 담겨 있었다.

"자, 강한 자가 천하를 갖는 거다. 누가 이의를 달겠어?"

번풍이 흰 이를 드러내고 소리없이 웃었다. 그를 보는 대무광의 눈에 기광이 어른거렸다.

번풍의 패기와 자신감이 대무광의 가슴을 뛰게 했다. 마치 자신의 젊은 날을 그대로 보는 듯했던 것이다.

저와 같은 거칠 것 없는 패기와 호전적인 기세로 강호를 내달렸다. 한 번 검을 뽑아 휘두르면 반드시 이겼고, 한 번 군웅들을 질타하여 쳐들어가면 반드시 목적을 이루었다.

하지만 그처럼 통쾌하던 날들이 지나고 나면 남는 것은 후회뿐이다.

대무광은 자신을 다시 돌아보았다. 마음에 가득하던 호연지기 대신 이제는 거칠게 살아온 그날들을 정리해야 한다는 절박한 심정이 있을 뿐이었다. 이기고 또 이겨왔던 그 많던 날들의 종착점에는 결국 이길 수 없는 자기 자신의 허무가 있었다.

대무광이 가볍게 탄식하고 번풍의 말을 뒤이었다.

"남을 이기는 건 쉽다. 하지만 네 자신의 허무를 끝내 이길 수는 없을 것이다."

"쓸데없는 소리."

번풍이 눈을 부라렸다. 하지만 대무광은 말을 멈추지 않았다. 그건 자기 자신에게 해주는 말이기도 했다.

"더 늦기 전에 지금부터라도 그것을 극복할 수 있는 길을 찾아라. 욕념을 다스리고 유혹을 끊는 방법을 찾아 수행해라. 그것이야말로 도산검림을 헤쳐 나가는 것보다 더 어렵고, 그래서 가치있는 일이 될 것이다."

"괴변이로군."

"그렇지 않다."

대무광이 단호하게 말했다. 그의 얼굴은 엄숙한 중에 장중한 기색을 띠고 빛났다. 후광이라도 두른 듯 은은한 기운이 그를 에워쌌다.

"천하란 아무 소용이 없다. 명예와 권력도 그렇다. 강호를 일통하고, 백문백파를 네 발 아래 무릎 꿇린들 무엇할 것이냐?"

"사내로 태어나 칼 한 자루에 자신을 내맡겼다면 누구나 이루고 싶어하는 절대적인 목표지. 천하제일인. 그 이름을 얻는 것보다 영예로운 일이 또 있겠어?"

번풍도 물러서지 않았다. 대무광은 그의 호기를 안타까워했다.

"결국은 네 자신과 직면할 뿐이고, 허무를 느꼈을 때는 이미 늦다. 결국 너는 지나온 날들을 후회하게 될 것이며, 세월 앞에 무릎을 꿇고 초라해질 것이다. 진정 그것을 원하느냐?"

"늙을수록 걱정이 많아진다더니 무존을 두고 한 말인가 보군."

코웃음을 친 번풍이 번쩍이는 눈으로 좌중을 쓸어보았다. 어느새 사람들은 그의 느닷없는 출현과 거친 기세에 압도당해 있었다.

흥! 하고 코웃음을 날린 번풍이 어깨를 건들거리며 한껏 오만을 떨었다.

"군웅성은 이제 이 번풍이 차지한다. 지금부터는 나의 사령천이 군웅성을 대신해서 강호를 다스릴 것이다. 내 말은 곧 법이 되고, 내 칼이 곧 정의가 된다."

그의 말이 떨어지기 무섭게 달려나온 혈의 노인이 사람들 앞에 잘려진 머리통 하나를 내던졌다.

"하도욱!"

그것을 알아본 진사후가 노성(怒聲)을 터뜨렸다. 동시에 제형적의 입에서도 분노한 외침이 터져 나왔다.

"괘씸한 놈! 감히 군웅성을 능멸하고 성주를 해치다니!"

불같은 성격의 그가 더 참지 못하고 범이 울부짖듯 외치며 달려들었다.

그가 큰 몸집을 한번 흔들어 허공을 격하고 일 권을 때려내자, 필생의 공력이 실린 배산권(排山拳)이 벼락처럼 번풍에게 부딪쳐 갔다. 허공에 웅웅거리는 굉음이 가득 찼다.

하도욱의 죽음 앞에 분노한 제형적은 그의 절기인 배산권 중에서도 가장 위맹한 초식인 흑룡직파(黑龍直破) 수법으로 주먹을 내갈겼으므로 그 경력이 산을 쪼개고 바다를 가를 만큼 위맹했다.

소림사의 절예 중 하나인 백보신권(百步神拳)이라고 할지라도 지금 제형적이 쳐낸 그 한 주먹의 힘에는 미치지 못할 것 같았다.

그는 과연 권왕으로 불리기에 손색이 없었다.

태산을 밀어낼 듯 다가온 권경(拳勁)의 맹렬함과 장중함이 곧 번풍을 터뜨려 버릴 듯한 순간, 번풍이 몸을 홱 틀며 아무렇게나 일장을 뿌렸다.

그의 장심에서 한 가닥 혈류(血流)가 뻗어 나가듯 붉은 기운이 폭사되어 나갔다.

우르르릉, 꽝, 꽝—!

엄청난 굉음이 하늘과 땅을 흔들었다.

제형적의 권경에 부딪친 혈기(血氣)가 마치 수천, 수만 개의 폭죽처럼 일시에 터지며 더욱 날카롭게 뻗어 나갔다.

"윽!"

제형적이 답답한 신음을 억눌러 삼켰다.

"마라혈강기다!"

그것을 본 사람들이 일제히 놀람의 외침을 터뜨렸다.

번풍이 밀어낸 장력에 실려 있는 그 붉은 기운은 혈사대제 구양적의 마라혈강기(魔羅血罡氣)가 틀림없었다.

사파제일의 신공으로 불리며 강호를 피로 씻었던 그 사악한 힘이 다시 나타났다는 것이 사람들을 질리게 했다.

제형적이 가슴을 움켜쥔 채 놀란 눈을 부릅떴다. 자신의 배산권을 두부처럼 으깨고 가슴에 부딪쳐 온 거대한 힘에 대한 놀람이 그의 넋을 빼앗았다.

'저놈은 과거의 구양적보다 더 강하다!'

제형적의 머릿속에 그런 생각이 스쳐 갔다. 불신과 경악과 공포가 그의 넋을 빼앗았다. 그리고 눈앞에 다가선 번풍의 무시무시한 눈을 보았다.

파앗—!

하늘에서 갑자기 떨어진 불칼인 것처럼 번풍의 장도가 제형적의 머리통 속으로 파고들었다.

"앗!"

사람들의 입에서 놀람의 외침이 터져 나왔다.

제형적은 노수권왕(弩手拳王)으로 불린 사람이다. 그 권력(拳力)의 강함과 빠름이 천하제일권(天下第一拳)으로 꼽히기에 손색이 없었던 것이다. 그래서 군웅성의 초인들 중에서도 초인으로 여겨지던 그가 번풍이 한 번 휘두른 칼 아래 머리통이 두 쪽이 되어 덧없이 쓰러지고 있었다.

"지독한 놈이구나!"

대무광이 주먹을 부르르 떨며 노하여 소리쳤다. 예전의 그였다면 당장 뛰어나가 일격을 날렸을 것이다. 하지만 지금 그는 막 묘독(猫毒)에서 회복된 뒤였다.

묘독은 오랫동안 그를 피폐하게 했고, 천마신공의 마기를 뽑아내기 위해 두위에게 쏟아 부었던 공력을 아직 회복하지도 못했다. 그러니 지금 대무광은 그저 평범한 무인에 지나지 않았다.

비록 그 위엄과 명성이 아직도 태양을 가릴 만했지만 지금 같은 순간에 노기를 떨치고 나서서 번풍을 상대할 수가 없었던 것이다.

한동안 무거운 침묵이 흘렀다. 비릿한 피비린내가 신선한 아침 공기를 물들이며 흘렀다.

진사후와 싸우던 교 노인도, 영경이나 두위도 모두 자신들의 일을 잊은 채 우뚝 서서 번풍을 바라볼 뿐이었다.

번풍이 좌우로 머리를 비틀고 나서 오만하게 좌중을 쓸어보았다. 다음 먹잇감을 찾는 맹수의 눈빛이었다.

그가 칼끝으로 두위를 가리켰다.

"어떻게 할 테냐. 나와 싸워서 자웅을 가릴 테냐, 아니면 나에게 항복하고 천하를 나누어 가질 테냐?"

"핫! 천하라고?"

두위가 발을 구르며 코웃음을 쳤다.

"천하가 어디 떡조각처럼 마음대로 떼어지는 거라더냐? 너는 궁벽한 산채에 너무 오랫동안 처박혀 있었나 보다. 그러기에 미쳐 버린 게지."

"흐흥!"

번풍도 머리를 외로 꼬고 노려보며 코웃음을 날렸다. 두위가 희롱하듯 묘한 얼굴을 해 보이며 다시 이죽거렸다.

"나는 권력도 싫고 명예도 싫다. 나는 다만 반천수의 복수를 해주고 싶을 뿐이다. 그러니 네가 아무리 꾀어도 결국 내 칼을 피할 수 없을걸?"

"이건 정말 어리석은 놈이군. 쯧쯧, 다시 오지 않을 기회를 제 스스로 박차 버리다니……."

"그래도 그간 알아온 정이 있으니 차마 죽이기도 어렵다. 그러니 네 스스로 목을 찔러서 죽는 게 어떻겠냐?"

두위가 넌지시 말하자 번풍이 빤히 바라보았다. 곤란해하는 기색이 역력했다.

"그건 무례한 부탁이다."

머리를 가로저은 그가 한숨을 쉬었다. 내심으로는 그 또한 두위와 칼을 맞대고 싶지 않았던 것이다.

어쩌다 만나면 서로 티격태격 싸우고 놀려댔지만 두위와 번풍은 마음속에 한 가닥 통하는 감정을 나누어 갖고 있었다.

십 년을 붙어살면서도 오가는 정이 없는 것보다 단 한 번을 만났어도 친밀한 감정을 나눌 수 있다면 그것이 더 가깝게 여겨지기 마련이다.

두위는 반천수를 생각하면 반드시 번풍을 죽여 한을 풀어야 했고, 번풍은 자신 앞에 놓인 가장 큰 장애물인 두위를 꺾지 못하고는 뜻을 이룰 수 없었다.

그것만 가지고 보면 두 사람은 더 말할 것 없이 서로 부딪쳐 하나가 죽어 넘어져야만 했다. 하지만 번풍도, 두위도 말만 그렇게 했을 뿐 냉큼 나서서 싸우려 들지 않았다.

문득 진사후가 길게 탄식하며 연검을 거두더니 번풍을 바라보았다. 한바탕 미친 듯 검을 휘둘러 내부에 들끓던 탁한 기운을 쏟아내고 나자 다시 제정신으로 돌아온 듯 그 눈빛이 잔잔하게 가라앉아 있었다.

"너는 기다림을 익혔느냐?"

번풍이 잘되었다는 듯 재빨리 진사후에게로 돌아섰다. 두위와 어색하게 마주 보고 서 있기가 무료했는데 기회가 왔던 것이다.

"기다림이라니?"

"산채를 떠나며 너에게 해주었던 충고를 벌써 잊었단 말이냐?"

"아, 그거."

진사후는 그에게 기다림을 배우지 못하면 더 이상의 발전은 없을 거라며 낚시를 해보기를 권했었다.

코웃음을 쳤지만 번풍은 진사후의 말대로 생전 처음 낚시라는 걸 해보았다. 그러나 끝내 기다림이라는 화두를 깨우치지는 못했다. 지루함 때문에 미치는 줄 알았을 뿐이다.

물안개가 자욱이 피어오르던 새벽, 낚시를 걷어차 버린 그는 한 칼로 강물을 갈라 버리고는 돌아섰다.

"기다림 따위는 필요없다. 이 칼이면 된다."

그렇게 호언장담했던 것이다.

진사후가 다시 그 화두를 던져 오자 번풍이 눈살을 잔뜩 찌푸렸다.

"나를 현혹하려는 짓이라면 쓸데없어. 기다림 따위는 내게 필요치 않으니까. 닥치는 대로 베어 나갈 뿐이고, 그래서 오늘 여기까지 왔다. 이제 몇 번만 더 칼을 휘두르면 천하가 내 손에 들어오는데 더 뭘 기다려?"

"하, 안타깝구나. 천하에 다시없을 좋은 기질을 타고났으면서도 그걸 꽃피우지 못한다. 어리석은 놈이다."

진사후가 장탄식을 했다. 번풍이 쳇, 하고 혀를 찼다.

그가 진사후에게서 시선을 비껴 장학우와 호금위의 무사들을 노려보더니 버럭 소리쳤다.

"너희들은 어떻게 할 테냐? 이곳에서 뒈질 것이냐, 아니면 무릎을 꿇을 것이냐!"

그때까지 있는 듯 없는 듯 조용히 서서 사태를 관망하고 있던 장학우가 허허, 웃었다.

번풍이 무존은 물론 진사후에게까지도 함부로 대하는 것을 보았다. 그런 놈이니 자신을 공경할 리가 없다고 생각했지만 마음속에 노여움이 이는 건 어쩔 수 없었다.

"정말 철없는 들개 같은 놈이다. 오만이 극에 달아서 하늘이 높고 땅이 넓은 줄을 모른다."

"개소리!"

번풍이 버럭 소리쳤다.

"가진 자가 거만을 떠는 것이 어째서 잘못이란 말이냐? 고수가 하수 앞에서 뽐내는 것은 당연하다. 그것이 싫다면 네가 나서서 나에게 하늘이 얼마나 높은지, 땅이 얼마나 넓은지 어디 가르쳐 보거라!"

한 세대 동안 거칠 것 없이 강호를 질타해 온 풍진광선 장학우에게
는 참을 수 없을 만큼 지독한 모욕이었다. 하지만 그는 결코 자신의 속
을 드러내 보이지 않았다.

"허허, 너의 자만심이 결국 너를 죽이게 될 것이다."

"좋았어. 결정했다."

번풍이 스산한 웃음을 띠고 성큼성큼 서너 걸음을 나섰다.

"내 첫 상대는 늙은이 바로 당신으로 하지. 자, 이리 와봐라. 과연
그 호물거리는 주둥아리만큼 실력도 따르는지 보자."

장학우가 머리를 설레설레 흔들었다. 번풍처럼 막무가내인 자를 본
적이 없는 그로서는 노엽다 못해 늙은 살가죽에 소름이 다 돋을 지경
이었다.

하지만 자식뻘밖에 되지 않는 새까만 후배와 땀 흘리며 싸운다는 건
역시 내키지 않았다.

장학우가 교활한 눈을 번뜩였다. 섭월령을 생각해 낸 것이다.

그가 의젓하게 턱수염을 쓸며 섭월령을 불렀다.

"선자, 어째서 아직까지 아무 말도 하지 않는 거지? 설마 너무 오랫
동안 동굴에 갇혀 있느라고 벌써 몸이 굳어버린 건 아니겠지?"

"음……."

섭월령이 괴로운 탄식을 흘렸다. 기어이 올 것이 왔다는 심정이 그
녀를 난감하게 했다.

장학우가 다시 점잖게 말했다.

"선자는 나와의 약속을 지키지 않을 셈인가? 여기 사파 삼비의 전인
중 두 명이 있다. 이제 그들을 죽여서 약속을 지켜야 하지 않겠나?"

"으음……."

섭월령이 이제는 고운 얼굴을 온통 일그러뜨린 채 더욱 큰 신음을 흘렸다.

정신이 오락가락했지만 그녀는 신의를 아는 여걸이었다. 비록 강요에 의한 것이었다고 해도 장학우와 한 약속을 부정할 수가 없었다.

번풍을 상대하는 일에는 거리낌이 없다. 그와는 아무런 관계도 맺은 적이 없기 때문이다. 하지만 영경에 대해서는 그렇게 할 수가 없었다. 그녀는 자신의 정인인 흑룡보주 채군걸의 여식이기 때문이다.

섭월령이 어떻게 해야 할지 갈피를 잡지 못하고 쩔쩔매는데, 번풍이 껄껄 웃었다.

"늙은이의 마음속에는 여우가 아홉 마리는 들어 있기 마련인가 보다."

"으음……."

이번에는 장학우가 오만상을 찡그리고 신음했다. 가슴이 벌떡벌떡 뛰는 것이 더 참다가는 울화통이 터져 쓰러져 버리고 말 것 같았다.

"무당파가 자랑하는 불세출의 영웅이라더니 다 옛말이다. 지금은 그저 교활한 쥐새끼가 되었을 뿐이다. 하긴, 저 말라비틀어지고, 나무껍질 같이 볼품없는 팔다리에 무슨 힘이 있을 것인가? 늙은이. 너는 차라리 스스로 목숨을 끊어서 더 이상 부끄러운 꼴을 당하지 않는 게 낫겠다."

"이놈!"

장학우가 기어이 참지 못하고 노성을 터뜨렸다. 주먹을 부들부들 떨던 그는 그러나 끝내 참아내고 말았다. 그의 대단한 인내심이 번풍을 시들하게 했다.

"쳇, 재미없는 늙은이로군."

격장지계가 제대로 먹히지 않자 번풍이 혀를 찼다. 그는 어떻게든 저 교활한 장학우를 끌어내 죽이고 싶어 안달이 나 있었다.

장학우가 그런 번풍은 상대하지 않고 다시 섭월령을 다그쳤다.

"어서 약속을 지켜라! 그렇지 않으면 세상 사람들이 모두 너의 신의 없음을 비웃을 것이다!"

머뭇거리기만 하는 섭월령을 안타깝게 바라보던 두위가 기어이 참지 못하고 나섰다. 그가 장학우를 가리키며 사납게 소리쳤다.

"개소리! 남의 손을 빌어 코를 풀려고 한다. 이리 와라. 차라리 내가 너를 죽여서 더 주둥아리를 놀리지 못하게 해주고 말 테다!"

그가 잔뜩 화가 나 외치자 살기가 풀풀 날렸다. 당장 달려들어 장학우의 목을 쳐버리겠다는 듯 칼마저 뽑아 들고 움찔거리는데 멀리서 낭랑한 외침이 바람을 타고 들려왔다.

"당신이 나설 일이 아니에요."

또 누가 오는 건가? 하는 불안함과 궁금증 때문에 사람들의 시선이 일제히 소리가 들려온 곳으로 향했다.

무성한 매화나무 숲을 날듯이 스쳐 다가오는 두 사람이 보였다. 규화와 팽호였다.

두어 번 땅을 차는 것으로 훌쩍 두위 곁에 내려선 규화가 눈을 흘기고 나서 앙칼지게 말했다.

"당신은 도대체 언제나 철이 들 건가요? 나설 때와 물러설 때를 아직도 가리지 못하다니……."

"어, 어, 그건……."

"됐어요."

무어라 변명하려는 두위의 말을 매몰차게 끊어버린 규화가 섭월령에게 다가가 그녀의 손을 꼭 잡았다.

"언니, 고민할 것 없어요. 열 사람의 말을 다 들었다가는 아무것도 하지 못하게 돼요. 오직 언니의 마음속 말에만 귀를 기울이세요."

섭월령이 멍하니 규화를 바라보다가 배시시 웃었다.

"너는 참 알맞게도 나타나는구나. 나는 이제야 마음이 놓인다."

"쳇, 언제는 꼴도 보기 싫다며 피하기만 하더니?"

"호호, 그럼 이제부터는 네 뒤만 따라다니마."

"아이구, 사양하겠어요. 올케와 시누이가 너무 다정하면 그것도 서방님을 괴롭게 하는 일이랍니다."

그 말을 할 때 규화는 의도적으로 목청을 높였고, 힐끔힐끔 영경을 곁눈질했다. 먼 곳에서 영경은 고개를 숙인 채 묵묵히 서 있을 뿐이었다. 두위는 듣지 못한 척 팽호의 손을 잡고 낮은 목소리로 뭔가를 상의하고 있었다.

규화가 이번에는 무존에게 다가가 포권하고 머리를 숙였다.

"축하드려요. 대공을 이루셨으니 이제 머지않아 과거의 그 위용을 되찾으시겠지요."

"소저는?"

무존이 어리둥절하여 그런 규화를 바라보았다. 규화가 방긋 웃어 보였다.

"규화라고 해요."

"허, 소저가 바로 그 규화 낭자였군. 나는 누구보다도 소저를 가장 무서워하게 되었네."

대무광의 입가에 웃음이 번졌다. 규화가 샐쭉해진 눈으로 힐끔 두위를 노려보았다. 그가 무존에게 자신에 대해서 뭐라고 헐뜯었는지 알겠다는 얼굴이었다.

대무광이 규화의 섬섬옥수를 쥐었다.

"나는 이제 늙었으니 예전 같아질 수 있을까? 하지만 소저는 이처럼 젊고 아리따운 데다가 총명하기까지 하니 장차 강호를 위해 큰 공덕을 베풀기 바라네. 두위를 다스릴 수 있는 사람은 아무래도 소저밖에 없을 듯하여 더욱 기대가 크네."

"하지만 저는 대 마귀의 전인인걸요? 장차 강호에 더 큰 피바람을 불러올지도 모르지요."

"그렇지 않을 것이네. 구지신마의 천마신공은 이미 그 마기가 깨졌고, 소저는 사악함을 타고나지 않았으니 그럴 리가 없네."

"어떻게 장담하죠?"

"누구든 나만한 나이가 되면 첫눈에 사람을 알아볼 수 있는 능력이 생기는 법일세."

"쳇."

곱게 눈을 흘기고 돌아선 규화가 입술을 내밀더니 날카롭고 높은 휘파람을 불었다. 뾰족한 호각 소리처럼 그녀의 휘파람 소리가 곧장 하늘을 찌르고 솟구쳐 올랐다.

사람들이 어리둥절하여 그녀를 바라보았다. 누군가가 숲을 뚫고 질풍처럼 내달아왔다. 흐릿한 그림자를 본 것 같았을 뿐인데 그자는 이미 규화 곁에 서서 쥐눈을 반짝이고 있었다. 견후비서(犬嗅飛鼠) 당취(唐驟)였다.

그의 질풍 같은 경신법이 모든 사람을 놀라게 했다. 경신법만으로 본다면 그는 이곳에 있는 누구와 겨루어도 지지 않을 것 같았다.

규화가 당취의 볼을 꼬집었다.

"누가 널 불렀어?"

"아야! 아프다! 난 네가 핍박을 받는 줄 알고 머리카락이 뽑히도록 달려왔단 말이다! 칭찬을 해줘도 부족할 텐데 꼬집다니!"

"흥! 여기 섭 언니가 있고, 두위가 있는데 누가 감히 나를 핍박한단 말이냐?"

으스대며 말하는 중에 대무광을 힐끔거리는 것이 그에게 들으라고 하는 말이 분명했다.

"두위?"

당취가 두리번거리다가 두위를 발견하고 반갑게 달려가 두 손을 잡고 마구 흔들어댔다.

"뭐야? 혼자서 애쓰는 줄 알았더니 한가롭게 놀고 있었잖아? 네 목은 역시 질기기 짝이 없다. 대체 언제쯤에나 그게 떨어지는 걸 구경할 수 있을까?"

"썩을 놈."

두위가 냅다 머리통을 후려갈겼다. 당취가 머리를 감싸고 펄쩍펄쩍 뛰며 괴성을 질러댔다. 그가 온통 정신없이 설쳐 대는 통에 다들 넋이 빠져서 상황이 어떻게 돌아가는 건지 생각해 볼 새가 없었다.

그사이 한 채의 교자를 호위한 귀역의 장한들이 우르르 숲에서 달려 나왔다.

"저놈은 어딜 가나 저렇게 시끄럽다. 아예 주둥아리를 꿰매놓자!"

범이 울부짖는 듯한 고함 소리는 장가구의 것이었다.

"그것보다는 이빨을 다 뽑아놓는 게 낫겠다!"

장 노대의 걸걸한 음성이 뒤따랐다.

"이 허수아비들은 다 뭐냐? 저리 비키지 못하겠니!"

장학우 주위에 모여 서 있는 호금위의 무사들에게 버럭 소리치는 것은 귀안효(鬼眼鴞) 왕곤(王崑)이다. 그가 올빼미 눈을 부릅뜨자 얼굴이 더욱 괴이해 보여서 사람들을 놀라게 했다.

그러나 무엇보다 그들을 놀라게 한 건 교자 위에 비스듬히 앉아 앵속을 쟁인 곰방대를 빨고 있는 추레한 늙은이였다.

그를 본 대무광의 얼굴이 침중해졌고, 진사후 또한 일그러진 얼굴로 주춤거렸다.

"풍해산. 과연 당신이었군."

대무광이 겨우 마음을 추스르고 탄식하듯이 말했다. 노인이 곰방대를 탁탁 털면서 히히, 하고 웃었다.

"내가 아니면 이 국면을 누가 수습할 수 있겠어? 무존은 이제 종이호랑이가 되었고, 진가 저놈은 원래 주변머리가 없는 게 잘난 척하기 좋아하고, 저 풍진광선이라나 뭐라나 하는 미친 늙은이야 더 말할 가치도 없지. 다들 늙었으면서도 뒈지지 않고 있으니 이렇게 다시 만나는구나. 잘됐다, 잘됐어."

풍 노인이 손바닥으로 교자의 난간을 두드리며 깔깔거리고 웃었는데 그야말로 미친 노인 같았다. 모두들 할 말을 잊은 채 무거운 얼굴로 그런 노인을 지켜볼 뿐이었다.

웃음을 그친 풍 노인이 눈을 부릅뜨고 섭월령을 노려보았다.

"음괴야, 네가 아직 팔팔하게 살아 있으니 그것 또한 뜻밖이다. 대체 네년은 사내들의 양기를 얼마나 빨아먹었기에 아직도 처녀 같단 말이냐?"

다른 사람이 그런 말을 했으면 즉시 달려들어 머리통을 눌러 버렸을 테지만 그녀는 감히 발작하지 못하고 다소곳했다. 이죽거리고 있는 노인이 마도삼정 중의 첫째로 꼽혔던 대마두 구지신마 풍해산이기 때문이다. 섭월령이 포권하고 간드러진 음성으로 대꾸했다.

"이렇게 노야의 존체를 보게 되다니 역시 악착같이 살아 있기를 잘했군요."

"히히, 아서라, 아서. 아무리 꼬리쳐 봐야 나는 이미 사내 구실을 할 수 없게 된 몸이니 헛수고나라. 그것보다는 여기 이렇게 팔팔한 젊은 것들을 한 무더기 가져왔으니 그중에서 골라보는 게 나을 거다. 아니다. 네년에게는 이미 두위 저 음충맞은 놈이 있으니 다른 물건들은 눈에 차지도 않겠구나?"

노인의 말에 섭월령은 얼굴만 붉힌 채 물러섰고, 규화가 발끈해서 발을 동동 굴렀다.

"아니, 이젠 정말 노망이 들었나 보다. 내가 그 수염을 죄다 뽑아놓지 못할 줄 알고?"

"저년 좀 보게, 부끄러운 줄도 모르고 이 많은 사람들 앞에서 두위가 마치 제 서방이라도 된 듯이 설쳐 댄다. 채 낭자가 과연 너를 가만 놔둘까?"

풍 노인이 이번에는 불쑥 채영경을 끌어들였다. 그녀는 내내 망사 안에서 우울한 눈길을 보내 가끔씩 두위를 보고 규화를 보았는데, 풍 노인의 말을 듣고 나자 견디지 못하겠다는 듯 슬그머니 외면했다.

"개자식들아, 어른의 말이 말 같지 않냐? 비키지 못하겠니?"

불쑥 왕곤이 다시 소리쳤다. 그들의 진로에 호금위의 무사들이 모여서 있었으므로 더 나아갈 수가 없었던 것이다.

무사들이 장학우의 눈치를 보았다. 결정을 기다리는 것이다.

장학우의 머리가 빠르게 돌아갔다. 그는 더 이상 자신이 오늘의 형세를 주재할 수 없게 되었다는 것을 알았다.

그가 처음 이곳에 왔을 때는 거느리고 있는 호금위의 고수들로 힘의 균형을 이룰 수 있었다. 정한곡과 진사후의 무리들 속에서 위협받고 있는 무존에게 자신의 세력이 큰 힘이 되었던 것이다.

장학우가 어느 쪽에 가담하느냐에 따라서 국면이 달라질 수 있었던 것이 번풍이 사령천의 수하들을 이끌고 끼어들면서 어긋났다. 하지만 장학우는 그때까지만 해도 자신과 진사후가 거느리고 있는 군웅성의 무리들이 힘을 합치면 번풍을 충분히 상대할 수 있다고 여겨서 느긋했다.

그런데 이제 풍해산이 나타나자 그러한 균형이 그에게로 돌아갔다는 것을 알았다. 풍해산이 거느리고 나타난 귀역의 무리들이 결코 호락호락해 보이지 않았기 때문이다.

게다가 풍해산이 되는 대로 지껄이는 듯한 말을 종합해 볼 때 두위와 규화, 팽호는 물론 정한곡주와 섭월령까지 그와 교감을 나누고 있다는 것이 분명해졌다. 그렇다면 이 모든 상황을 주재할 수 있는 자는 이제 풍해산이었다. 그리고 그는 지금 자신의 지척에 있었다.

장학우는 풍해산이 껍질만 남아 있을 뿐, 아무 능력도 없다는 것을 잘 알았다. 그러면서도 이와 같은 세력을 자신 곁에 모아둘 수 있었으니 과연 구지신마라고 감탄하지 않을 수 없었다.

'풍해산이다. 그를 잡는 자가 이기는 거다.'

그런 생각이 장학우의 머릿속을 번갯불처럼 스쳐 갔다. 그리고 결단 또한 그와 같이 빨랐다.

"잡아라!"

그가 교자와 가장 가까운 곳에 서 있는 태악천검 철위영에게 호통쳤다.

장학우에게 한 번 결정하면 망설이지 않고 밀어붙이는 과감성이 있다면 철위영에게는 누구에게도 지고 싶지 않은 그만의 특이한 검법이 있었다.

장학우의 말이 떨어짐과 동시에 철위영이 무릎도 굽히지 않은 채 앞으로 쏘아져 나갔다. 왕곤과 장가구만 뚫으면 바로 풍해산의 목덜미를 낚아챌 수 있다. 십여 걸음의 거리는 있으나 마나다.

"엇!"

왕곤과 장가구가 놀람의 외침을 터뜨리며 막아섰지만 너무 가까이 붙어 서 있었으므로 박도와 단극을 휘두를 수가 없었다. 자칫하면 서로에게 상처를 입히게 되기 때문이다.

하지만 철위영은 거리낌없이 검을 쳐낼 수 있었다. 그의 검에서 뻗어 나온 날카로운 기운이 단번에 장가구와 왕곤을 쫓아냈다.

앞이 훤히 뚫렸다. 교자가 크게 눈에 들어왔다. 그 위에 앉아 있는 풍 노인은 조금도 당황하거나 놀라지 않고 여전치 태평스런 모습이었다. 그것이 마음에 걸렸으나 개의치 않기로 했다.

'됐다!'

철위영의 입가에 회심의 미소가 떠올랐다.

그가 막 손을 뻗어 노인의 맥문을 낚아채려 할 때였다.

핏―!

짧고 희미한 파공성 하나가 귓속으로 파고들었다.

"어?"

철위영이 뻗어내던 손을 멈춘 채 주춤했다. 흰빛 하나가 미간에 와 닿은 것 같았는데, 그게 무언지 알 수 없었다.

의식의 끈이 갑자기 끊어졌다.

눈동자의 초점이 풀려 버린 채 급격히 생기를 잃은 철위영이 풀썩 무릎을 꿇었다. 그의 검이 덧없이 떨어져 굴렀다.

영문을 몰라 어리둥절하던 사람들의 눈에 그제야 철위영의 미간 깊숙이 박혀 있는 비도(飛刀) 한 자루가 보였다. 자루만 남아 꼬리를 부르르 떨고 있었다.

"아―!"

제일 먼저 장학우가 놀람과 감탄의 탄성을 터뜨렸다. 몸에 익은 검술 하나로 천하를 오시할 만하던 철위영이 저렇게 맥없이 무너졌다는 것이 믿어지지 않아서였다. 철위영을 단번에 주저앉힌 비도에 대해서도 경탄하지 않을 수 없었다.

'대체 누가?'

부릅뜬 장학우의 눈에 가마 곁에 붙어 서 있는 청년 한 명이 보였다. 양사명이었다.

그는 원래 가마 뒤쪽에 서 있었는데, 워낙 조용히 있었을뿐더러, 앳

되어 보이는 청년이었으므로 누구의 눈길도 받지 못했다. 그래서 장학우는 물론 철위영의 눈에도 그가 들어오지 않았던 것이다.

"허─!"

장학우가 다시 감탄성을 터뜨렸다. 아직 손에 남아 있는 비도 한 자루를 조용히 갈무리하는 양사명의 모습에서 대가의 풍모를 볼 수 있었기 때문이다.

양사명은 확실히 이 몇 개월 사이에 달라져 있었다. 고요한 물처럼 투명하게 가라앉아 있는 그의 기도가 그랬고, 철위영을 단번에 끝내 버린 명쾌한 솜씨가 그랬다.

"개자식들이 감히 수작을 부린다!"

장가구가 크게 노하여 소리치며 박도를 휘둘렀다. 허공에 그것이 번쩍, 하고 빛난 순간 무릎을 꿇은 자세로 숨이 끊어져 있던 철위영의 목이 뎅겅 잘려 떨어졌다.

"이미 죽은 자를 또 죽이다니! 잔인하고 무도한 놈이다! 용서할 수 없다!"

그것을 본 좌호금위장 만승극 당교엽이 치솟는 분노를 참지 못하고 그의 애병인 참첨극(斬尖戟)을 휘두르며 곧장 쳐들어왔다.

그와 함께 와! 하는 함성을 지르며 호금위의 서른 명 위사들도 물밀듯 쏟아져 나왔다.

그들은 군웅성의 위급을 보고 달려온 이후 아직까지 한 번도 이 싸움의 전면에 나서지 못하고 방관자가 되어 지켜보기만 했으므로 내심으로 불만이 쌓여 있었다.

"무모하다!"

장학우가 깜짝 놀라 소리쳤지만 이미 화약의 심지에 불이 당겨진 꼴이어서 제어할 수가 없었다.

장학우는 생각을 바꾸어 차라리 잘된 일인지도 모른다고 여겼다.

호금위의 무사들은 군웅성이 자랑하는 최고의 고수들이다. 철위영의 죽음으로 분노한 그들이 일거에 풍해산과 귀역의 무리들을 쓸어버린다면 하나의 위험을 재빨리 제거해 버리는 결과가 될 수도 있었던 것이다.

하지만 모든 일에는 가끔 의외의 결과가 따르기도 하는 법이다. 눈앞에서 벌어진 일이 바로 그랬다.

"개자식들이 뒈질 자리를 찾아온다!"

"모두 죽여 버리자!"

장가구가 박도를 휘두르며 제일 먼저 뛰어나갔고, 그 뒤를 왕곤과 장 노대 등이 뒤따랐다.

거의 동시에 귀역의 무리들 또한 눈사태가 난 듯 호금위의 무사들을 마주 보고 달려나갔다. 이제는 그들의 부모가 나서서 악을 쓴다고 해도 막을 수 없는 상황이 되어버리고 말았다.

풍해산 곁에는 양사명이 혼자 남아서 차가운 눈으로 좌우를 감시하고 있을 뿐이다. 풍해산이 클클, 하고 낮게 웃었다.

"제 꾀에 제가 넘어가는군. 언제나 재주를 자랑하는 원숭이가 나무에서 떨어지는 법이고, 꾀 많은 여우가 가장 먼저 함정에 빠지는 법이다. 장학우 저놈은 늘 그래. 멍청하지."

풍 노인의 얼굴은 느긋하기만 했다. 이미 이런 결과가 되리라는 것을 알고 있었던 듯했다. 아니면 이렇게 되기를 바라고 있었던 것인지도 모른다.

꽝—!

장가구의 박도와 당교엽의 참첨극이 최초로 부딪쳤다. 두 사람 모두 자루가 긴 병장기를 힘껏 휘두르고 있었으므로 그 위력이 대단했다.

날 선 칼과 첨극이 충돌하자 쇠북을 때린 듯한 굉음과 함께 불똥이 허공에 작열했다.

"음—!"

장가구의 팔 힘이 의외로 강하다는 걸 느낀 당교엽이 신음을 삼키고 더욱 힘있게, 그리고 더욱 날카롭고 재빠르게 첨극을 휘둘러 찌르고 걸어 당기고 베어왔다.

때로는 창이 되고, 때로는 칼이 되는가 하면, 갈퀴가 되기도 하는 그의 극은 변화가 무쌍했다.

거기에 맞서고 있는 장가구의 수법은 우직하고 단순했다. 그는 오직 박도를 맹렬하게 휘둘러 내리찍고 후려쳐 베어갈 뿐이다. 하지만 그것에 실려 있는 무지막지한 힘과 기세가 결코 당교엽의 아래가 아니었다.

두 사람이 장병기(長兵器)를 휘둘러 싸우고 있었으므로 그들 곁에 얼씬거리는 자가 없었다. 육십 명이 넘는 사람들이 그들과 떨어져서 한 덩어리로 뒤엉켜 난전에 돌입했다.

이렇게 많은 사람들이 이처럼 좁은 공간에 섞여 들어서 싸우는 모습은 흔히 볼 수 있는 일이 아니었다. 서로 등이 맞닿고 어깨가 부딪치는 상황에서는 오직 눈앞의 상대를 죽여야 할 뿐, 몸을 피할 수도 없었다.

호금위의 무사 삼십 인은 모두 초인과 버금가는 절정의 고수들이었으므로 그 싸움은 더욱 격렬하고 잔인했다.

눈 깜작할 순간에 벌어진 그 난전에 모든 사람들이 넋을 잃었다. 사태가 이처럼 급박하게 변할 줄은 예상치 못하고 있었던 터라 더욱 어리둥절해서 바라볼 뿐이다.

갑작스러운 비명 소리가 높은 호각 소리처럼 귀를 찔렀고, 허공에 번쩍이는 칼빛과 검기가 눈을 어지럽게 했다. 피가 무지개처럼 뿌려지고 조각난 육편(肉片)들이 사방으로 비산했다.

난전을 좋아하는 장 노대의 칼이 한 치의 사정도 여유도 없이 닥치는 대로 찍고 쪼개는 곳에서 호금위의 무사들은 덧없이 쓰러져 가기만 했다.

처음 부딪쳤을 때는 대등한 기세라고 여겨졌는데, 서너 번 숨을 바꾸어 쉴 시간도 지나지 않아서 전세가 확 기울어 버렸다.

누구도 그처럼 급작스럽게 우열이 드러나리라고는 예상하지 않았다. 눈앞에서 벌어진 믿을 수 없는 일에 이제는 다들 입만 딱 벌리고 있을 뿐, 놀람의 탄성조차 뱉어내지 못했다.

"어, 어, 저거, 저거……."

장학우 또한 마찬가지였다. 그는 늙은 눈을 찢어질 듯 부릅뜬 채 기가 막혀서 턱을 덜덜 떨기만 했다.

갑자기 붙어버린 싸움이 걷잡을 수 없이 타올랐다가 순식간에 끝났다.

으악! 하는 처절한 비명이 마지막으로 들렸다. 장가구의 박도에 목을 찍힌 당교엽이 내지른 단말마였다.

대무광도, 진사후도, 그들 곁에 있는 초인들은 물론 번풍과 채영경, 그리고 섭월령까지도 자신들이 본 것을 믿지 못하고 어, 어, 하는 기성을 신음처럼 흘렸다.

살아난 자는 한 명도 없었다.

서른 명이나 되는 호금위의 무사들이, 군웅성 제일의 용사들이라고 여겨지던 그들이 몇 번 숨 쉬는 동안에 모두 참혹한 주검이 되어 널브러지고 말았다.

귀역의 무리들은 피에 굶주린 아귀들 같았고, 지옥에서 방금 풀려난 야차들 같았다. 그들이 그 난전 속에서 단 한 명의 희생자도 내지 않았다는 게 더욱 사람들의 얼을 빼놓았다. 기다렸다는 듯 행해진 일방적인 도살이라고밖에는 생각되지 않았다.

"뭐야? 싱거운 놈들이었다."

"제기랄, 입맛만 버렸어."

"썩을 놈들. 좀 더 재미있게 놀아주지 않고……."

"저기 저놈들이 더 나아 보이는데? 저쪽으로 가볼까?"

그들이 서로 지껄이고 투덜거리는 말들이 먼 꿈속의 일처럼 들렸다. 그러던 중 누군가가 피 한 방울 묻어 있지 않은 검을 들어 번풍 쪽을 가리켰다. 사령천의 무리들이 움찔, 하고 몸을 떨었다.

"돼지 같은 놈들아!"

잠깐 사이에 벌어진 그 일에 넋을 놓고 있던 두위가 버럭 소리쳤다.

"도대체 어떻게 된 거냐? 어떻게 그럴 수 있지?"

지난 가을, 악원(岳原) 평야에서 하후명의 무리들을 맞아 싸울 때만 하더라도 지금 같지는 않았다. 그때도 놀라운 무위와 용맹을 보이기는 했지만 지금 눈앞에서 목격한 것과 비교하자면 하늘과 땅만큼이나 큰 차이가 있었던 것이다.

풍 노인에게로 돌아가 있던 지난 몇 달 사이에 그들은 또 한 고비의 경계를 뛰어넘어 어느덧 초인의 반열에 올라서 있었다.

교자 곁에 묵묵히 서서 호법을 서고 있는 양사명만 해도 그랬다. 그의 비도술은 예전의 그것이 아니었다. 철위영을 소리없이 해치우던 그 솜씨는 이제 신기(神技)에 들어 있었다. 그는 진정으로 추혼비(追魂匕)의 모든 걸 얻은 것이다.

'구지신마는 죽은 게 아니다.'

두위는 비로소 그걸 실감했다.

풍 노인은 과거의 모든 걸 잃고 쓸모없는 폐인으로 몰락했다. 그러나 그의 능력은 결코 사라지지 않았다. 그는 규화를, 그리고 나와 저 귀역의 무리들을 통해서 자신의 모든 것을 되살려 낸 것이라는 생각이 두위로 하여금 기쁨과 두려움을 동시에 느끼게 했다.

두위뿐만이 아니라 그곳에 모여 있는 사람들 모두가 이제 그러한 사실을 깊이 깨달았다.

'풍해산이, 구지신마가 다시 살아났다!'

그들의 머릿속에는 그러한 생각이 두려움과 공포가 되어 미친 듯이 내달았다.

저 무지막지한 자들이 날뛴다면 이곳에 있는 누구도 무사하지 못할 것이다. 그 위기감이 군웅성의 무리들은 물론 번풍마저도 꼼짝하지 못하도록 옭아맸다.

모든 사람들의 시선이 풍 노인에게로 모아졌다. 누구도 더 이상 그를 초라한 늙은이로 보지 않았다. 그는 이제 추레해져서 더욱 신비롭고 돋보이는 한 명의 노 기인이었다.

노인이 곰방대에 앵속을 새로 쟁이며 느긋하게 돌아보았다.

"진가야, 만족하냐?"

그가 뜬금없이 물었으므로 진사후는 대답할 말을 떠올리지 못하고 어리둥절했다. 풍 노인이 흐흐, 하고 낮게 웃었다.

"살아온 날들이 말이다. 지금의 네가 말이다."

"음……."

진사후가 깊은 침음성을 흘렸다. 풍 노인이 이번에는 대무광을 가리켰다.

"무존, 너는 만족한가?"

"만족하네."

진사후와는 달리 대무광은 망설이지 않고 대답했다. 그의 입가에 희미한 웃음마저 떠올라 있었다. 그것을 본 풍 노인이 살짝 눈살을 찌푸렸다.

"내 손짓 한 번이면 목이 떨어지는 처량한 신세가 되었는데 뭐가 만족해?"

무존이 껄껄 웃었다.

"그대는 죽어서 다시 살아났으니 과연 만족한가?"

"음……."

이번에는 풍 노인이 침음성을 흘렸다. 무존이 밝은 얼굴로 앞으로 나왔다.

"나는 이미 과거의 모든 것을 잊었고, 내가 가졌던 모든 것을 버렸다네. 그러니 무존은 죽었고, 지금 여기 있는 건 대무광일 뿐이지. 아니, 이름이 무슨 소용이 있으리오. 이제 나는 그저 죽음을 기다리고 있는 한 명의 초라한 늙은이일 뿐이다. 그러니 오늘 이렇게 살아 있는 게 어찌 만족스럽지 않을 수 있겠는가?"

대무광이 너도 그러냐는 물음을 눈으로 던져 왔다. 잠시 생각하던 풍 노인의 얼굴에서 장난기가 걷혔다.

"너는 나와 싸우지 않겠다는 거냐?"

그래도 미심쩍었던지, 아니, 마음에 억울함이 남아 있어서인지 풍 노인이 눈을 가늘게 뜨고 다시 물었다. 대무광이 하하, 하고 가볍게 웃었다.

"평생을 싸움만 하며 살아왔다네. 이제 겨우 그 덧없음을 깨닫고 지난날들을 뉘우치며 후회하고 있는데 다시 싸우겠나? 자네나 나나 어디 그럴 기력이나 남아 있던가?"

"음……."

풍 노인이 이번에는 더 깊고 침울한 탄식을 뱉어냈다.

사실 마음을 괴롭게 했던 그 큰 원한과 복수에 대한 염이 갈수록 흐려지기는 풍 노인도 마찬가지였다. 나이가 들고, 몸이 쇠약해져서 죽을 날이 가까워지자 마음마저 감상적이 되어간 건지도 몰랐다.

젊은 날의 호기와 살기는 이제 눈을 씻고 찾아보아도 찾을 수 없게 되었다. 그저 옛일을 잊지 못해하는 가여운 늙은이가 남았을 뿐이다.

'나는 죽기 전에 저놈을 다시 한 번 보고 싶어서 여기에 온 것은 아닐까?'

풍 노인은 그렇게 자신의 마음을 되짚어보았다. 그러자 정말 꼭 대무광을 죽이고, 진사후를 죽여서 복수를 하기 위해 이곳에 온 게 아니었다는 사실을 새삼 깨닫게 되었다.

그대로 두어도 오래 살지 못할 자들이다. 그런 자들을 하루 일찍 죽인다고 해서 마음이 통쾌해질 것 같지도 않았다.

이런 날이 오기를 오랫동안 기다렸다. 군웅성을 무너뜨리고, 영웅비를 밟아줄 날을 꿈에서도 그리며 악착같이 살아온 세월이었다. 하지만 얼마 전부터 노인은 그런 자신의 마음에 금이 가는 걸 느꼈다. 규화가 품에서 떠났을 때부터일 것이다.

결국 그렇게 되는 게 세상의 이치라고 생각했다. 아무리 공들여 키웠어도 때가 되면 내 품을 떠나 제 갈 길로 가는 게 사람의 일이다.

그와 같이 아무리 큰 원한을 품고 있어도 세월의 덧없음 앞에서는 한 줌의 흙보다도, 한 모금의 물보다도 귀하지 않을 뿐이다. 죽음이 목전에 다가와 있는데 원한이 무슨 소용이고 은혜가 무슨 소용이란 말인가.

노인은 이제, '내가 과연 복수를 하기 위해 이곳에 온 것일까?' 하는 의문으로 자신을 냉정하게 돌아보고 있었다.

"헛살았구나, 헛살았어."

풍 노인이 침통한 얼굴이 되어 탄식했다.

그때까지 한쪽에 멍하니 서 있던 장학우가 문득 정신을 차리고 몸을 부르르 떨더니 발악을 하듯 악을 썼다.

"네가 뭐라고 하든 나는 반드시 너희들 악의 무리를 쓸어버려서 대의를 세우고 말 테다!"

그는 자신이 거느리고 왔고, 이만한 전력이면 대무광과 군웅성을 지켜내기에 부족함이 없다고 굳게 믿었던 호금위의 몰살에 커다란 충격을 받았다.

그에게는 아직도 대무광이 정도의 지표였고, 영원한 우상이었다. 또한 군웅성은 강호의 대의와 평화를 상징하는 성스러운 곳이기도 했다. 그것이 한순간 꿈처럼 사라져 버리는 것을 용납할 수 없었다.

대무광이 저렇게 나약한 마음을 드러내 보이고 있다는 것이, 그 앞에서 저 초라한 늙은이가 동정하듯 한숨을 쉬며 탄식한다는 것이 용납되지 않았다.

장학우가 충혈된 눈으로 섭월령을 바라보며 소리쳤다.

"음괴! 너는 정말 약속을 지키지 않을 셈이냐? 이곳에 마도삼정과 사파삼비의 후예들이 모두 모여 있다! 이때를 놓치면 다시 어디서 그들을 찾을 것이냐! 그러니 어서 죽여라! 모두 죽여!"

섭월령의 얼굴이 창백해졌다. 그녀가 어떻게 해야 할지 갈피를 잡지 못하는데 두위가 달려나오며 장학우의 말을 가로막았다.

"개소리! 그전에 내가 너를 죽여 친구의 한을 풀어주고 말 테다!"

"무엇이? 네까짓 놈이 감히 나를 우습게 여긴단 말이냐?"

"어디, 그 교활한 머리와 세 치 혓바닥만큼 지닌 솜씨도 매서운지 한번 보자."

두위가 조금도 굴하지 않고 소리쳤다.

그는 장학우가 더 이상 섭월령을 닦달하지 못하도록 해야 한다고 생각했다. 만약 그녀가 장학우와의 약속을 외면하지 못하고 움직인다면 규화도, 채영경이나 팽호는 물론 번풍도 위기를 겪게 될 것이기 때문이다.

아니, 어쩌면 그들에 의해서 섭월령이 위기에 처하게 될지도 몰랐다.

어느 쪽이든 그건 두위가 바라는 바가 아니었다. 그러니 그전에 장학우를 죽여 그 입을 영영 막아버리는 것만이 최선이었다. 게다가 두위에게는 반천수가 남겨주고 간 한을 풀어주어야 한다는 절박한 심정도 있었다.

그가 반천수를 떠올리고 더욱 분개했다.

"너에게서 나온 것이 네게로 돌아가는 것뿐이니 죽더라도 원통해하지 말아라!"

차갑게 외친 두위가 칼을 들고 성큼성큼 다가가자 주위에 있던 귀역의 무리들이 우르르 흩어져서 공간을 만들어주었다.

두위의 머릿속에는 이제 반천수에 대한 생각이 가득했다. 지난 가을, 하후명의 군진으로 쳐들어가 첫 싸움을 치르고 났던 그때 반천수는 쓸쓸한 얼굴로 다가와 말했었다.

"한 가지 부탁을 들어줘. 그러면 죽어서도 너를 잊지 못할 거야."

"뭔데?"

"군웅성에 들어가면 다시는 나오지 못할 거다. 그러니 네가 내 대신 장학우를 죽여줘."

"풍진광선 장학우?"

"스승을 내 손으로 죽이게 한 놈이다. 음풍곡에서 맹세했다. 반드시 그 늙은이를 죽여서 원한을 풀어드리겠다고."

그 말을 하던 반천수의 적막한 얼굴을 바라보며 두위는 그가 죽어가고 있다는 것을 직감했었다.

두위에게 한을 떠넘긴 그는 한 가닥 희망을 품고 진사후를 따라 군웅성으로 떠났다. 두위는 그 쓸쓸한 뒷모습을 잊을 수가 없었다.

이제 그의 부탁을 들어줄 때였다. 저승에서라도 그가 기뻐한다면 그걸로 대가는 충분하다.

두위를 노려보던 장학우가 부드득 이를 갈았다. 새파란 애송이에게 모멸을 당하고 있다는 분노가 그의 노안을 일그러뜨렸다.

"죽일 놈!"

노성을 터뜨린 장학우가 등에 지고 있던 검을 뽑아 후려쳐 왔다.

씨잉—!

그의 무지막지한 내력이 실린 검격이 대지를 두 쪽으로 낼 듯 정수리 위에 떨어졌다. 두위의 몸이 휘청, 하고 꺾였다. 아무렇게나 후려친 장학우의 검격이었지만 그것에 실려 있는 막강한 잠력이 이마를 서늘하게 스치고 지나갔다.

검이 허공을 치자 장학우의 마음에 불 같은 노여움이 더욱 일었다. '하찮은 놈이 감히?' 하는 생각 때문이다.

그가 평생의 절기로 간직해 온 무당검을 급박하게 풀어내기 시작했다.

장학우에게서 구궁검법(九宮劍法)이 펼쳐지자 장강대하(長江大河)의 물줄기처럼 끊이지 않고 쏟아져 나오는 검세가 하늘 가득 번쩍였다.

장학우는 감정이 극도로 불안하고 격해진 상황에서 검을 떨쳐 냈다. 그러므로 검세가 흔들리고 초식이 어지러워질 법도 하건만 조금도 그렇지 않았다. 검을 보고 구결을 외자 어느새 마음속의 격랑이 깊고 잔잔한 호수처럼 그윽해진 것이다.

그의 수양의 깊이와 검을 대하는 마음이 어떤 것인지는 그 한 가지만 보아도 충분히 알 수 있었다.

종사의 검법은 한 획, 한 떨기라도 버릴 것이 없다. 보는 것만으로도 황홀하고, 마음이 통쾌해지는 것은 물론, 검로(劍路)의 흐름을 좇다 보면 아! 하고 깨달아지는 바가 많았다.

고수일수록 그랬으므로 그곳에 모여 있는 사람들은 모두 눈을 부릅뜨고 장학우의 검법(劍法)에 온 신경을 집중했다. 신묘한 구궁의 보법에 따라 펼쳐지는 검로의 기이함과 격검의 장중함, 그리고 초식의 날카로움이 지켜보는 사람들의 숨을 막히게 했다.

십여 초가 그렇게 물 흐르듯 지나갔다. 그동안 두위는 오직 다리를 바쁘게 움직이고 몸을 어지럽게 흔들며 가까스로 위기를 넘길 뿐, 제대로 반격 한 번 하지 못하고 있었다.

누가 보아도 두위가 장학우의 무당검에 휘말려 쩔쩔매고 있는 것 같았다. 그러나 섭월령의 굳었던 입가에는 한줄기 희미한 미소가 떠올랐고, 대무광의 눈도 번쩍였다.

자신의 처지마저 잊은 채 지켜보던 진사후의 입에서 탄식이 흘러나왔다.

"아, 저대로 두어야 한단 말인가?"

그의 눈에 가득 근심이 실렸다. 장학우에 대한 염려 때문이었다.

"차합!"

두위가 처음으로 낭랑한 기합성을 터뜨렸다.

그는 장학우의 검법을 똑똑히 보아두었다. 마음속에 기쁨이 크게 일었다. 취한 듯 멍해진 정신의 황홀함 속에서 무언가 짜릿한 느낌이 척추를 훑고 달려갔다.

두위의 대천강일도(大天罡一刀)에 부족한 것은 정신이고 경험이었다.

그에게는 장학우와 같은 검의(劍義)가 부족했다. 명가에서 명사를 스승으로 모시고 정통의 무공을 연마하지 못했기 때문이다.

그러나 장학우에게는 그게 있었다. 검을 관통하는 정기신(精氣神)의 일체가 검법에 녹아 있었던 것이다. 검을 통하여 뻗어 나오는 것은 막강한 내력만이 아니라 검에 대한 그의 정신이기도 했다.

두위는 아찔한 상황 중에서도 장학우의 검법에서 그것을 보고 기뻐했다.

다음으로 두위에게 부족했던 것은 장학우와 같은 명사와 겨루어볼 기회가 없었다는 것이다.

두위는 아직 자신의 도법을 극성에 이르도록 운용해 볼 기회를 갖지 못했다. 그만한 상대를 만나 겨루어보지 못했기 때문이다. 그러므로 그는 스스로가 만들어낸 도법의 끝이 어디인지를 알지 못했다.

그러나 이제 그때가 되었다. 두위는 장학우야말로 자신의 좋은 상대이면서 제물(祭物)이라고 생각했다. 그를 통해서 그가 깨우치고 있는 검의를 빨아들이고 내 칼의 변화를 완성시킬 수 있다는 생각이 두위를 흥분하게 했다.

곁에서 지켜보는 사람이 하나를 얻는다면, 대면하여 겨루는 사람은 열 개, 백 개의 새로움을 얻을 수 있다. 지금의 두위가 바로 그랬다.

그가 두 다리에 체중을 고르게 실어 굳게 버텼다. 그리고 완만한 굴곡을 이룬 그의 칼이 부드럽게 허공을 가르기 시작했다. 그러자 상황이 급전했다.

허공 가득 찬란한 은빛 검화를 날리며 쏟아지는 장학우의 검격 속을 두위의 칼 한 자루가 비틀리고 휘청거리며 헤집어갔다. 요소 요소를 탁탁 끊고 가로막는 변화가 저절로 생겨났다. 칼이 제 스스로 살아서 제 길을 찾아 나아가는 형국이었다.

장학우의 검로가 두위의 칼과 의식 속으로 고스란히 스며들었다. 이제 두위는 자신이 하고 있는 일에 대한 생각을 버렸다. 오직 칼이 움직여가는 곳을 따라 정신을 집중하고 의식을 투영할 뿐이다.

그 칼 속에는 백묘검법의 완전한 모습이 녹아 있었으며, 천마도법의 패도적인 기운과 선풍삼도의 단선적인 강렬함이 일체를 이루고 있었다.

장학우의 낯빛이 엄숙해졌다. 그는 두위를 더 이상 하수로 보지 않았다. 한 번 부딪치자 두위의 칼 안에 깃들어 있는 공력의 신묘함을 알 수 있었던 것이다.

오직 찌르고 베기 위하여 눈부시게 휩쓸고 무찔러 들어갔지만 두 사람의 병장기는 서로의 빈곳만을 찾아 이리저리 꺾일 뿐, 한 차례도 부딪치지 않았다.

다시 십여 초가 눈 깜짝할 사이에 지나갔다. 이제는 누구도 우열을 점칠 수 없게 되었다. 온 신경을 모아 관전하고 있는 사람들의 머릿속에는 '대단하다'는 생각만이 떠올랐다. 그들은 이제 자신들이 무엇 때문에 이곳에 있는 건지조차 잊고 두 사람의 싸움에 몰입해 들어갔다.

그렇게 다시 십여 초가 지나갔다. 벌써 삼십여 초의 검격이 오간 것이다. 아직도 승부가 날 기미는 보이지 않았다.

장학우와 두위는 서로의 경계(境界)를 잊은 채 한 덩어리가 되어 뒤엉키고 있었다. 오직 찌르고 말겠다는 결연한 의지가 도검에 고스란히 실려서 더욱 흉험해져 가기만 했다.

공격과 수비가 눈 깜짝할 사이에 뒤바뀌고, 나가고 물러섬이 그렇게 번개처럼 이루어졌다. 그리고 점점 더 빨라지고 맹렬해지더니 드디어는 번쩍이는 검광과 도기만 가득할 뿐, 누가 누구인지조차 분간할 수 없을 지경이 되었다.

땅―!

그 어지러운 격돌 속에서 최초로 맑고 높은 쇳소리가 터져 나왔다.

눈을 찌르던 검광과 도기가 씻은 듯 사라졌다.

사람들은 긴장으로 움켜쥔 주먹을 떨며 더욱 눈을 크게 떴다.

두위와 장학우는 이마를 맞댈 듯 다가서 있었다. 두위의 칼과 장학우의 검이 엇갈려 달라붙어 있었는데, 부딪쳤던 충격과 그것에 가해지고 있는 두 사람의 내력을 견디지 못하고 부르르 떨었다. 윙윙거리는 울음소리가 넓게 퍼져 나갔다.

부릅뜬 두 사람의 눈길이 격하게 뒤섞였다. 거친 숨소리와 맥박의 고동이 생생하게 전해졌다.

"이놈!"

장학우가 이를 갈았다. 자신의 검을 눌러오는 두위의 힘이 의외로 굳세다는 것이 그의 자존심을 여지없이 건드렸다.

순수한 내력만으로 치자면 무당의 정종 내공심법을 전수받아 평생을 갈고닦아 온 자신의 화후(火候)가 당연히 두위를 눌러야 했다. 하지만 검을 통해 쏟아져 들어오고 있는 두위의 도도한 내력은 장학우의 그런 자부심을 뭉갤 만했다.

장학우의 얼굴이 보기 흉하게 일그러졌고, 이마에서는 굵은 땀방울이 떨어졌다. 조금씩 밀려들어 오는 두위의 극강한 내력이 그를 압박해 팔다리를 무겁게 하고 심신을 피곤하게 했다.

가가가각—!

맞붙어 있던 칼이 검인을 따라 미끄러지며 듣기에 끔찍한 소리를 냈다. 장학우의 머리카락들이 올올이 곤두섰다. 그리고 두위의 이 가는 소리가 우렛소리처럼 머릿속으로 파고들었다.

"흐압!"

억눌러 두었던 기합성을 터뜨린 두위가 몸 안에 요동 치고 있는 신공의 기운을 한꺼번에 쏟아냈다.

우르르르—

갑자기 터져 버린 둑에서 거대한 물길이 쏟아져 내리듯 무서운 기세로 달려드는 그것을 정면에서 가로막을 수 있는 자는 이제 없다.

"헉—!"

장학우의 눈이 부릅떠졌다. 과도한 진기의 운용으로 인해 핏줄들이 불거지더니 툭툭 터지기 시작했다.

"차합!"

다시 한 번 두위의 기합 소리가 들렸고, 장학우가 얼음판 위에 서 있었던 것처럼 뒤로 주르륵 밀려 나갔다. 땅 위에 그의 발자국이 깊게 패여 고랑을 이루었다.

번쩍—!

두위의 칼이 번갯불을 토해냈다.

"안 돼!"

움찔, 몸을 떤 대무광과 진사후가 동시에 소리쳤다. 하지만 한줄기 뇌전은 이미 허공을 양단하고 사라진 뒤였다. 훌쩍 뛰어 물러서는 두위와 몸이 쪼개져 서서히 벌어지고 있는 장학우의 모습이 극명한 대조를 이루었다.

"아, 업보다. 업보야."

발을 동동 구르며 안타까워하던 대무광이 장학우의 비참한 모습을 차마 지켜보지 못하고 고개를 돌렸다.

"이놈! 네가 이렇게 흉악해졌을 줄이야!"

진사후가 노여움으로 수염을 부르르 떨며 외쳤다. 그는 풍진광선 장학우가 두위의 한 칼을 견디지 못하고 저렇게 처참한 죽임을 당했다는 것을 믿고 싶지 않았다.

"흐흐흐, 흉악한 건 없어. 승패가 있을 뿐이다. 죽음은 그 모양을 따지지 않는다. 어떻게 죽으나 마찬가지라는 거지."

멀리서 진사후의 외침을 들은 풍해산이 곰방대를 빨며 이죽거렸다.

"강호에서 도검을 들고 마주친 이상 실력이 부족한 자가 죽는 건 당연한 일이다. 너희들이 그렇게 하는 건 고상한 일이고, 사마외도의 무리가 그렇게 하는 건 사악하고 잔인한 일이냐? 억지야, 억지."

"음……."

대무광과 진사후가 동시에 탄식했다.

돌이켜 보면 자신들 또한 수없이 많은 사람들을 죽였다. 그 대가로 무존과 검신이라는 극찬의 별호를 얻었고, 강호의 최정점에 올라설 수 있었다.

그건 구지신마 풍해산도 마찬가지였다. 차이가 있다면 그는 패하여 몰락의 길에 내몰렸고, 그 결과 모든 것을 잃었다는 것뿐이다.

대승(大乘)의 견지에서 본다면 그가 잔혹하게 사람들을 죽인 것과 자신들이 악을 제거한다는 명분하에 그렇게 한 것이 다르지 않았다.

"휴, 그만 합시다. 여기서 끝냅시다. 더 피를 흘리고, 더 원한을 쌓아서 한 가지라도 해결될 일이 있소? 죽이고 죽는 일이 이제는 지긋지긋해질 때도 되지 않았소?"

대무광이 간절하게 말했다. 묵묵히 그 말을 듣고 있던 풍 노인이 문득 하늘을 보았다. 이제 태양은 산마루 위로 솟아올라 세상에 밝은 빛을 뿌려주고 있었다. 간밤의 어둠은 흔적도 없이 사라져 버렸다.

대무광이 다시 두위를 향해 간곡하게 말했다.

"네 칼은 너무 무서워졌다. 이제는 그것을 휘두를 일이 없기를 바란다. 살기와 원한은 결국 네 자신을 해칠 뿐이다. 그만하면 족하지 않으냐? 이제는 고요함으로 돌아가라. 더 늦으면 나처럼 후회만 남기게 될 것이다."

두위는 대무광에게 큰 원한을 가졌지만 이제 그것을 버리기로 했다. 그로부터 받은 은혜가 원한 못지 않게 크기도 했으려니와, 자신도 모르는 사이에 그에게 교화된 바 또한 컸기 때문이다.

진사후에게는 개인적인 원한이 없다. 오직 하나, 저쪽에서 심각한 얼굴로 지켜보고 있는 번풍에 대한 미진함이 있을 뿐이다. 그가 반천수를 죽였다는 것 때문이다.

하지만 반천수는 덧없이 죽은 게 아니다. 자신이 그처럼 사랑하던 여인이 행복하게 살기를 바랐기에 스스로 죽음을 택했을 뿐이다.

그의 죽음을 전해 듣고는 비통한 마음과 복수의 살기가 치솟았다. 그러나 지금 한 걸음 물러서서 냉정히 생각해 보자 그것 또한 덧없는 일이라는 게 느껴졌다.

두 위가 시선을 떨어뜨린 채 묵묵히 침묵했다. 아직도 칼을 쥐고 있는 손이 부끄럽게 여겨졌다.

땡그렁—

기어이 그의 손에서 칼이 떨어져 딱딱하게 얼은 땅 위에 뒹굴었다.

"아직 나의 일은 남아 있어요."

멀리서 지켜보던 영경이 낮고 차갑게 말했다. 대무광과 진사후, 두 위가 퍼뜩 시선을 돌려 그녀를 바라보았다. 영경이 검을 쥐고 천천히 걸어 나왔다.

"나에게는 전대 곡주님의 유명을 받들어야 할 의무가 있지요. 나는 반드시 진사후를 죽여서 그분의 한을 풀어드려야겠어요."

"나도 그래!"

여 대랑의 주검을 부둥켜안고 눈물만 뚝뚝 떨어뜨리고 있던 보보도 한 서린 음성으로 소리쳤다. 진사후를 노려보는 그녀의 얼굴에 핏기가 없었다.

"내 사부님, 아니, 어머니의……."

거기서 그녀는 더 말하지 못하고 기어이 으앙, 하며 참고 참았던 울음을 터뜨리고 말았다.

지나온 이십 몇 년 세월이 가슴에 지울 수 없는 원망과 한으로만 남았다. 진사후와의 관계를 끝까지 숨겨온 채옥선자에게, 자신이 어머니라는 것조차 끝내 밝혀주지 않고 숨진 그녀에 대한 원망과 그리움이 냉보보를 더욱 서럽게 했다.

멍하니 그런 보보를 바라보던 진사후의 볼에도 뜨거운 눈물이 흘러내렸다. 그가 무존의 손을 붙잡았다.

"무존, 나는 내 삶이 대의를 위한 것이라고 여태까지 믿어왔소. 사마를 척결하는 것만이 강호의 평화를 가져오는 길이라는 믿음을 버리지 않았소. 하지만 내 자신에 대해서는 조금도 엄격하지 못했구려. 나는 후회스럽소."

"품었던 뜻이 크고 깊을수록 남겨지는 후회도 큰 법이라오. 사람의 목숨에는 반드시 끝이 있고, 그 능력에는 한계가 있으니 결코 욕심을 따를 수 없기 때문이외다. 지금이라도 늦지 않았소. 다 털어버리고 가난한 마음이 된다면 조금이라도 위안을 얻을 수 있지 않겠소?"

"하하하하―"

진사후가 눈물 젖은 얼굴을 들어 하늘을 보고 공허한 웃음을 터뜨렸다. 이렇게 될 줄 알았더라면 처음부터 강호에 뛰어들지 않았을 것이다. 아니, 차라리 태어나지 않았던 것이 더 나았다. 회한이 물밀듯 밀려들어 그의 노회한 가슴을 꽉 메워 버렸다.

"내 업보는 내가 지고 가오. 무존을 괴롭게 하고 세상을 괴롭게 했으니 내가 갈 곳은 분명 십팔층 지옥일 것이오. 이제라도 죽어서 산 자를 위해 공덕을 쌓을 수만 있다면 백 번, 천 번인들 죽지 못하리. 오직 세상에 부끄럽고 저 아이에게 미안할 뿐이외다."

그의 눈이 영경을 바라보았다. 부릅뜬 눈에서 핏물이 스며 나와 눈물과 뒤섞였다. 악다문 입술 사이로 한 가닥 선혈이 흘러내려 흰 수염을 적시고 가슴에 떨어졌다.

"아……."

무존이 큰 충격을 받은 듯 비틀거렸다. 그의 곁에 서 있던 진사후는 이미 세상을 달리 한 사람이 되어 있었다. 스스로 심맥을 끊었으니 그 것으로 세상과의 인연도 끊은 것이다.

두위와 번풍의 싸움은 끝내 이루어지지 않았다. 더러는 그 일을 두 고 아쉬워했지만 당사자들은 그렇지 않았다. 각자의 길을 찾았기 때문 이다.

대무광은 군웅성의 문을 닫아 걸고 다시는 강호에 나오지 않기로 작 정했다. 그를 따르던 자들은 더러는 대무광과 함께 스스로 군웅성 안 에 갇혀 버렸고, 더러는 강호로 흩어져 무리를 이루었다.

장조상을 따라 군웅성을 떠났던 자들을 합해서 세상에 아직 남아 있 는 초인들의 수가 사오십 명이나 되었으니 그들은 여전히 강호를 움직 일 만한 힘을 지녔다. 중원의 동쪽은 그들의 영역이 되었다.

영경은 끝내 두위와 대면하지 않았다. 그러는 것이 두위를 위해서 도, 그녀 자신을 위해서도 최선이라고 판단했던 것이다.

그녀는 정한곡의 무리들을 온전히 보전한 채 북쪽으로 나아갔고, 마 석산이 두위를 대신해서 그녀를 따라갔다. 그는 머지않아 청동거령신공 을 대성하고 강호의 새로운 강자로 우뚝 서게 될 것이다. 그가 버티고 있는 한 이제 누구도 정한곡을 파탄으로 몰아넣지 못할 게 분명했다.

보보는 강호에 흩어져 있는 유곽과 기루를 다스리는 환희궁의 주인 이 되어 달콤한 지분 냄새 뒤로 숨어버렸다.

환희궁이 정한곡의 일부로서 외부에 드러난 눈이고 귀였으며 힘이 었으므로 보보의 영향력은 강호 구석구석까지 미치게 될 것이다.

팽호는 다시 야인으로 돌아갔다. 그는 결국 잃어버렸던 귀문의 명예를 되찾아서 제이대 문주가 되었다. 하지만 세력을 끌어 모으는 일은 하지 않았다. 일인전승의 신비 문파로 남기를 고집한 것이다.

번풍은 군웅성에 침을 뱉어주고 산채로 돌아가 새롭게 문호를 열었다. 세상에서는 그를 사령천주라고 불렀고, 그는 그렇게 강호의 서쪽에 뿌리를 내리고 천하를 호령하는 웅주가 되었다.

그들은 그렇게 각기 우열을 가릴 수 없는 힘과 세력을 지니고 천하의 네 귀퉁이에 웅거했다. 서로를 두려워했기 때문에 조심하고 있을 뿐, 감히 난을 일으키지 못했다. 힘의 균형에 의한 강호의 평화가 저절로 이루어진 것이다.

군림하는 것만이 능사가 아니라던 대무광의 말이 이루어진 셈이기도 했다.

무리를 이끌고 남쪽으로 향한 두위는…….

                    *   *   *

군웅성이 봉문한 지 오 년이 되었다.

중원의 남쪽, 맑은 날에는 저 멀리 넘실대는 푸른 바다가 보이는 황산의 끝. 이제는 그곳을 모르는 사람이 없게 된 삼우각(三佑角) 아래 웅장한 장원이 들어섰다.

흑룡보의 폐허 위에 세워진 그것은 높은 망루와 두 겹의 담을 두르고 있어서 하나의 성과 같았다.

비극의 흑룡보 위에 새로 세워진 그것을 두고 사람들은 풍운제일보(風雲第一堡)라고 불렀다. 그곳은 천하에서 가장 궁금하고 두려운 곳이 되었다. 두위가 거기에 있었고, 양사명과 장 노대, 장가구와 귀역의 서른다섯 명 야차들이 거기에 있기 때문이다.

"패야, 패야!"

낭랑한 음성이 성벽을 넘어 삼우각 위로 날아올랐다.

후원의 무성한 도화림 속을 어지럽게 달려가는 발자국 소리들이 곧 뒤따랐다.

"아니, 요 쥐방울만한 것이 또 어디로 사라진 거야!"

장가구의 화난 음성이 쩌렁쩌렁 울려왔다.

"오늘 애 보는 당번이 누구였어? 그놈의 이빨을 세 대만 부러뜨려놔야 직성이 풀리겠다!"

장 노대였다. 그 뒤를 귀안효 왕곤과 마웅귀소 도한유가 두리번거리며 따랐다.

"웅패야, 어디 있니?"

이제는 애절해진 음성이 다시 들려왔다. 규화의 목소리였다.

"제기랄, 빨리 찾아서 대령하지 못하면 또 저녁밥을 굶는다. 서둘러!"

추모원성 곽삼이 다급하게 소리쳤다. 그 곁을 씽 하니 스쳐 가는 자는 견후비서 당취였다.

"요 쥐방울만한 녀석, 잡히기만 해봐라. 이 삼촌이 두 다리를 꽁꽁 묶어서 대들보에 매달아놓고 말 테다!"

그의 마지막 말은 벌써 높은 성벽 너머에서 들려오고 있었다.

그 시간에 두웅패(杜雄覇)는 삼우각의 한 바위 봉우리 꼭대기에 앉아 한가롭게 다리를 흔들고 있었다. 이제 네 살이 된 그는 누구도 말릴 수 없는 말썽꾸러기였다.

"할아버지, 잡았어?"

웅패가 깎아지른 벼랑 아래로 몸을 기울이며 소리쳤다.

"에구, 에구, 이 못된 놈아. 늙은 할아비를 꼭 이렇게 부려먹어야겠
냐?"

벼랑 아래에서 처량한 소리가 들려왔다. 웅패가 까르르 웃었다.

"뭐든지 다 들어준다고 했잖아. 그러니 할아버지가 꼭 잡아줘야
해."

주름살로 뒤덮인 깡마른 손 하나가 벼랑 틈을 비집고 뻗어 나왔다.
그 손아귀에 들어 있던 다람쥐가 폴짝 뛰어서 웅패의 품으로 파고들었
다.

"착하구나, 구지신마야. 이제 또 달아나면 안 돼. 그러면 다리몽둥
이를 꺾어놓고 이빨을 다 뽑아버릴 테야."

웅패가 사랑스럽게 다람쥐를 쓰다듬으며 중얼거렸다. 늘 주위에 있
으면서 와글와글 떠들어대는 서른다섯 명 삼촌들의 말투를 어느새 배
워 흉학했지만 아이가 그것을 알 리 없었다.

부들부들 떨리는 손이 위태롭게 절벽 틈을 비집더니 여전히 초라하
고 볼품없는 풍 노인의 상체가 드러났다. 노인이 땀을 뻘뻘 흘리며 용
을 쓰고 나서야 간신히 절벽 위로 올라왔다.

"이놈아, 제발 그 이름 좀 바꿔주면 안 되겠니? 듣기가 민망하다."

"핏, 할아버지는 세상에서 구지신마가 젤로 세다고 그랬잖아. 얘가
여기 사는 다람쥐들 중에서 젤로 세. 그러니까 구지신마 다람쥐지 뭐.
난 그 이름이 좋아."

"어이구, 내가 빨리 죽어야지."

풍 노인이 가슴을 꽝꽝 두드리며 한탄했다. 졸지에 한 마리 쥐새끼의 이름이 되어버린 자신의 별호를 안타까워해 본들 소용없었다. 웅패는 한 번 그렇게 하겠다고 고집을 부리면 막을 수 있는 사람이 아무도 없는 떼쟁이였던 것이다.

풍 노인은 그게 다 두위와 규화가 웅패를 버릇없이 길러서 그렇다고 여겼다. 돌아가면 이것들을 단단히 혼내줘야겠다고 속으로 벼르는데, 벼랑 아래에서 찢어지는 듯한 소리가 들려왔다.

"아니, 미쳤어요? 애를 그런 곳에 데리고 올라가다니! 빨리 내려오지 못해요! 오늘부터 사흘간 굶길 테니 그런 줄 알아욧!"

규화였다. 그리고 서른 명이나 되는 귀역의 야차들이 늘어서서 머리를 뒤로 젖히고 잔뜩 못마땅한 얼굴로 바라보고 있었다. 풍 노인의 얼굴에 난감해하는 기색이 어렸다. 그가 어쩔 줄 모르고 허둥대며 웅패를 붙잡고 마구 흔들었다.

"착하고 의젓하고 잘생긴 패야. 저 못된 것이 할아비를 굶기겠다는구나. 내려가거든 네가 할아비를 위해서 잘 좀 말해 주렴. 그러면 내가 아주 재미난 장법 하나를 새로 가르쳐 줄게."

한껏 불쌍한 표정을 지으며 어울리지 않게 재롱까지 섞어서 아이를 얼렀다. 그러나 규화의 품으로 폴짝 뛰어든 웅패가 열심히 종알거린 말은 전혀 엉뚱한 것이었다.

"엄마, 할아버지는 옛날에 구지신마였대. 제일 센 사람이었다던걸? 그러니까 열흘쯤 굶겨도 죽지 않을 거야."

풍 노인은 제 수염을 쥐어뜯으며 서럽게 울어야 했다.

그날 저녁은 잔치가 벌어졌다. 멀리서 손님이 왔기 때문이다.

다들 마음껏 먹고 마셨다. 그리고 첫 닭이 울 무렵 잔치가 끝났다. 넓은 대청이 술에 취해 이리저리 쓰러진 자들로 가득 찼다.

"누님, 건너가 주무셔야지?"

두위가 비틀거리며 일어서려고 하자 섭월령이 옷자락을 쥐었다.

"넌 그저 이 누나를 조금이라도 빨리, 조금이라도 멀리 떼어놓으려고만 하지?"

"어, 그럴 리가 있소?"

"흥! 그렇다면 규화 고것이 독수공방에서 고양이처럼 손톱을 세우고 있을 테니 겁이 나서 그러는 게로구나?"

"어흠, 그럴 리가 있소? 하늘 같은 서방님인데……."

"호호호, 그럼 어디 함께 가보자. 네가 규화에게 쥐어뜯기는 꼴을 오늘을 꼭 보고야 말 테다."

섭월령이 두위의 손을 마구 잡아끌었다.

그녀는 일 년 동안 두위와 규화 곁에서 살며 시누이 노릇을 톡톡히 했다. 그리고 규화가 웅패를 출산하자 기련산 서쪽 시달목분지(柴達木盆地)에 자리 잡고 있는 살랍족의 부락으로 돌아갔다. 고향을 찾아간 것이다.

살랍족에게는 배신자를 받아들이지 않는다는 규칙이 있었지만, 그들과 원만한 관계를 맺고 있는 곤륜파의 중재로 인해 섭월령에 대해서만은 용서해 주기로 했다. 그들에게도 섭월령같이 고강한 무공을 지닌 수호령은 여전히 필요했기 때문이다.

그들이 섭월령을 용서해 준 데에는 고겸추의 노력이 컸다. 그가 사문인 곤륜파의 장문을 설득해 중재에 나서도록 했기 때문이다.

섭월령이 다시 살랍족의 수호령이 되었다는 소문이 빠르게 퍼졌다. 그녀가 살아 있는 한 이제 강호의 누구도, 어느 문파도 감히 살랍족을 무시하지 못할 것이다.

다시 날이 밝아왔다. 그리고 언제나 그랬듯이 규화의 날카로운 고함 소리로 풍운제일보도 잠에서 깨어나 기지개를 켰다.

"패야, 패야! 또 어디로 숨어버린 거니! 할아버지, 당장 웅패를 데리고 오지 못해욧! 내가 정말 속상해서 못살아."

〈終〉

마치면서……

졸작 〈풍운제일보〉는 그동안 내가 써온 이야기들 중 가장 긴 것이다.

하고 싶은 말들이 많았기에 시작했는데, 마치고 나니 과연 무슨 말을 얼마나 했던 건가? 하는 의문이 든다.

혹자는 재미있어하며 읽었을 것이고, 혹자는 지루해하거나, 중간에 포기한 사람도 있을 것이다. 그것을 감사하고 싶지도, 비난하고 싶지도 않다.

글을 쓰는 것이 작가의 소관이라면, 읽거나 읽지 않는 건 전적으로 독자의 선택이고 판단이기 때문이다.

나는 이번 글에서 가치의 다양성을 보여주고 싶었다.

절대의 선, 절대의 악은 없다. 판단의 주체가 누구이고, 기준의 잣대가 어떤 것이냐에 따라 달라질 뿐이다. 그래서 생기는 이야기들을 하나씩 들려주고, 독자들의 동조를 얻고 싶었다.

성공했느냐, 실패했느냐 하는 판단은 이제 독자들이 해야 할 것이다.

소설이 재미를 떠나서 존재할 수 없다면 무협은 더욱 그렇다.

그렇다면 재미만을 좇을 것인가? 하는 의문에는 언제나 아니라고 자신있게 대답한다. 소설의 또 한 특성이 세상의 구조에 대하여 말하고, 사상과 가치관을 전파하는 데 있기 때문이다. 그것을 담지 못했다면 아무리 재미가 있다고 해도 무늬만 소설일 뿐이다. 무협이라고 다를 수 없다.

다음으로 미적 특성에도 주목해야 한다.

투박한 통나무는 그 자체로 예술이 되지 못한다. 깎고 다듬어서 의미를 새롭게 부여하고 조각가의 메시지를 담아내야 비로소 예술 작품으로 승화되는 것이다.

소설이라고 다를 리 없다. 사상과 재미를 적절한 구성과 문장으로 담아내지 못한다면 깎다 만 나무토막에 지나지 않을 뿐이다. 그런 점에서 나는 여전히 부족함을 느끼고, 더불어 작금의 무협 소설들에 대한 불안감을 지을 수 없다.

발전에는 단계가 있다. 하나씩 그것을 극복해 가서 결국에는 완성에 이르게 되는 그런 글 쓰기를 소망한다. 재미만을 좇아 머물러 있다거나, 사상 또는 문장만을 고집하고 있다면 그건 발전의 어느 단계에 주저앉아 버린 꼴이다.

무협을 사랑하는 독자들은 물론, 그것을 써내는 작가들 모두가 함께 생각해 보아야 할 문제가 아닐 수 없다.

파연 어떻게, 어떤 비율로 그것들을 적절히 버무리느냐. 파연 어떻게 조화를 이루어내느냐가 아직도 남아 있는 나의 숙제인 셈이다.

독자 제현의 건승을 빌면서, 많이 부족한 글을 그래도 버리지 않고 품어주신 청어람 사장님과 책으로 예쁘게 만들어준 편집진 여러분께 진심으로 감사를 드린다.

다들 내일은 부디 오늘보다 더 나아지기를……

2003년 겨울의 문턱에서 〈꿈꾸는 곰〉 배상.